国学经典

宋 涛／主编

深厚的历史背景和丰富的文化内涵

中华成语故事

辽海出版社

【第六卷】

《中华成语故事》编委会

目 录

中华成语故事

目录

亲痛仇快

典出东汉时朱浮写的《与彭宠书》：凡举事无为亲厚者所痛，而为见仇者所快。

据《后汉书·朱浮传》记载：朱浮是东汉时的一位将军，曾任幽州牧（官名）。朱浮有一个下属叫彭宠，当时任渔阳太守。彭宠为人骄矜自恃，不服从朱浮的命令。朱浮向皇帝刘秀密告彭宠不孝并受贿。彭宠听说以后非常生气，兴兵攻打朱浮。朱浮写了一封很长的信责备彭宠。说有意见可以到朝廷讲理，不应该兴兵动武，无论做什么事情，都不要使自己的亲友痛心，而让自己的仇敌高兴。

后人用"亲痛仇快"这个典故比喻使亲者痛心，使仇人快意。这一成语有时也写作"无使亲痛仇快"，说明办什么事情，不能对敌人有利，而不利于自己一方。

群蚁观鳌

典出《苻子》：东海有鳌焉，冠蓬莱而浮游于沧海，腾跃而上则干云，没而下潜于重泉。有红蚁者闻而悦之，与群蚁相要乎海畔，欲观鳌焉。月余日，鳌潜未出。群蚁将反，遇长风激浪，崇涛万仞，海水沸，地雷震。群蚁曰："此将鳌之作也。"数日，风止雷默，海中隐如岳，其高概天，或游而西。群蚁曰："彼之冠山，何异我之戴粒？逍遥封壤之巅，归伏乎窟穴也。此乃物我之适，自己而然，我何用数百里劳形而观之乎？"

浩瀚的东海里有一只大鳌，它头顶着蓬莱仙山，在大海中浮游。有时跃起飞腾，冲上云霄，有时沉没下潜，直入海底。

陆地上有一只红蚂蚁听说大鳌的壮举，不胜惊喜，就相约一群蚂蚁来到海岸，想好好看看，开开眼界。它们等了一个多月，大鳌潜没未出。将要回去的时候，突然海风鼓荡，掀起了万丈波涛，整个大海沸腾起来，雷鸣般地震撼着大地。这群蚂蚁喊道："啊，这回大鳌就要出来了。"

几天以后，风止浪息，海岸也平静下来，只见水面上隐隐约约，升起一座齐天的高山，时而还向西游动。这群蚂蚁伸头探脑看了一阵，大发议论道："嘿嘿，它头顶高山与我们头顶米粒有什么两样呢？我们逍遥自在地在地上爬行，回到洞中歇息。这是各得其所，从来如此。又何必白费体力奔波数百里来看它呢？"

后人用"群蚁观鳌"这个典故告诫人们，要认真学习一点东西，首先要从不自满开始。自以为是、目空一切是不会有所收获的。

肉食者鄙

典出《艾子杂说》：艾子之邻，皆齐之鄙人也。闻一人相谓曰："吾与齐之公卿皆人，而禀三才之灵者，何彼有智，而我无智？"一曰："彼日食肉，所以有智；我平里食粗粝，故少智也。"其问者曰："吾适有粜粟钱数千，姑与汝日食肉试之。"数日，复又闻彼二人相谓曰："吾自食肉后，心识明达，触事有智，不徒有智，又能穷理。"其一曰："吾观人脚面，前出甚便，若后出岂不为继来者所践？"其一曰："吾亦见人鼻窍，向下甚利，若向上，岂不为天雨注之乎？"二人相称其智。艾子叹曰："肉食者其智若此。"

艾子的邻居们，都是齐国粗俗的人。

听见一个人对另一个人说："我和齐国的公卿大夫，都是人，也都禀受了天、地、人三才的灵智，为什么他们就有智慧，我就没有智慧呢？"

另一个人说："他们天天吃肉，所以有智慧；而我们平日尽吃些糠糟，所以缺少智慧呀。"

那个问话的人说："我恰好有粜米的钱数千，姑且让我们天天吃些肉试试看。"

过了几天，又听见那两个人对话说："我自从吃肉以后，心志清楚、聪明通达，碰见什么事情都有智慧，不仅有智慧，而且还能穷尽其道理。"

其中一人说："我观察到人的脚面，向前出甚为便利，如果向后出，岂不要被跟随来的人踩着吗？"

其中另一人说："我也发现人的鼻孔向下长着甚为便利，如果向上长，岂不要被天下落下的雨水灌注进去吗？"

两个人便互相称颂起他们的才智来了。

艾子听后感叹着说："唉！吃肉人的智慧，不过如此罢了！"

后人用这则寓言说明人的智慧，主要依靠主观努力，通过社会实践的锻炼，通过理论学习的修养而培养出来的。决不取决于吃肉的多少。《左传》庄公十年，记载曹刿论战，曾指出："肉食者鄙，未能远谋。"意思无非是说那些养尊处优、做官当老爷的人，由于脱离实际和群众，往往变得十分愚蠢；相反，倒是整天在现实斗争中磨炼的小人物，往往具有无穷的智慧。人们常说，唯卑者最聪明，也便是这种道理。在这里，齐之鄙人要为肉食者翻案；为了证明他们这翻案文章作的有理，他们自己也天天吃起肉来，结果，"不徒有智，又能穷理"；发现脚向后出、鼻孔向上的大道理，从而"二人相称其智"。这便用实际行动再一次证明"肉食者鄙，未能远谋"的论断了。

如获石田

春秋末年，吴国国王夫差，打败了越国，置为藩属。后来，吴王夫差又准备起兵侵略齐国，越王勾践率领着一班部属去朝见吴王饯行，对吴王和吴国的各大小官员，都送上不少礼物。吴王和官吏们均喜出望外，以为越王勾践对吴国已经真的忠心了。只有吴国的一位谋臣伍子胥，抱着恐慌的心情对大众说道："这是利用贿赂博取我们的欢心，松懈我们的意志，把吴国养肥之后才宰割罢了。"他于是劝说吴王，说道："越国才是我吴国真正的心腹之患呢！他们领土的广阔，差不多和我国相等，对我国早已有了特别的企图，他们愈是做成软弱服从的样子，愈显出他们内里是蕴藏着阴谋啊！不如及早把它彻底消灭了。否则，即使我们打胜了齐国，也等于获取了一块石田，这是不能垦种的，一点用处都没有的啊！我们不毁灭越国，越国将来会吞灭我们呢！"吴王不听从他的献计，后来吴国终于被越王灭掉。

在春秋时代，中国内部分封各诸侯的结果，逐渐形成了割据和互相侵略吞并的局面。到了春秋末年，吴和越都是怀有侵略意图的国家，他们谁灭了谁，都不会使百姓觉得高兴。只是伍子胥那一番话，却充分地显出他的先见之明。因为齐国距吴国较远，取得了也难于保有，所以拿没有泥土的石田来做比喻。

后人嘲笑得无所用时，常常说"如获石田"，就是根据这个故事而来的。

儒不博弈

典出《韩非子·外储说左下》：齐宣王问匡倩曰："儒者博乎？"曰："不也。"王曰："何也？"匡倩对曰："博者贵枭，胜者必杀枭；杀枭者，是杀所贵也，儒者以为害义，故不博也。"又问曰："儒者弋乎？"曰："不也。弋者从下害于上者也，是从下伤君也，儒者以为害义，故不弋。"又问："儒者鼓瑟乎？"曰："不也。夫瑟以小弦为大声，以大弦为小声，是人小易序，贵贱易位，儒者以为害义，故小鼓也。"宣王曰："善。"

战国时期，齐国有一个国君，姓田，名辟疆，史称齐宣王。齐国有一个将领叫匡倩，是儒家学派的人物。

有一次，齐宣王问匡倩说："儒家下棋吗？"匡倩回答说："不。"齐宣王问："为什么呢？"匡倩回答道："下棋的人把枭当做最尊的棋子，而得胜的一方一定要把对方的枭子杀掉。杀掉枭子就意味着杀死人们所尊贵的人，儒家认为这样做就等于伤害礼义，所以儒者从不下棋。"宣王又问："儒家射鸟吗？"匡倩回答道："不。因为射鸟是猎人从下边杀害上边的鸟，这意味着臣下伤害君上。儒家认为这样做也是伤害礼义的，所以不射鸟。"宣王又问："儒家鼓瑟吗？"匡倩回答道："不。因为瑟是用小弦发出大声，用大弦发出小声。这意味着颠倒大小的次序，使贵和贱之间相互变易了地位。儒家认为这样做也是伤害礼义的，所以不鼓瑟。"齐宣王听了匡倩的话之后，很高兴地说："你说得真好。"

"儒不博弈"就是从这个故事来的。博：古代的一种棋类游戏。弈：用带丝绳的箭射鸟。"儒不博弈"的意思是，儒家不下棋，也不射鸟，以免伤害礼义。后来，人们用"儒不博弈"一词比喻拘泥守旧，恪守成规，思想陈旧，不知变革的行为。

儒子驱鸡

典出《申鉴·政体》：儒子驱鸡者，急则惊，缓则滞。方其北也，遽要之，则折而过南；方其南也，遽要之，则折而过北。迫则飞，疏则放。志闲则比之，流缓而不安则食之。不驱之驱，驱之至者也，志安则循路而入门。

一个书生在那里赶鸡。他追得急了，鸡受惊乱窜；赶得慢了，鸡又停住观望。

鸡刚要向北，他突然拦截，便掉头跑到南边去了。鸡刚要往南，他又一拦，鸡又回身向北跑去。当他追近时，鸡就扑打着翅膀飞去，当他远离时，鸡又漫不经心地随意走动。

儒子驱鸡

　　应该是在鸡安闲的时候，接近它。当鸡徘徊不定、神情不安时，用食物去喂它。不要硬赶而去诱引，才是赶鸡的最好方法。鸡安详不惊，自己就会顺路回家。

　　后人用"儒子驱鸡"这个典故嘲笑那些书呆子，不讲究方式方法，因势利导，故乱折腾，一事无成。

善治伛者

　　典出《笑林》：平原人有善治伛者，自云："不善，人百一人耳。"有人曲度八尺，直度六尺，乃厚货求治。曰："君且（如之）。"欲上背踏之。伛者曰："将杀我。"曰："趣令君直，焉知死事。"

　　平原郡有个善治驼背的人。他到处自我吹嘘说："治不好的，一百个人里不过一二个。"

　　有个驼背的人，顺着弯曲的身体量长 8 尺，由头至脚垂直量高 6 尺，特地带着很多钱，请求治疗。善治驼背的人说："请你面朝下躺着吧。"说着就要上背去踩。驼背的人一见惊恐万分，叫道："这不是要我的命吗？"善治驼背的人说："我只管尽快弄直你的驼背，不管死活。"

后人用"善治伛者"这个典故指那些打着善治的招牌，到处招摇撞骗，干的却是害人的勾当的人。

失其故步

典出《汉书》：昔有学步于邯郸者，曾未得其仿佛，又复失其故步，遂匍匐而归耳。

从前，有一个人到邯郸去学习步法。他连邯郸人走路的大概样子也没有学到，反而把自己原来的步法也忘记了。结果，就只好爬着回去。

这则寓言来源于《庄子·秋水》。它辛辣地讽刺了那种生搬硬套的学习方法，模仿别人不成，反而忘记了自己固有的东西。

恃胜失备

典出《梦溪笔谈·权智》：有僧遇强寇，斗。矛刃方接，寇先含水满口，忽其面，其人愕然，刃已堪胸。后有一壮士，复与寇遇，已先知水之事，寇复用之。水才出口，矛以洞劲。盖已陈刍狗，其机已失，恃胜失备，反受其害。

有个人曾遇到一个强盗，双方格斗起来。刀枪并举，刚刚交锋，强盗把事先含着的一口水猛然喷到他的脸上。这人毫无提防，惊愕失措，就在这一刹那，强盗的刀尖戳进了他的胸膛。

后来，有个壮士又遭遇了这个强盗，壮士早已知道强盗喷水的花招，而强盗却又重演故技，他口里的水刚刚喷出，壮士的长矛已经刺穿了他的脖子。

那种过时的东西，秘密已经泄露，还想倚仗它取胜，结果失去戒备，反受了它的害。

后人用"恃胜失备"这个典故告诉我们，凭着一点偶然成功的经验，沾沾自喜，相沿袭用，往往反受其害。就像这个强盗靠喷水暗算了一个人，还想故伎重演，继续暗算于人，结果被人识破，反送了自己的性命。

守株待兔

典出《韩非子·五蠹》：宋人有耕者，田中有株，兔走触株，折颈而死。因释其耒而守株，冀复得兔。兔不可复得，而身为宋国笑。

宋国有一个人正在耕田的时候，忽然看见有一只兔子从田里疾奔过去，不知怎得碰在树根上，折断颈骨死了。于是这人立即扔掉耕具，跑到树底下，很高兴地把兔子拾了起来，并且就守在这树根的旁边，等着再拾到兔子。可是，这兔子碰在树根上死了，是一件非常偶然的事情，怎么还会有死兔子让他去拾呢！

这故事对于某些人的处事态度，有恰到好处的讥讽，所以后来的人就根据它引申成"守株待兔"，用来嘲笑那些死守规矩、不知变通、最终招致失败的人。

蜀犬吠日

典出《答韦中立论师道书》：屈子曰："邑犬群吠，吠所怪也。"仆往闻庸、蜀之南，恒雨少日，日出则犬吠，余以为过言。前六七年，仆来南，二年冬，幸大雪，逾岭被南越中数州，数州之犬，皆苍黄吠噬狂走者累日，至无雪乃已。然后始信前所闻者。

唐代作家柳宗元在《答韦中立论师道书》中写道："屈原（战国时期的大诗人）在《九章·怀沙》中说：'一地的狗群起而叫，是向它们觉得怪异的东西狂吠。'我听说古代庸国、

蜀犬吠日

蜀国的南部，阴雨连绵，很少见到太阳。太阳偶尔出来，那儿的狗看到了，觉得很奇怪，就对着太阳狂吠起来。我认为这种说法未免言过其实了。六七年前，我来到南方。元和二年（807年）冬季，偶尔下了一场大雪，覆盖了山岭和南方数州，这几个州的狗见到大雪，都惊慌不安，狂吠着、噬咬着、狂奔乱跑，这种情形一直持续存在数日，直到雪过天晴、大雪消融为止。我目睹这种情形后，才相信从前听说的群犬吠日的事情是可信的。"

"蜀犬吠日"就是从这个故事来的。蜀：古国名，在今四川省。吠：狗叫。人们用"蜀犬吠日"比喻少见多怪。

鼠肝虫臂

典出《庄子·大宗师》：俄而子来有病，喘喘然将死，其妻子环而泣之。子犁往问之，曰："叱！避！无怛化！"倚其户与之语曰："伟哉造化！又将奚以汝为，将奚以汝适？以汝为鼠肝乎？以汝为虫臂乎？"

子祀、子舆、子犁、子来4个人都是达观生死的高士。这4个人互相谈论说：

"谁能情同淡水,置生死于度外,我就同他结成好朋友。"4个人相视而笑,互相心领神会,遂结交为好朋友。不久,子舆生病,弯腰曲背,头都抬不起来,脸色也十分难看。子祀前去问候说:"您对生病感到厌恶吗?"子舆回答道:"不,我有什么可以厌恶的呢!老天高高在上,昼与夜不断地变化。何况人居世间,怎能没有生死的变化!我怎能对死亡感到厌恶呢?"

又过了不久,子来生病了,气喘吁吁,就要死了,他的妻子、儿子围着他哭泣。子犁前去慰问,说:"去!你们统统给我走开!不要惊动了正在变化的人!"子犁倚着门对子来说:"伟大极了,大自然的造化!又要把你变化成什么,要把你变化到哪里去呢?让你变成鼠肝呢?还是让你变成虫臂呢?"

"鼠肝虫臂"就是从这个故事来的。人们用它指微不足道的事物。

数典忘祖

典出《左传》昭公十五年:籍谈不能对。宾出,王曰:"籍父其无后乎,数典而忘其祖。"

有一年,晋国的籍谈作为副使跟随荀跞去成周参加葬礼。安葬穆后的葬礼完成后,周天子脱掉丧服,与客人们饮酒。

酒宴上,周天子使用鲁国进贡的宝壶作酒杯斟酒,别有用心地询问籍谈:

"诸侯各国都有礼器进献王室,单单你们晋国没有,这是为何呀?"

籍谈恭敬地回答道:"早年诸侯受封的时候,都接受了王室的宝器,可晋国没有接受。晋国远在深山,与戎人和狄人为邻,远离王室,天子的威福不能达到,所以不能奉献宝器。"

"咦?不对,不对,"周天子不满地说:"晋国的始祖唐叔是周成王的同胞兄弟,岂能分不到宝器?唐叔接受了文王的鼓和车,接受了武王的皮甲……还有斧钺、香酒、红色的弓、勇士，你们都接受过。这些难道不是周王室对晋国的威福？你忘记了，亏得你的先祖还是掌管典籍的官呢！你既然是司典的后代，为什么忘掉这些呢？"

籍谈张口结舌，一时不知说什么好，只好沉默不语。

周天子送走了客人以后，对大臣们说：

"我看籍谈的后代恐怕不能享有禄位了吧，他举出了典故却忘记了祖宗……"

籍谈回国后，将这事报告了大夫叔向。叔向不以为然地说：

"我看天子恐怕不得善终，他把忧愁当快乐，吊丧的时候他和宾客饮酒作乐，还向人家要宝器，他也太不知礼法了！他背出的典章再多又有什么用处？"

"数典忘祖"这句成语就是由这里来的，原意是说，忘记了事物的本源。现在一般用它比喻忘本，有时候也用它比喻一个人对自己国家的历史一无所知。

贪小失大

典出《吕氏春秋·权勋》：贪于小利以失大利者也。

古时蜀国（今四川）是一个很富庶的地方，沃田遍野，谷满仓库，金银财帛，更是数不胜数。可是蜀侯却是个贪得无厌的人，还想要更多的金钱、美女。

秦国是蜀国的邻国，秦惠王见蜀国如此富有，早有吞并的野心，只因两国交界之处，不是悬崖，便是险道，很难出兵进攻。后来，秦惠王针对蜀侯贪便宜的个性，命人雕刻一头大石牛，披红绸、戴绿花地把它放在通往蜀国的道路上，并不断地往前移；同时，又派人在石牛去过的路上放置了一块块的黄金。而且放出风声说这是一头会排泄黄金的金牛，一面派人向蜀侯说，为了两国的友好，愿将金牛送给他。

蜀侯信以为真，便派了身强力壮的近卫军去开山填谷，筑起一条路来让金牛通过，秦军等路开好了，便顺着新路迈进，将蜀国消灭了。蜀侯为了贪小利，连国家也失去了。

后来的人便将这段故事的最后一句"以贪小利失其大利也"简化为"贪小失大"一句成语，用来形容贪图小的便宜，遭受大的损失。

螳臂当车

典出《庄子·人间世》：汝不知夫螳螂乎，怒其臂以当车辙，不知其不胜任也。

螳螂是一种昆虫，它的形状是头部成三角形，眼珠凸出，触角很长，像两条鞭，前胸细长，腹部肥大，前脚特别发达，像两柄有齿牙的镰刀。"螳臂当车"一句成语，是出于《庄子》：犹螳螂之怒其臂以当车辙，不知其不胜任矣。这句话的意思虽然有雄壮的气势，但是力量单薄，对于事情没有什么作用。

后来人用"螳臂当车"比喻不自量力的人。

田夫擅功

典出《战国策》：韩子卢者，天下之疾犬也；东郭逡者，海内之狡兔也。

韩子卢逐东郭逡，环山者三，腾山者五，兔极于前，犬废于后，犬兔俱罢，各死其处。

田父见之，无劳倦之苦，而擅其功。

韩子卢，是天下善跑的猎狗；东郭逡，是海内有名的狡兔。

子卢追赶东郭逡，绕着山岗追了3圈，上山下山赶了5趟。兔子在前面舍死逃跑，猎狗在后面拼命追赶。狗和兔直跑得筋疲力尽，都活活地累死在山上。

有个农夫看到了，没有费半点力气，就把它们捡回来了。

这则寓言，是淳于髡用来劝阻齐宣王攻打魏国的。如果齐魏交战，长期不下，那么，强大的秦国和楚国就会像田父一样，得到意外的收获。齐宣王听了就打消了攻打魏国的念头。后人遂用"田父擅功"比喻得不偿失，利益为第三者占有。

同室操戈

典出《左传》昭公元年、《后汉书·郑玄传》：（何）休见而叹曰："康成入吾室操吾矛以伐我乎？"

春秋时，郑国大夫徐吾犯的妹妹长得貌如天仙，举止文静。郑国的公孙楚和公孙黑两兄弟都想前去求亲。公孙楚先送去订婚的聘礼，徐吾犯答应了。公孙黑再送去聘礼时，徐吾犯只好婉言谢绝。不料公孙黑竟威胁说："如果你不答应，我将派人来抢你妹妹。"

徐吾犯对此忧心忡忡，公孙家族在郑国势力强大，怎么敢得罪呢？他将此事告诉了子产，子产说："公孙兄弟应该以礼相让，怎么急起来了呢？这是郑国政治混乱的表现啊！事已如此，不如让你妹妹自己决定。"

于是，徐吾犯请来了公孙兄弟，然后让妹妹在帘幕内观察。公孙黑穿得鲜艳华丽，一副贵公子的派头，出门时向徐家的人施舍了不少钱财。公孙楚一身戎装，左手握弓，右手拿箭，出门时向上一箭射中天上的一只鸟，向下一箭射死池中的游鱼，然后跳上战车奔驰而去。

徐吾犯的妹妹说："公孙黑的确英俊，但缺乏大丈夫的气概，男人应该有男人的样子，女人应该有女人的样子，夫妇才能和顺。"最后，她嫁给了公孙楚。

公孙黑不服。一天，他全副武装闯进楚家，要杀弟弟，夺他妻子。公孙楚大怒，手握长矛向哥哥刺去，两人就在室内拼斗起来，最后，公孙黑斗败负伤逃跑。

后人将公孙兄弟相斗的事概括成"同室操戈"的典故，比喻已经激化了的家庭内部矛盾或社会内部纷争。

徒劳无功

典出《庄子·天运》：是犹推舟于陆也，劳而无功、

春秋时，孔子有一次准备去卫国，他的学生颜回觉得此行前景难料，就去问鲁国官吏师金。他说："我的老师到处游说，劝人家接受他的政治主张。可是到处碰壁。这次去卫国，你估计情况怎样？"师金摇摇头说："恐怕还是不行。"颜回说："为什么呢？"师金叫颜回坐下，然后对他说："我打个比方吧。人们用狗供奉祖先时，用篮子装好，下面垫上草，再用绣花布包好，然后放在案桌上。巫师在一边叽里呱啦地念。这时的狗真神气！但祭祀之后，谁也不管这只死了的狗，过路的人踩它的脊梁，想吃的人把它的肉割下来烧烤，另一些人把包狗的布用来当枕头，睡

徒劳无功

觉时枕在下面。今天的孔子，就像祭礼中供奉祖先的狗一样。"

颜回不满意师金的比喻，说道："还不至于如此吧？"师金说："怎么不至于如此。孔子去宋国，宋人就把孔子乘凉的那棵树也砍了；孔子去卫国，卫人将不会理睬他；孔子曾去陈国和蔡国，饿了7天得不到东西吃，多少次面临死亡。本来是船行水中，车行陆地，可孔子呢，他却在陆上行船，水中行车，虽然用尽了力气，却劳累而无功劳，自身也遭受祸害（"劳而无功，身必有殃"）。"

师金又说："吴国的美女西施曾心痛，她皱着眉头，捧着胸口，但依然美丽。

村里一个丑的女子东施见了，也装着皱眉捧心的样子，结果大家都关闭家门远远地躲避她，丑女子见西施皱眉也效仿皱眉，却自讨没趣。孔子就是那丑女子啊！"

颜回听了，低头不语，告别了师金。

后人用"徒劳无功"或"劳而无功"比喻白费力气，不见成效。以"东施效颦"比喻没有条件而胡乱模仿，反而学了别人的不足之处。颦：皱眉的意思。

屠门大嚼

典出《新论》：人闻长安乐，则出门向西而笑；知肉味美，则对屠门而大嚼。

有个人听说长安繁华热闹，便走出门去向西漫步，一边做出左右流盼的样子，一边兴高采烈地畅怀大笑。

他知道肉味鲜美，于是跑到屠户门前，一面大口咀嚼，一面不停地啧啧赞赏。

后人用"屠门大嚼"这个典故嘲笑那些唯心主义者，离开客观存在的实际，企图凭主观想象得到满足。"屠门大嚼"，只能自己欺骗自己，画饼充饥的办法解决不了任何实际的问题。

玩火自焚

典出《左传》隐公四年：夫兵，犹火也；夫戢，将自焚也。

春秋时，卫国有一个叫州吁的人，是卫庄公的宠妾所生的儿子。此人喜欢谈兵黩武。庄公死后，桓公继位。公元前719年，州吁杀死桓公，自立为君。并联合宋、陈、蔡等国攻打郑国。鲁隐公问大夫众仲州吁前途如何，众仲回答说："逞强好战，就好比玩火，如不及时收敛，结果必然把自己烧死。"后来，州吁果然被卫国大夫石碏诱到陈国，被陈人杀死。

后人用"玩火自焚"这个典故比喻干冒险的或害人的勾当，最后受害的还是自己，有搬起石头打自己的脚之意。这句成语有时也写为"玩火者必自焚"，多含贬义。

王皓失马

典出《雅谑》：王皓性迂缓，曾从齐文宣北征，乘一赤马，平旦蒙霜，遂不复识，自言失马。虞侯遍求不获。须臾，日出，马体霜尽，依然系在目前，方云："我马尚在。"

王皓生性迟钝，曾经跟随北齐文宣帝北伐，他乘坐的那匹红马，一天早晨蒙上了一层白霜，便不认识了，对人说他的马丢了。虞侯到处都找遍了，也没有找到。不一会，太阳出来，马身上的霜消了，原来照旧拴在面前。王皓这才说："我的马还在哩！"

后人用"王皓失马"这个典故告诉人们，如果被假象所迷惑，就不能正确认识事物。

王子训獐

典出《壮悔堂文集·悯獐》：客有过侯子以獐献者，侯子曰："獐可训乎？"客曰："夫至德之世，兽可同群而游，今子无乃有所不信耶？而何獐之疑欤？"侯子曰："然。"营室而授獐焉。已而獐呦呦焉，其鸣之悄以思；嗥嗥焉，共号之穷以悲也。又夜则以首抢其户，或视这，瞿然而惊，类于人多有所不可者。仲兔王子闻之曰："子之不善于獐也审矣。曷以授予？"侯子曰："子之庭有二物焉，其大者类西旅氏之獒，而小而骏者韩之卢之裔也。是皆有欲于獐。奈何？"王子辗然而笑曰："子非特不善于獐也，又且不知吾之卢与西旅氏。吾将导獐而见之二氏，浸假而共以牢为食，浸假而共寝以为处，浸假而相与为友，而日以益善。予因而安之，岂更害哉？"侯子曰："虽然，曷使童子守之？而犹授獐以索。"王子默然不应。

后三日，王子以告曰："吾废吾童子矣，视二氏之貌，且翦翦焉适矣。"又居三日，王子以告曰："吾废吾索矣，视二氏之情，且煦煦然亲矣。虽然，獐犹有间焉。"又居三日，王子以告曰："獐无间矣，与二氏者为一矣。"又居三日，而西旅氏伺獐之寝也，噬其吭，韩之卢拉其胁，獐竟以死。

一位客人途径侯子的家，送给它一只獐。侯子问："獐能够驯养吗？"客人回答说："天下大乱的时代，那些彼此争斗的猛兽也能成群结队，和睦游戏。这点，您不会不相信吧，怎么还怀疑獐不能驯养呢？"侯子点头道："说的有理。"于是，修建了一个房屋，把獐接受下来。

獐被养起来后，有时呦呦鸣叫，声音低沉，似乎在寄托哀思；有时又嗥嗥号叫，声音高亢，像是在悲叹自己的穷途末路。到了夜晚，就用头碰撞门窗，有人去看看，好像又惊动了它似地，非常害怕。獐子的这种心情，虽然很像人，但恐怕也是难以驯养的。

仲虺王子知道这件事后，就对侯子说："看来，你不善于训獐是很明显的了，何不把它送给我呢？"侯子担心地说："您家院子里有两个东西，那只大的如同西旅氏的猛狗，小而俊美的好像古代良犬韩卢的后裔，它们都想吃獐，那怎么办呢？"王子哈哈大笑说："您这个人不仅不善于驯獐，也不了解我那两只狗。您等着瞧吧，我将引您的獐去见它们，让它们慢慢同牢共食，渐渐同窝共睡，逐步交成朋友，而一天比一天亲密。我就是要用这样的办法使你的獐子生活得更安定、美好，怎么会让它受到伤害呢？"侯子仍然不放心，嘱咐说："虽然如此，您还是让童仆守着它，用铁索拴住它。"王子不以为然，没有作声。

3天以后，王子派人来告诉侯子说："我已经不让童仆看守了，那两只狗看见獐平静安适，毫无举动。"又过了3天，派人来告诉说："我把铁索也去掉了，现在两只猛狗表情慈祥，开始亲近獐了。只是獐对它们还存有戒心。"3天又过去了，王子又转告侯子说："现在獐已经解除了顾虑，和那两只狗亲密无间，打成一片了。"

可是，又过了3天，两只猛狗等獐熟睡后，就开始行凶了。那只大的猛然扑上去一口咬住獐的喉咙，小的用力撕扯肋条，那只獐竟被它们活活咬死了。

后人用"王子训獐"这个典故告诉人们，反动阶级的本性是不会变的，虽然它们有时也会装出一副慈悲善良的面孔，但只是为了解除人们的思想武装，一旦有机可乘，便会凶相毕露，作恶为害。

枉学屠龙

典出《庄子·列御寇》：朱泙学屠龙于支离益，单千金之家，三年技成而无所用其巧。

有个人名叫朱泙。他拜支离益为师，学习宰龙的本领。

结果，耗尽了千金的家产，花费了3年时间，终于学成了。

然而，由于无龙可杀，朱漫苦苦学来的本领，竟没有丝毫用处。

"枉学屠龙"这个典故告诉我们：学习的目的，全在于应用。如果离开了这一点，即使学到再高超的本领，也是毫无用处的。

妄自菲薄

典出诸葛亮《出师表》：诚宜开张圣听，以光先帝遗德，恢弘志士之气，不宜妄自菲薄，引喻失义，以塞忠谏之路也。

三国时，蜀汉的开国皇帝刘备于建兴元年（223年）病死，其子刘禅继位。建兴五年（227年），诸葛亮准备出师北伐曹魏。临行前，他为了消除后顾之忧，给后主刘禅上了《出师表》，对蜀中各方面作了通盘考虑，适当安排。表中反复劝勉刘禅发奋有为，励精图治，赏罚分明，亲贤使能，虚心纳谏，以完成刘备"兴复汉室"的未竟之业。表中写道：陛下应当兼听各方面的意见，振奋自己的士气，不应当妄自菲薄，说一些无原则的话，以致堵塞批评者进谏的道路。

虽然诸葛亮对刘禅寄予很大的希望，但刘禅是位扶不起的天子。诸葛亮死后，他信任宦官黄皓，朝政日趋腐败，终于在炎兴元年（263年）投降魏军、后人用"妄自菲薄"指毫无根据地看轻自己。指自轻自贱。

我今何在

典出刘元卿《应谐录》：一里尹管解罪僧赴戍。僧故黠。中道，夜酒里尹，致沉醉酣睡。已取刀髡其首。改缚己索，反缚尹项而逸。凌晨，里尹寤，求僧不得，又摩其首髡，又索在项，则大诧，惊曰："僧故在是！我今何在耶？"

有个里长押解一名犯罪的和尚到边境去服役。和尚本来很狡猾。走到半路上，夜里喝酒，里长喝得大醉，睡得很熟，和尚就取刀剃光他的头发，然后把拴自己的绳索，反转来拴在里长的脖子上，就逃跑了。天刚亮，里长醒来了，找和尚找不到；摸摸自己的头光光的，又有绳索套在脖子上，于是大为惊讶，说："和尚本来在这儿！我如今在哪里呀？"

这篇寓言讽刺那些玩忽职守、丧失警惕，忘掉了自己究竟是什么的人。

吴王射狙

典出《庄子·徐无鬼》：吴王浮于江，登乎狙之山。众狙见之，恂然弃而走，逃于深蓁。有一狙焉，委蛇攫抓，见巧于王，王射之，敏给搏捷矢，王命相者趋射之，狙执死，

王顾谓其友颜不疑曰："之狙也，伐其巧，恃其便，以敖予，以至此殛也！戒之哉！"

吴王游长江，登猴山。一群猴子看见他，惶恐地扭头就跑，逃到深深的树丛中去。

有一只猴子，从容自得地抓取东西玩耍，向吴王卖弄它的灵巧。吴王射它，一支支箭都被它敏捷地接住。吴王命令左右随从一齐急速地向它发射，这只猴子当即饮箭而死。

吴王回头对他的朋友颜不疑说："这只猴子，自负它的灵巧，自恃它的敏捷，来对我表示傲慢，以至于这样丧命！拿它作为鉴戒吧！"

后人用"吴王射狙"比喻聪明常被聪明误。爱卖弄自己的小聪明的人，往往被那小聪明所断送。

吾失足容

典出《权子·志学》：一人足恭缓步如之，偶骤雨至，疾趋里许，忽自悔曰："吾失足容矣，过不惮，改可也。"乃冒雨还始趋处，纡徐更步过焉。

一个人迈着方步，四平八稳地走着。天降大雨，他小步快走了一里多路，心里猛然一动，自己后悔起来，说："啊呀，我有失行步的仪容。有错误不怕，改了就好。"于是，又冒雨返到开始快走的地方，重新迈着方步，四平八稳地走起来。

后人用"吾失足容"这个典故讽刺那些墨守陈法、循规蹈矩的人，就像这个讲究足容的人一样迂腐可笑。

梧台燕石

典出《太平御览》：宋之愚人，得燕石于梧台东，归而藏之，以为大宝。周客闻而观焉。主人端冕玄服以发宝，华匮十重，缇巾十袭。客见之，卢胡而笑曰："此燕石也。与瓦甓不异。"主人大怒，藏之愈固。

宋国有个愚笨的人，在梧台的东边得到了一块燕石，回家后珍藏起来，认为自己得到了最好的宝贝。周地一位珠宝商人听到这事就来观看。这个人端端正正戴好帽子，穿上玄色的衣服，打开十层华丽的木柜，取下十层橘红色的丝绢。客人见到宝贝，捂嘴笑着说："这是燕石呀，和瓦片砖块一样。"

笨人听到了大怒，将燕石藏得更加仔细了。

后人用"梧台燕石"这个典故比喻假的就是假的，丑的就是丑的，无论怎样打扮也不会变成真的和美的。

五经扫地

典出《新唐书·祝钦明传》：帝与群臣宴，钦明自言能八风舞，帝许之。钦明体肥丑，据地摇头皖目，左右顾眄，帝大笑。吏部侍郎卢藏用叹曰："是举五经扫地矣！"

唐代人祝钦明，字文思，少通经典，被选拔为明经之士，任东台典仪。唐高宗（李治）永淳年间（682—683年），拜为著作郎，任太子率更令。当时，李显（唐中宗）在东宫做太子，祝钦明兼侍读，教授太子读经。684年，唐中宗（李显）复位，祝钦明被提拔为国子祭酒、同中书门下三品。又任礼部尚书，封鲁国公。

有一次，唐中宗与群臣宴饮，祝钦明自告奋勇说，他能跳八风舞为陛下助兴，唐中宗答应了，他就跳了起来。祝钦明体形肥硕丑陋，踏着地面，摇头晃脑，两只眼睛大而突出，左顾右盼，惹得中宗大笑起来。吏部侍郎卢藏用叹息地说："真是把五经之士的脸都丢尽了！"

"五经扫地"就是从这个故事来的。五经：儒家的5部经典，指《易》《尚书》《诗》《礼》《春秋》。五经中的《礼》，汉时指《仪礼》，后世指《礼记》。《春秋》后来又和《左传》合并。人们用"五经扫地"比喻丧尽文人体面，即斯文扫地的意思。

五丈灌韭

典出《说苑·反质》：卫有五丈夫，俱负缶而入进灌韭，终日一区。邓析过，下车，为教之曰："为机，重其后，轻其前，命曰桥，终日溉韭百区不倦。"

五丈夫曰："吾师言曰：'有机知之巧，必有机知之败。'我非不知也，不欲为也。子其往矣，我一心溉之，不知改已。"

卫国有5个男子，都背着瓦罐从井里汲水浇灌韭菜园子，从早到晚，一天辛劳，只能浇一畦。

郑国大夫邓析路经这里，看到他们笨重的劳动，便下了车，教他们说："你们可以做一种机械，后端重，前端轻，名叫桔槔。使用它来浇地，一天可浇百畦而不觉累。"

这5个人齐声说："我们的老师说过：'有使用机器的好处，一定就有使用机器的坏处。'我们并非不懂，而是不愿制作使用。你走你的路，我们一心使用瓦罐浇灌，决不更改！"

后人用"五丈灌韭"这个典故比喻那些反对革新，故步自封拒绝接受先进经验、学习先进技术的保守派。

乡人与虱

典出蒲松龄《聊斋志异》：乡人某者，偶坐树下，扪得一虱，片纸裹之，塞树孔中而去。后三年，复经其处，忽忆之，视孔中纸裹宛然。发而验之，虱薄如麸。置掌中审顾之。少顷，掌中奇痒，而虱腹渐盈矣。置之而归。痒处核起，肿数日，死去。

有一个乡下人，偶然坐在树底下，摸住了一个虱子。他拿一片纸把虱子包了起来，塞进树洞里面，然后就离开了。过了3年，他又经过那个地方，忽然想起虱子来。看树洞里面，纸包依然在那里。他拆开纸包检查，见虱子薄得像麸皮一样。就把它放在乎掌中仔细观看。一会儿，觉得手心里特别痒，而虱子的肚子却渐渐饱满了。他放下虱子走回家去。痒的地方肿起了桃核一样大的疙瘩，肿了几天，就死了。

这篇寓言说明，对害人虫是绝对不能讲怜悯的，必须彻底消灭它。

秀才买柴

典出《笑赞》：一秀才买柴曰："荷薪者过来！"卖柴者因"过来"二字明白，担到面前，

问曰："其价几何？"因"价"字明白，说了价钱。秀才曰："外实而内虚，烟多而焰少，请损之。"

卖柴者不知说甚，荷柴而去。《赞》曰：秀才们咬文嚼字，干的甚事？读书误人如此。有一官府下乡，问父老曰："今年黎庶何如？"父老曰"今年梨树好，只是被虫吃了些。"就是这买柴的秀才。

有个秀才要买柴火，叫道："担柴的人过来！"

卖柴火的人因为"过来"二字听得明白，就把柴火担到秀才面前。

秀才又问道："其价几何？"

因"价"字也能听得清楚，就对秀才说了价钱。

秀才看了看柴捆说道："外实而内虚，烟多而火焰少，请损之！"

卖柴人不知道他说些啥，就挑起柴火走掉了。

《赞》云：秀才咬文嚼字，干的啥事？死读书的人误人如此。有一个官员下乡，询问父老们说："近年黎庶何如（这些年老百姓们日子过得怎么样）？"父老们说："今年梨树长得好，只是被虫子咬了些。"看来这官员就是这买柴的秀才呀。

后人用这则寓言说明秀才读了几本书，就装腔作势，咬文嚼字，之乎者也，借以吓人。但是百姓却不买他们的账，卖柴人挑柴走掉，就是对秀才最好的答复。如果秀才咬文嚼字，那么他是买不到柴的，只能一边吃着生米，一边咬文嚼字了。

玄石戒酒

典出《郁离子·虞孚篇》：昔者玄石好酒。为酒困，五脏熏灼，肌骨蒸煮如裂，百药不能救。三日而后释。谓其人曰："吾今而后知酒可以丧人也。吾不敢复饮矣。"居不能阅月，同饮至曰："试尝之。"始而三爵止。明日而五之，又明日十之，月明日而大爵，忘其故，死矣。

臭性之所耽，不能绝也。

玄石戒酒

过去有个叫玄石的人，特别好酒贪杯。有一次，他被酒醉倒了，酒力像火一样，熏灼他的五脏，蒸煮他的肌肉骨骼，身体像要裂开一样，各种药物都治不了。过了 3 天才解除。他对同伴说："我从今以后知道酒可以死人了。我再不敢饮酒了。"停了不到一个月，饮酒的同伴来了，对他说："试着尝一点吧。"也只吃了 3 杯便停止了。第二天增加到了 5 杯，再后一天便增加到 10 杯，再后一天使一大杯一大杯地往肚里灌了。他完全忘记了过去的教训，直到被酒醉死。

这个故事说明：与本性相联系的强烈嗜好是不容易戒绝的。

悬驼就石

典出唐·释道世《法苑珠林》。

传说古代有这样一个人，做事十分机械刻板。有一次国王送了他一只死骆驼，他心里非常高兴，就把骆驼搬回家去，立刻就要剥皮。可是他拿起刀一看，刀太钝了，于是就去磨刀。磨刀石在哪里呢？他找来找去，好容易才在楼上找到。他见磨刀石在楼上，便把骆驼搬上楼去悬挂在梁上，然后才开始磨刀。

后人把这个故事概括为"悬驼就石"，用来比喻机械愚笨而不能随机应变的行为。

循规蹈矩

典出《红楼梦》第五十六回：这么一所大花园子，都是你们照管着，皆因看的你们都是三四代的老妈妈，最是循规蹈矩。

探春主张姑娘们住的园子不用另请人管理，可在园中的老妈妈中选几个老成本分知园圃的来料理。这一方面可省下花儿匠、山子匠并打扫人的费用，另方面也可使这些老妈妈得点额外收入，再者花园可管理得更好。李纨、宝钗等都很赞成探春的主意。于是探春便命人将园中所有的老妈妈一齐传来。众老婆子来后，李纨把探春的意思告诉了他们。众婆子听了，都很愿意。有的说："把那片竹子给我，一年工夫，明年又是一片。除了家里吃的笋，一年还可交一些钱粮。"有的说："那一片稻地交给我，一年中家中玩的雀鸟吃的粮食我包了，另外还可交些钱粮。"

探春等见老妈妈们都愿干，心里很高兴，于是便分派几人去干。宝钗这时寻思了一会说道："如今园子里有几十个老妈妈，若管园子的收入只给这几个人，那没管上的一定不高兴。那些没有料理这些事的老妈妈，一年到头在园里辛苦，也应得点好处。凡参与料理园中事务的老妈妈，每年从收入中拿出一部分，分发与未参与料理园中事务的老妈妈，这样比较公平，大家心里也高兴。未参与园中事务的老妈妈得了好处，也会帮助照管园子。"众老婆子听了这番议论，都齐声说："赞成。"宝钗接着又说："这么一所大花园子，都交给你们照管，是信得过你们，因为你们几代都在这里当过老妈妈，你们最是循规蹈矩，希望你们好好干。"众老子说："姑娘奶奶只管放心，如果我们不把事情办好，天地也不容。"

后人用"循规蹈矩"表示拘守旧准则，不敢略加变动，不敢创新。

医者算命

典出《笑林》：或见医者，问以生意如何，答曰："不要说起，都被算命先生误了。嘱我：'有病人家莫走。'"

有人见到一个串乡治病的医生，问他近来生意如何，医生懊丧地回答："别提了，生意都被算命先生耽误了，他嘱咐我：'不要到有病的人家去。'"

后人用"医者算命"这个典故告诉人们，科学和迷信是不相容的。身为医生却相信算命先生的鬼话，这对那些自封的唯物主义者是一个很好的讽刺。

已陈刍狗

典出《庄子·天运》：刍狗之未陈也，盛以箧衍，巾以文绣，尸祝斋戒以将之。及其已陈也，行者践其首脊，苏者取而爨之而已；将复取而盛以箧衍，巾以文绣，游居寝卧其下，彼不得梦，必且数眯焉。而今夫子，亦取先王已陈刍狗，聚弟子游居寝卧其下。

祭祀所用的、用茅草扎成的刍狗，未陈列之前，放在精制的竹箧中，上面覆盖着绣花彩巾，然后由尸祝斋戒之后，恭送太庙供祭。

一旦祭祀完毕，刍狗便被抛弃。来往行人，任意践踏它的头背，拾柴的甚至拿去烧火做饭。

但如果有人把已经陈列过的刍狗，再拿来放在竹篓中，盖上绣花巾，在它的下边睡卧，即使不作噩梦，也必定会几遭梦魇。

而"今天的腐儒"，也是把早已过时的无用东西拿来到处兜售。

后人用"已陈刍狗"这个典故讽刺那些喜欢把已经被历史淘汰了的东西再摆出来，阻挡人们前进的步伐的人。实际上被他们奉为至宝的，不过是"已陈刍狗"罢了。

以凫为鹘

典出《艾子杂说》：昔人将猎而不识鹘，买一凫而去。原上兔起，掷之使击，凫不能飞，投于地，又再掷，又投于地，至三回，凫忽蹒跚而人语曰："我鸭也，杀而食之，乃其分，奈何加我以掷之苦乎？"其人曰："我谓尔为鹘，可以猎兔耳，乃鸭耶？"凫举掌而示，笑以言曰："看我这脚手，可以搦得他兔否？"

从前，有个人要去打猎，想买一只兔鹰。可他从没见过兔鹰，结果，买了一只水鸭子，兴致勃勃地带上走了。

他来到野外荒原，看见一只兔子从草莽中窜出，立刻抛出鸭子让它去追击。鸭子不会飞，一头栽到地上。这人提起来又扔向空中，鸭子照旧又跌在地上。

鸭子被折腾了三番五次，忽然摇摇摆摆走到这人面前说起话来："先生，我是水鸭子，杀了吃肉，才是我的本分。为什么非要掷来掷去，让我皮肉受苦呢？"

这人惊讶地问："我以为你是兔鹰，可以抓兔，怎么会是鸭子呢？"

鸭子举起脚蹼，笑着说："您仔细看看我这手脚，能够抓兔子吗？"

后人用"以凫为鹄"这个典故讽刺那些不求甚解、粗心大意的盲干家！

以管窥天

典出《史记·扁鹊列传》：扁鹊仰天叹曰："夫子之为方也，若以管窥天，以郄视文。越人之为方也，不待切脉望色听声写形，言病之所在。闻病之阳，论得其阴；闻病其阴，论得其阳。病应见于大表，不出千里，决者至众，不可曲止也。子以吾言为不诚，试入诊太子，当闻其耳鸣鼻张，循其两股以至于阴，当尚温也。"

扁鹊是春秋时的著名医生。他的名字本来叫秦越人，因为医术高明，人们称他为神医扁鹊。扁鹊住在齐国渤海郡，家里开着一个小客店，接待来往旅客。传说有一位名叫长桑君的隐士经常到扁鹊的客店来住。扁鹊对他招待很周到，长桑君因此很喜欢他。有一天，长桑君把扁鹊叫到跟前，亲热地说：

"我看你这个年轻人为人忠厚，又挺勤快，我有一个秘方想传给你，你不能泄露……"

扁鹊连忙施礼，说："晚生遵命！"

长桑君从怀中取出一包仙药，交给扁鹊，说："你用清晨的露水和着药吃下去，30天以后你就明白了！"接着又把医病的秘方全送给了扁鹊。扁鹊正想重谢他，可是一眨眼工夫，长桑君不见了。扁鹊惊奇地叫起来："哎呀，他是一位神仙哪……"

扁鹊按照长桑君的嘱咐，每天吃一次药，30天以后，他忽然看见了墙后边的人，这种隔墙看人的本领使他感到惊奇。他给人看病，居然能看出人五脏六腑的病处……他又认真地学习那些治病的秘方，不久就成了闻名遐迩的神医了。

有一年，扁鹊带领弟子外出巡医，路过虢国，突然听见宫里、宫外哭声连天，甚觉奇怪，便打听过路人。人们告诉他说，是虢国太子死了。

扁鹊来到宫门口，问守门的中庶子说：

"请问太子何病而亡？""太子血气不时，精神不能止邪气，所以暴病而死。"

扁鹊又问："那么死几时了？"

"早晨鸡叫时候死的……"

扁鹊略加思忖，赔着笑说道："有劳大驾，我是齐国渤海郡医生秦越人，能治活太子，请进宫……"

"什么？！"中庶子望了一眼扁鹊，瞧他一身布衣打扮，语不惊人，貌不出众，突然发出一阵大笑："哈哈，你是说疯话吧？人死了还能治活？！快走吧，快走吧，不要骗财了……"

扁鹊再三请求中庶子禀报国君，可他就是不答应。扁鹊没法子，长叹了一口气，感慨地说：

"你呀，你这是从竹管里望天，从门缝里看画，见得多少世面呢？我给人治病一不用切脉，二不用望色，三不用听声……你若是不相信我的话，回去看看太子，他的耳朵里一定有响动，鼻子一定微微张动，大腿之间还会有温热的……"

中庶子听了这些话，十分惊奇，赶快回宫报告了国君。国君亲自出宫将扁鹊请入宫室。

扁鹊检查了太子的身体，选好穴位，几针刺下去，太子忽然醒过来。扁鹊又为他配了几剂汤药，不到一个月太子完全康复了。于是消息传开了：扁鹊能把死人治活……可是扁鹊听了这话，只是微微一笑，说："这是没有的事儿，我是不能医活死人的。太子本来没有死，我才能让他好起来……"

成语"以管窥天"即由此而来，意思是从管孔观察天空，比喻见闻狭隘。

以卵击石

典出《墨子·贵义》：以其言非吾言者，是犹以卵投石也，尽天下之卵，其石犹是也，不可毁也。

春秋战国时期，有一位思想家，名叫墨翟，又称墨子。他有许多弟子，他的名声很大。据说有一年他往北方的齐国走去，途中遇见一个叫"曰"的人，对墨子说：

"你不能往北面走啊，今天上帝在北边杀黑龙，你的皮肤很黑，去北方是不吉利的呀！"

墨子说："我不相信你的话！"说完就独自朝北走去，但不久又回来了，因为北边的淄水泛滥，无法渡河。

名叫"曰"的那人得意地对墨子说：

"怎么样啊？我说你不能往北走嘛！遇到麻烦了吧？！"

墨子微微一笑，说："岂有此理！淄水泛滥，南北两方的行人全都受阻隔，行人之中有皮扶黑的，也有皮肤白的，怎么都过不去呀？"

"曰"无话可说，支吾半晌说不出话来。墨子又说："假如天帝在东方杀了青龙，在南方杀了赤龙，在西方杀了白龙，再在中央杀了黄龙，岂不是让天下的人谁也动弹不得吗？所以你的谎言是抵挡不过我的道理的，就像拿鸡蛋往石头上撞，把普天之下的鸡蛋全用光了，也伤害不了石头的一丝一毫！石头是毁坏不了的呀！"

"曰"羞愧地逃走了。

成语"以卵击石"即由此而来，后人用它比喻不自量力。

"以卵击石"也写作"以卵投石"。

翳草待雉

典出刘基《郁离子》：句章之野人翳其藩以草，闻之声，发之而得雉，则又翳之。冀其重获也。明日往聆焉，之声如初，发之而得蛇，伤其手以毙。

句章这个地方有个农民，用草遮盖他家的篱笆，他听见草下面有唧唧的声音，扒开草，抓到了一只野鸡。他又用草把篱笆盖上，希望再次抓到野鸡。第二天他去听，唧唧的声音跟上次一样。他又扒开草，却抓到一条毒蛇。蛇咬伤了他的手，他就中毒而死了。

这篇寓言说明，只凭狭隘的经验，不知变通，是比较危险的。

翳草待雉

因噎废食

典出《吕氏春秋·荡兵》：有以噎死者，欲禁天下之食，悖。

有个人，因食管被食物堵塞而噎死了。这件事引起轰动，有人想禁止天下人吃饭。这太荒谬了！

这则寓言讽喻要做的事情由于出了点小毛病或怕出问题就索性不干的荒唐行径。

有勇无谋

典出唐·陆贽《论两河及淮西利害状》：（王）武俊蕃种，有勇无谋。又见《三国演义》第十一回：（曹）操曰"吾料吕布有勇无谋，不足虑也。"

东汉末年，宦官集团对政治的垄断曾一度达到了前所未有的地步，并与外戚势力产生了尖锐的矛盾。张角领导的黄巾起义失败以后，宦官集团与外戚集团的矛盾更加尖锐。到汉灵帝死后，这种矛盾便公开爆发了。为了铲除宦官势力，国舅何进下令征召在外地驻守的军阀董卓等率军入京，以增强自己的力量。因宦官先发制人，何进遭杀害。袁绍、袁术遂起兵捕捉宦官。不久，董卓领兵入京，废汉少帝，立刘协为皇帝（汉献帝），他自任太师，垄断了中央大权。董卓的专权，又妨碍了一些世家豪族和官僚的利益。初平三年（192年），司徒王允策动董卓的部将吕布将董卓杀死。

吕布，字奉先，东汉末五原郡九原（今内蒙古包头西北）人，善弓马，当时号为"飞将"。他是一位勇力过人而智谋不足的武夫。除掉董卓以后，董卓的部将李傕、郭汜带兵攻入京城，杀了王允，大败吕布。吕布便逃出武关，投靠了袁绍，后又弃袁投靠了张扬，继而又弃张扬投靠张邈。兴平元年（194年），曹操率军攻打徐州，张邈趁曹操东征的机会，命吕布袭破兖州，占据了濮阳。曹操听此消息，急忙回军兖州。路上，碰上了曹仁。曹仁对曹操说，吕布势大，又有陈宫相助，不可轻视。曹操说："我料想吕布有勇无谋，没什么可怕的。"于是决定先收复濮阳。因吕布势大，没有成功。吕布虽依仗勇力，横行了一阵子。但终因有勇而无谋，于建安三年（198年）被曹操杀死。

"有勇无谋"意即只有胆量，没有计谋。

后人用这个典故比喻做事或打仗只是猛干猛冲而缺乏计划和不讲策略。

迁公毁楼

典出《雅谑》：家有一坐头，绝低矮。迁公每坐，必取瓦片支其四足。后不胜烦，忽思得策，呼侍者，移置楼上坐。及坐时，低如故，乃曰："人言楼高，浪得名耳。"遂命毁楼。

迁公家有一只板凳，非常低矮。他每次去坐，都要用瓦片支垫上四条腿。

后来，他实在不耐烦了，忽然想出一个主意，叫来家仆，让把凳子搬到楼上。迁公上楼一坐，觉得仍然和原来一样低矮，于是他说："人们都说楼高，真是徒有其名！"立即让人把楼拆毁了。

后人用"迁公毁楼"这个典故告诉人们，具体的矛盾只能用具体的方法去解决。搬凳上楼，只能提高板凳相对于大地表面的高度，却不能提高板凳自身的高度。迁公之迁就在于混淆了这两个根本不同之点。

遇盗之戒

典出《列子·说符》：牛缺者，上地之大儒也。下之邯郸，遇盗于耦沙之中，尽取其衣装车马。牛缺步而去，视之欢然无忧吝之色。盗追而问其故，曰："君子不以所以养害其所养。"

盗曰："嘻！贤矣夫！"既而相谓曰："以彼之贤，往见赵君，使以我为事，必困我，不如杀之。"乃相与追而杀之。

燕人闻之，聚族相戒曰："遇盗，莫如上地之牛缺也！"皆受教。

俄而其弟适秦，至关下，果遇盗。忆其兄之戒，因与盗力争；既而不如，又追而以卑辞请物。盗怒曰："吾活汝弘矣，而迫吾不已，迹将箸焉；既为盗矣，仁将焉在？"遂杀之，又傍害其党四五人焉。

牛缺，是上地的一位大学者。他要到邯郸去，在耦沙地方遇上强盗，把他的行装车马劫掠一空。牛缺步行而去，看起来高高兴兴没有一点忧愁的模样。强盗们追上去询问其缘故，牛缺说："有德行的人不因那些养生的东西伤害自己的身子。"

强盗们说："啊！真贤明啊！"接着又商议说："以他这样高的才德，去见赵国国君，假使把我们抢了他的东西当回事，必然会使我们遭到困难；不如杀了他。"于是一起追上去把他杀了。

燕国有人听到这件事，聚集族人相告诫说："碰上强盗，不要像上地的牛缺那样！"大家都接受了教训。

不久，这个人的弟弟去秦国，走到函谷关下，果然遇上强盗。想起哥哥的告诫，便奋力和强盗争斗；斗不过，又紧跟着低声下气地请求把财物还给他。强盗们大怒，说："我让你活着已经够宽大了，还不停地追着我，这样下去行踪就要暴露了。既然作了强盗，还有什么仁爱可言？"于是杀死了他，又连带杀害了他的同伴四五个人。

后人用"遇盗之戒"比喻把别人在特定情况下的某种具体经验教训当成生活至理，盲目照搬，终会落得可悲的下场。

缘木求鱼

典出《孟子·梁惠王上》：以若所为，求若所欲，犹缘木而求鱼也。

《后汉书·刘玄传》：今以所重加非其人，望其毗益万分，兴化致理，譬犹缘木求鱼，开山采珠。

后人用"缘木求鱼"比喻方向或方法不对头，不可能达到目的。

缘木求鱼

钥匙尚在

典出《朝野佥载》：昔有愚人入京选，皮袋被贼盗去。

其人曰："贼偷我袋，将终不得我物也。"

或问其故？

答曰："钥匙尚在我衣带上，彼将何物开之。"

从前，有一个愚人到京都去参加考选，他的皮口袋被盗贼偷去了。

这个愚人说："盗贼偷了我的皮口袋去，他将永远得不到我皮口袋里的东西。"

有人问他什么缘故？

他回答说："钥匙还拴在我的衣服带子上，他将要用什么去开启皮口袋呢？"

这则寓言讽刺了愚人愚在分不清主次，抓不住主要矛盾，钱袋丢了，剩下钥匙还有什么用处呢？

越人遇狗

典出《伯牙琴》：越人道上遇狗。狗下首摇尾，人言曰："我善猎，与若中分。"越人喜，引而惧归，食以粱肉，待之礼以人。狗得盛礼，日益倨，猎得兽，必尽啖乃已。或嗤越人曰："尔饮食之得兽，狗辄尽啖，将奚以狗为？"越人悟，因与分肉，多自与。狗怒，啮其首，断领足，走而去之。夫以家人豢狗，而与狗争食，几何不败也！

有个越人在路上遇见一条狗。这条狗俯首摇尾，说着人话道："我很会打猎，猎物和你平分。"

越人很高兴，就领着狗一同回家去，每天喂它精美的膳食，用人的礼节对待它。狗得到了这样的盛情招待，日益傲慢起来，每次捕捉到动物，必定自己吃尽了才算完。有人讥笑越人说："您喂养着这条狗，它捕猎到动物，却自己都吃光了，你还要这条狗干什么？"

越人一听醒悟了，因而与狗分食猎物，而且自己要多拿些。

狗很愤怒，立即咬住越人的脑袋，撕断了他的脖子和双足，离家跑走了。

后人用这则寓言说明"江山易改，本性难移"。好端端的一个人，却为了一点私利，去与狗交朋友！任凭你待他如上宾，"食以粱肉，待之礼以人"，不仅不能感化半点狗性，反而纵容它"日益倨，猎得兽，必尽啖乃已"。等您醒悟了，希图狗实现它的分肉诺言时，它就立即翻脸不认人，"啮其首，断领足，走而去之"，哀哉！越人之惨死也。狗之为狗，绝不要为它的花言巧语所迷惑啊！

粤犬吠雪

典出《柳河东集·答韦中立论师道书》：仆往闻庸、蜀之南，恒雨少日，日出则犬吠，予以为过言。前六七年，仆来南，二年冬，幸大雪，踰岭，被南越中数州，数州之犬，皆苍黄吠噬，狂走者累日，至无乃已。然后始信前所闻者。

我过去听人讲过：庸、蜀的南部，阴雨连绵，少有晴天，偶然日出，狗就吠个不停。这种传闻，我一直不太相信，认为它言过其实了。

六七年前，我来到南方。第二年冬天，恰好下了一场罕见的大雪，大雪越过南岭，覆盖了粤地南部好几个州。几个州的狗都惊恐万状，一连几天狂吠乱奔，直到天空放晴，落雪融化，才安静下来。

这时候，我才相信蜀犬吠日确有其事了。

后人用"粤犬吠雪"这个典故比喻少见多怪。也常指浅薄无知者对自己所不理解的事物妄加诋毁。

知母贝母

典出《广笑府》：人有初开药肆者，一日他出，令其子守铺。遇客买牛膝并鸡爪黄连，子愚不识药，遍索笥中无所有，乃割已耕牛一足，斫二鸡脚售之。父归问卖何药？询知前事，大笑，发叹曰："客若要知母、贝母时，岂不连汝母亲抬去了？"

有一个人开了个药铺。有一天他因事外出，叫他儿子看守店铺。这时一位客人来买牛膝和鸡爪黄连，主人的儿子非常愚笨又不识字，找遍药栈也没有找到，于是把耕牛的蹄子割下来，杀鸡取爪卖给客人。父亲回来以后问卖了什么药，听说以后大笑不已，感叹说："客人若要知母、贝母，难道连你母亲也抬出去？"

后人用这则寓言说明子愚不识药，割牛足，斫鸡脚，固然愚蠢可笑，但是其父明知儿子"愚不识药"，却令其守铺，硬赶鸭子上架，用非其才，结果遭到报应。可见用人必须知人善任。

只顾羊卵子，不顾羊性命

典出《儒林外史》第三十四回：羊枣，即羊肾也。俗话说："只顾羊卵子，不顾羊性命。"

金东崖是个不学无术的人，却偏偏自以为学识渊博，著书立说。这一日，他拿了一本自己写的书《四书讲章》来向邻居杜少卿炫耀卖弄。他指着其中一条（这一条本意是说：古代曾参的父亲喜爱吃羊枣，羊枣是一种很甜的小枣，曾参在父亲去世后，一看见羊枣就想念父亲，流泪不食）得意地说："先生，你说这'羊枣'是甚么？羊枣，即羊肾也。俗语说：'只顾羊卵子，不顾羊性命。'所以曾子不吃。"杜少卿听罢大笑，说道："古人解经，也有穿凿的，先生这话就太不伦了。"

后人用"只顾羊卵子，不顾羊性命"的这个典故比喻因小失大。

纸上谈兵

典出《史记·廉颇蔺相如列传》。

战国末期，赵国大将赵奢的儿子赵括，年轻时候就读了不少兵书，即使他父亲和他谈论用兵之道，也不能将他难住。虽然这样，但赵奢认为，赵括没有经过实际锻炼，不能当大将。并把这些想法告诉了赵括的母亲。后来，秦国进攻赵国，赵国老将廉颇奉命抵抗，为了争取作战的有利条件，廉颇先筑营垒坚守，待机而动。这时，秦国为了取胜，使用了反间计，赵孝成王听信了秦国的反间谗言，认为廉颇年老懦弱，不能抵挡大敌，改派赵括代廉颇为大将。赵括的母亲闻讯连忙上书赵孝成王劝止说："赵括虽熟读兵书，但不能灵活运用，并非大将之才，请不要重用。"相国蔺相如也同意赵括母亲的意见。但赵孝成王不听劝阻，终于派赵括为上将。赵括接替了廉颇的兵权，来到长平（今山西省高平市），自认为对军事很熟，完全改变了廉颇的战略计划，照搬兵书上争取主动的条文，立即向秦军出击，结果被秦兵围困，突围时中箭而死。赵军40万人也都做了俘虏，并被秦国大将白起坑杀。

后人用"纸上谈兵"这个典故比喻不联系实际地夸夸其谈。

中计身亡

南宋时，有一个陕西人身怀围棋绝技，自称关西棋客。他到了都城临安后访遍京城高手，无人能与他匹敌，一时名声大振。皇宫内侍王益是个好事者，他找来几个围棋国手同关西棋客比赛，结果也都败在了关西棋客的手下。王益就把这件事报告了皇帝。皇帝听后，便下诏让关西棋客第二天入宫，要看他与宫内棋待诏弈棋。棋待诏得到这个消息后，生怕第二天比赛时输棋，于是想出了一条计策。

当晚，棋待诏把关西棋客请到自己家里，设宴款待。席间，棋待诏领来一个漂亮的姑娘，对关西人说："这孩子是我的女儿。几个月来，你棋镇京城，我久仰你的大名，打算把她嫁给你为妻，不知意下如何？"关西棋客为人老实，看到姑娘相貌美丽，身材窈窕；待诏态度诚恳，心中非常高兴，就满口答应了这桩婚事。棋待诏看到关西棋客已经上钩，便接着说："明天我们俩要在皇上面前下棋，你得让我这个老丈人先赢第一局，然后我再让你赢第二局，你看怎么样？"关西棋客想到他们之间的翁婿关系，认为理当如此，就点头表示同意。棋待诏接着说："我看你一表人才，聪明过人，肯定会受到皇上赏识，将来咱俩都在宫中弈棋，也好互相照应，那是多好的事啊！"

其实棋待诏根本没有什么女儿，而是他临时从京城一个戏班子里请来的一位歌舞伎。

第二天，棋赛开始了。关西棋客不知道自己中了待诏的奸计，按他们事先的约定，让了第一局。皇帝看到关西棋客一上来就输了第一局，而且没有什么精彩的场面，认为关西棋客也不过如此，就对站在一旁陪自己观棋的王益说："你看，这个人毕竟是个土包子，怎么能与我皇宫中的国手相提并论呢？！"说完，站起身来挥了挥手走了。

关西棋客看到皇帝并不赏识自己，非常狼狈地退出了皇宫。过了几天他听人说棋待诏根本没有女儿，才知道自己上了当。他一气之下，卧床不起，茶饭不思，没过多久就丧命黄泉了。

冢宰奇画

典出《艾子杂说》：齐有二老臣，皆累朝宿儒大老，社稷倚重。一日冢相，凡国之大事，乃关预焉。一日，齐王下令迁都。有一宝钟重五千斤，计人力须五百人可扛，时齐无人，有司计无所出，乃白亚相。久亦无语，徐曰："嘻！此事亚相何不能了也？"于是令有司曰："一钟之重，五百人可扛。人忽均凿作五百段，用一人五百工扛之。"有司欣然从命。艾子适见之，乃曰："冢宰奇画，人固不及。只是搬到彼，莫却费锢镂也无？”

齐国两个年老的臣子，都是经历了好几朝的很有声望的人，国家都依靠和器重他们。其中一个是首相，凡属国家的重要事情，他都要参与研究和决断。

有一天，齐国的君主下令迁徙国都。有一口宝钟，重量达 5000 斤：估算一下，需要 500 人才能扛动；齐国一时没有这么多人力。官吏们想不出什么计策来，便把这情况报给亚相，亚相想不出办法。亚相在一旁，也好久没说出什么办法，后来才慢吞吞地说道："嘿！这样的事情，亚相你为什么不能解决呢？"于是，他便命令主管官吏道："根据这口钟的重量，有 500 人就可以扛动。可以叫人迅速把它均匀地凿成 500 块，然后，叫一个人花 500 天的工夫把它陆续地搬走就是了。"官吏们高兴地接受了这一命令。

这件事情，恰好被艾子撞见了，便说道："首相的好计谋，固然是一般人所想不出来的，只是把凿成了碎块的钟搬运到新的国都以后，不知还需要花多少气力才能把它熔铸成一口完整的钟呢！"

这则寓言讽刺那些官居要职，徒负虚名，并无真才实学的人。

自欺欺人

典出《笑林》。

从前有一个南方人，家里很贫穷，但总幻想有朝一日成为一个有钱人。后来，他不知从何处找来一本汉代淮南王刘安论方术的书，就认真地读了起来，当他读到书中"如果谁得到螳螂捕蝉时用来掩护自己的叶子，就可以隐藏他的身体"。这个人非常高兴，就天天等在一棵大树下，伸长脖子看着头上的叶子。一天，他终于看到一只螳螂躲在一片叶子的后面准备捕蝉，他赶紧爬上树去搞下叶子，但下来时不小心叶子掉在了地上，他四下里找，可是地上已经有很多落叶，怎么也分辨不出掉下的那一片。他只好把地上的树叶都扫回家，一张张地拿来挡在自己面前，问他妻子说："你看得见我吗？"妻子不知丈夫在玩什么把戏，一一回答，回答得久了，就有些不耐烦，便说："看不见。"

这人高兴极了，连忙把叶子装在口袋里。

第二天一早，这个人带着叶子来到城里。当他看到市场上有人在卖东西时，就摸出叶子来放在胸前，然后伸出手去拿东西。不想被当场捉往，并送往官府。官府的人觉得很奇怪，就问他说："你为什么要在光天化日之下偷别人的东西呢？"这人只好哭丧着脸把事情的经过说出来，官府的人听了哈哈大笑起来，就把他释放了。

后人将这种既欺骗自己，也欺骗别人的行为叫做"自欺欺人"。

自食其果

有一天，丘浚去拜望一个和尚。那位和尚见丘浚不是做官的人，对他爱理不理地很不客气。正在这时，来了一个高级军官的儿子，排场很阔绰，和尚马上换了一副笑脸，出去招待他。丘浚很讨厌这个和尚，等那个高级军官的儿子一走，便气愤地问道："你对我为什么这样不客气，对他为什么又那么客气呢？"

这和尚是个有名的快嘴，马上就说："哈！你误会了！你还不知道我的脾气吗？凡是我表面上对他客气的，内心里对他未必客气；凡是内心里对他客气的，那就不必在表面上客气了？"

这时丘浚手里正好拿着一根拐杖，一气之下，就在和尚头上重重地敲打了好几下。说道："照你这样说，打你就是爱你，不打你倒是不爱你了，请你原谅吧！"

后人用"自食其果"比喻自己造成的恶果由自己承受。

自相残杀

典出《韩非子》：虫有虺者，一身两口，争食相也。遂相杀，因自杀。

有种蛇类毒虫，叫虺。这种毒虫，一个身子两张嘴。每当捕获食物以后，两嘴就因争食，彼此咬了起来。结果，虺也就因自相残杀而死去。

后人用"自相残杀"这个典故讽刺了那种不顾大局，彼此争斗不休，以致丧失共同的根本利益的愚蠢行为。

眦睚必报

典出《史记·范雎蔡泽列传》：一饭之德必偿，睚眦之怨必报。

战国时代，魏国有一个中大夫，名叫范雎，因事在国内不能立足，被答逐出国境，范雎很有口才，他被逐出魏国后，于是运用能言善辩的天才，跑到秦国去，向秦昭王游说范雎恐怕秦昭王知道他是被逐出魏国的无赖，所以改名换姓，自称是张禄，向秦昭王建议远交近攻政策，秦昭王认为范雎的政策很妥善，于是范雎留在秦国，拜为客卿，后来范雎能够时常接近秦王，而且所建议的政策，秦王都认为可行，在实施后又得到良好的效果，于是封范雎做了秦国的丞相。范雎这个时候已经不是在魏国倒霉的时候，受到秦王的宠爱，成为有财有势的大人物，于是他认为应该清算旧账：凡从前对他有恩惠的人，虽然所施的恩惠，只是给他吃一顿饭，范雎也重重酬谢；所有从前对他有嫌怨的人，虽然嫌怨的程度，只是曾对他瞪眼怒视一下，范雎也不肯放过，要实行报复。

"睚眦必报"就是出于范雎的故事，睚眦，瞪眼怒视。引申为小怨小忿。连瞪了他一眼的小怨小忿都要报复，形容气量极其狭小。

邾君为甲

典出《吕氏春秋·有始览·去尤》：邾之故法，为甲裳以帛。公息忌谓邾君曰："不苦以细，凡甲之所以为固者，以满窍也。今窍满矣，而任力者半耳。且组则不然，窍满则尽任力矣。"

邾君以为然，曰："将何所以得组也？"

公息忌对曰："上用之，则民为之矣。"

邾君曰："善。"下令，令官为甲必以组。

公息忌知说之行也，因令其家皆为组。

人有伤之昔曰："公息忌之所以欲用组者，其家多为组也。"

邾君不说。于是复下令，令官为甲无以组。

邾国的老办法，一向是用绸子来镶缝战裙的：公息忌对邾君说："不如用丝绳镶缝好。大凡战裙的牢固，关键在于镶缝得严紧。用绸子镶缝，即使镶缝得很严紧，也只能承受一半的力气罢了。至于用丝绳就不是这样，镶缝得严紧，就是使出最大的力气，也不会破裂的。

邾君认为对，又问：用什么办法得到丝绳呢？"

公息忌回答说："国君要用它，老百姓就会造出来。"

邾君说："好。"便命令官府镶缝战裙一定要用丝绳。

公息忌知道自己的主张被采用了，就叫家里的人都制作丝绳。

这时有人诋毁他说："公息忌之所以主张用丝绳，是因为他家里大量制作了丝绳。"

郏君很不高兴。于是又下令，叫官府镶缝战裙不得用丝绳。

后人用"郏君为甲"比喻思想上有了偏见，就会混淆是非，做出错误的判断。

纵虎归山

典出《三国演义》第二十一回：程昱曰："昔刘备为豫州时，某等请杀之，丞相不听；今日又与之兵，此放龙入海，纵虎归山也。后欲治之，其可得乎？"

东汉末年，天下大乱，群雄各霸一方。一心想趁机夺取天下的刘备，因为没有立足之地，到处奔波，经常寄人篱下。194年，陶谦病死，这时投奔陶谦的刘备，便做了徐州牧。不料，刘备被吕布打败，不得不暂时投奔曹操，等待时机，壮大实力。

不久刘备听说袁绍消灭了公孙瓒，淮南军阀袁术准备率军开往河北，投奔其兄袁绍，结成联盟。刘备觉得这是个脱身的好机会，于是趁机对曹操说："袁术投奔袁绍，必经徐州，请将军拨给我一些兵马，在半路上截杀，保证能够捉住袁术。"曹操担心袁绍、袁术兄弟联兵一处，势力壮大，不好对付，于是同意刘备请求，让他带领5万人马前往徐州，截击袁术。刘备见曹操同意，立即率军匆忙出发。关羽、张飞看到刘备慌忙的样子很不理解，问道："哥哥此次出征，为何如此急急忙忙？"刘备解释说："我在曹操手下就好像笼中的鸟，网中的鱼，很不安全，也无法施展自己的本事。这次出征，我就好比鱼儿回到了大海，鸟儿飞上了天空，可以任意畅游翱翔了，再也不会受他人的限制。"

刘备走后，曹操的谋士郭嘉、程昱从外地赶回许昌，他们听说曹操放走了刘备，急忙去见曹操。程昱说："从前刘备做徐州牧时，我们曾建议把他杀掉，丞相没有听从；现在您又给他许多兵马，放他离去，这就等于把蛟龙放回大海，把猛虎放归深山。以后再想制服他，能够办得到吗？"郭嘉接着说："即使丞相不好把他杀掉，也不该轻易放他离去。古人说得好，一旦放跑了敌人，就会带来无穷的后患。请丞相仔细考虑。"曹操觉得他们2人讲得很有道理，于是命令许褚领兵500追赶刘备，让刘备返回。

刘备识破了曹操的计谋，拒绝返回，许褚无奈，只好回禀曹操。刘备劝回了许褚，领兵在半路上截杀了袁术，从此不再依附曹操。此后刘备经过多年的艰苦征战，终于建立蜀国，形成了曹操、刘备、孙权三足鼎立的新局面。他们分别建立了魏、蜀、吴，历史上称为"三国"。

成语"放虎归山"意思就是把老虎放回山上去，比喻把敌人放回巢穴，就会留下祸根。纵：释放的意思。

作舍道傍

典出《后汉书·曹褒传》：谚言："作舍道边，三年不成；会礼之家，名为聚讼。"

从前有一个没有主张的人在大路旁边建一间住宅。房子快要造好，路人甲从那里经过，对他的房子端详了好一阵，大发议论说："要是我是住宅的主人，我就不这样造？"

那没主张的人连忙请教："依先生的意思该怎样造？"

"你应该把门窗的方向全都朝东，太阳一出来就射进你的卧房，这样就可以养成早起的习惯，岂不很好！"

"对对，你的意见真宝贵，我马上照办。"于是房子拆毁了。

房屋第二次快要落成的时候，路人乙又来发表意见："住宅要紧的是冬暖夏凉，而只有向南才能达到这样的要求；现在你的住宅向东，这怎么妥当呢？"

"对对，你的说话很对！"房屋又被拆毁，第三次重建。

出主意的人愈来愈多，每一个出主意的人都有他的一套理由，没主张的人觉得他们的意见都是对的，于是他的住宅拆了又砌，砌了又拆，3年过去了，没主张的人还没有把他的住宅造好。

后来的人便把"作舍道傍"作为一句成语来比喻众说纷纭，莫衷一是，难于成功。

坐井观天

典出《庄子·秋水篇》中的一个寓言故事。又见韩愈《原道》：坐井观天，曰天小者，非天小也。

《庄子·秋水篇》记载的故事大意是：废井里住着一只青蛙，有一天在井边上碰见了一只从东海里来的海鳖。青蛙说："你看，我多快乐呀！高兴的时候就在井栏边上跳跃一阵，累了就睡在井里的砖洞上休息，或者就露出头来泡在水里，或者在泥地里散步也很舒服。看看那些蛙蟹与蝌蚪谁能比得上我呢？井里这样自由自在，快乐得意，我又是这里的主人，还是请你来井里观赏一下吧！"海鳖听了就想进去看

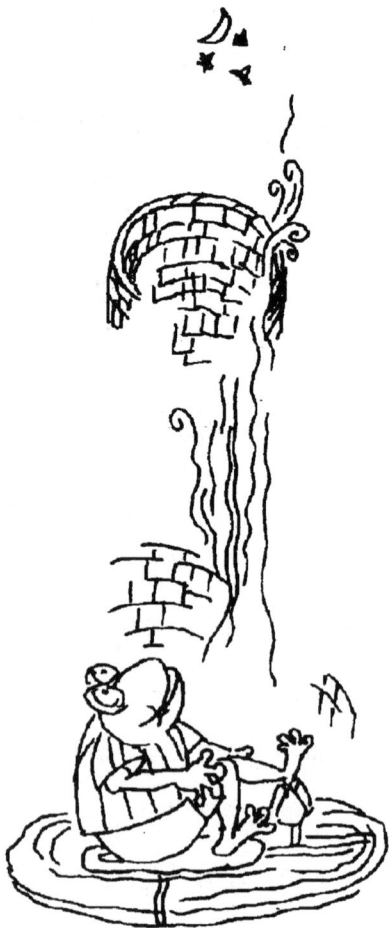

坐井观天

看，可是左脚还没有完全伸进去，右脚就被井栏绊住了。于是海鳖对青蛙说了些海的广大无边等情况，青蛙才吃惊地知道井外还有这样广阔的天地，快乐的世界。

后人用"坐井观天"这个典故比喻眼界狭小，所见有限。

暗度陈仓

典出《史记·高祖本纪》：正月，项羽自立为西楚霸王，王梁、楚地九郡，都彭城。负约，更立沛公为汉王，王巴、蜀、汉中，都南郑。……汉王之国，项王使卒三万人从，楚与诸侯之慕从者数万人，从杜南入蚀中。去辄烧绝栈道，以备诸侯盗兵袭之，亦示项羽无东意。……八月，汉王用韩信之计，从故道还，袭雍王章邯。邯迎击汉陈仓，雍兵败，还走；止战好畤，又复败，走废丘。汉王遂定雍地，东至咸阳，引兵围雍王废丘，而遣诸将略定陇西、北地、上郡。

秦朝末年，项羽和刘邦都有独霸天下的野心。项羽知道刘邦不好对付，在推翻秦朝后为反秦将领分地封王时，有意将他封为汉王，想把他限制在偏僻的巴蜀和汉中一带。刘邦很不服气，但当时项羽势力很强，他只好领兵西上，开往汉中的南郑城。在通往南郑的路上，有绵延几百里的栈道（在险峻的悬崖绝壁上凿孔支架木桩，铺上木板而成的窄小通道），刘邦接受了谋士张良的计策，将所走过的栈道全部烧毁了。这样既有利于今后防御，又可以迷惑项羽，让他以为刘邦一去就不打算回来，就会松懈对刘邦的戒备和防范。

刘邦到南郑后，拜了韩信为上将。韩信提出的夺取天下的第一步计划，是先取关中，建立兴汉灭楚的根据地。于是，他们一边加紧做攻打关中的准备，一边故意派了几百名士兵去修复栈道。把守关中西部的章邯感到好笑："谁叫你们烧了栈道，看哪年哪月才能修好？"根本不予重视。但不久，章邯便接到紧急报告，刘邦的大军已攻入关中，占领了陈仓（今陕西宝鸡市东），杀了守将。章邯慌忙领兵抵抗，但已经来不及了，最后被逼自杀，其余守将也相继投降，关中被刘邦全部占领。这就是韩信的妙计，称为：明修栈道，暗度陈仓。当初张良建议烧毁栈道时，也曾向刘邦预先说过此计，刘邦见两人先后所定的计策完全一样，高兴地说："英雄所见，毕竟略同！"

后人用"暗度陈仓"或"明修栈道，暗度陈仓"的典故形容一边麻痹对方，一边偷偷摸摸地暗中活动，出其不意，达到了某种目的。也写作"明修暗度"。

白雁落网

典出《燕书》：具区之泽，白雁聚焉，夜必择栖。恐人弋己也，设雁驻环巡之，人至则鸣。群雁藉是以瞑。泽人熟其故，爇火照之，雁奴戛然鸣，泽人遽沉其火。群雁皆惊起，视之无物也。如是者四、三，群雁以奴绐己，共啄之。未几，泽人执火前，雁奴不敢鸣，群雁方寐，一网无遗者。

白雁落网

具区湖畔，是大雁经常集聚的地方。到了夜晚，它们总在那里选择适宜的地方栖息。大雁恐怕被人捕获，就安排一只雁，在周转巡夜放哨，人们来时，就鸣叫报警。因此，群雁就可安心歇息了。

猎人们熟悉了大雁的这一套办法，捕猎时，先举火照耀。

雁奴一见,嘎嘎地叫起来,猎人便很快把火隐没。群雁都被叫声惊起,环顾四周,毫无动静,于是又睡了。这样连着折腾了好几次,群雁以为雁奴故意欺骗它们,就都去啄它。

没过多久,猎人们举着火把来到雁群跟前,雁奴再也不叫了,而群雁正在酣睡,结果被一网打尽、

后人用"白雁落网"这个典故告诉我们,猎人用诡计欺骗了大雁。狡猾的敌人,也常常是用诡计欺骗我们的,我们切不可失去警惕,受骗上当。大雁为了免于被害而设警,却又不能真正信任它,使用它,轻易否定并用粗暴的方法压制它的正确意见,使人家不敢再讲话,结果全部送了命。

步线行针

典出《水浒传》。

杏花村有个王林,卖酒为生。老伴死得早,只留下一个女儿,名叫满堂娇,年方 18 岁,尚未许人。

有一天,贼人宋刚和鲁智恩到杏花村喝酒,宋刚自称是梁山泊头领宋江,鲁智恩自称是花和尚鲁智深。王林没有见过宋江和鲁智深,就以为他们俩真是梁山上的好汉,便热情接待,并唤女儿满堂娇出来敬酒。

宋刚喝醉了酒就要讨满堂娇做压寨夫人。鲁智恩就对王林说:"把你女儿与俺宋公明哥哥做压寨夫人吧,只借你女儿 3 天,第四天便送来还你。"说着不管三七二十一就把满堂娇带走了。

正好那时李逵也下山游玩,来到王林酒店喝酒,听说宋江和鲁智深抢走了王林的女儿,好不气愤。李逵立即回山与宋江理论。

李逵回得山寨,见了宋江,连忙打恭道:"给哥哥道喜!"宋江问道:"喜从何来?"李逵道:"哥哥不是要讨压寨夫人了么?"然后指着鲁智深说:"秃

儿，这是你做的好事呢？"鲁智深不知话从何说起，便呆了。李逵恨恨地说："原来这梁山泊有天无日，我恨不得砍倒这面杏黄旗。"宋江忙说道："你这铁牛，有什么事也不查个明白，就提起板斧来，要砍倒杏黄旗。"吴学究则在一旁说道："山儿，你也忒口快心直了。"宋江说："山儿，你下山喝酒，遇着了什么人？他们说了我些什么？……"

李逵把事情的原委都说了出来，宋江否认。李逵不信，便与宋江打赌说："如果不是你，我愿把这个脑袋输了。"宋江道："既然如此，就立下军令状，交学究收着。"李逵道："那怕指天画地能瞒鬼，步线行针待哄谁。"为了弄清问题，于是宋江、鲁智深和李逵一道下山去找王林老头对质。在下山的路上，李逵总认为宋江和鲁智深走路太慢，必是心中有鬼，便道："让我来给你们逢山开道。"鲁智深说："山儿，我要你遇水搭桥呢！"李逵道："你休得顺水推舟，偏不许我过河拆桥。"宋江知道李逵的话中有意，便说："山儿，你记得你上山时，是八拜之交认我做哥哥的吗？"李逵不听这些，只管赶路，不觉来到杏花村王林家下。对质的结果，抢王林女儿的果然不是宋江。

宋江回山要杀李逵的头，李逵也无话可说。正在这个当口上，王林来报，那个假宋江、假鲁智深已经送他女儿回来了，正到了他家。宋江便说："山儿，你下山拿得两贼，恕你无罪。"李逵听说，连忙谢恩。他说："这是挠到我山儿的痒处了。管叫瓮中捉鳖，手到拿来。"说完飞速下山把两个贼人捉拿上山来了。

后人用"步线行针"比喻安排周密。

拆散纵约

六国在洹水订立盟约的举动简直是跟秦国挑战一样。秦王对相国公孙衍说："要是六国真合而为一，秦国还有什么发展的希望呢？咱们必须想个办法破坏他们的合纵才成。"公孙衍说:"合纵是赵国开头的,大王不如先发兵去打赵国,看谁去救赵国,就先打谁。这么一来,诸侯都怕秦国去打他们,他们的合纵就容易拆散了。"张仪连忙反对说:"六国新近订了盟约,正在兴头上,一下子拆不散的。要是咱们发兵去打赵国,那么韩、楚、魏、齐、燕一块儿出来帮它,咱们该对付哪个好呢?我想还不如用点工夫先去联络几个国家,他们一定会彼此猜疑起来的。他们内部起了疑还怕合纵不散吗?比方说,离咱们最近的是魏国,最远的是燕国。从魏国拿来的城多少退还几个给魏国,魏国准会感激大王,自然会来跟咱们和好。另外,把大王的女儿许配给燕国的太子,咱们跟燕国就做了亲戚。这么一来,秦国就不孤立了,各国的'合纵'不难变成'连横'了。"秦惠文王依了张仪的计策,就这么办起来。魏国和燕国的国君贪图眼前的便宜,不顾后来的后患,果然跟秦国好起来。

赵王得着这个消息,就责备纵约长苏秦,说:"你倡导六国合纵,一齐抵抗秦国。如今还没到一年工夫,魏国和燕国就给秦国拉过去了。要是秦国来打赵国,这两国还能帮助咱们吗?合纵哪靠得住呢?"苏秦觉得这事有点难办。这些国家就好像一群猴儿,不听管教,要叫他一个人去管,这哪行呢?他要是再不想法子,也许就不能叫他好好地下台了。他说:"好吧,我先到燕国去一趟,然后再到魏国去,非把这两国的事办好不可。"赵王恨不得把这混乱的局面整顿一下,就让他去了。

苏秦到了燕国的时候,燕文公已经死了,燕易王才即位,一见苏秦来了,就拜他为相国。这个相国可不容易当,您瞧,东边的齐国趁着燕国办丧事,就发兵来攻打,夺去了10座城。燕易王拜苏秦为相国,原来是想为难他。燕易王说:"当初先君听了您的话,合纵抗秦,希望六国和好,彼此帮助。先君的尸骨还没凉,齐国就夺去了我们10座城。洹水的盟约还有什么用?您是纵约长,总得想个法子呀。"苏秦本来是为赵国来责问燕国的,如今倒先得为燕国去责问齐国了。他只好对燕易王说:"我去跟齐国要回那10座城,好不好？"燕易王当然喜欢。

苏秦到了齐国，对齐威王说："燕王是大王的同盟，又是秦王的女婿。大王为了贪图10座城，跟两国结下冤仇。贪小失大，太不值得！要是大王照我的计划办，把10座城还给燕国，不但燕国感激大王，秦国也一定喜欢。齐国得到了秦国和燕国的信任，难道大王还不能号召天下建立霸业吗！"这一番话，正说在齐威王的心坎上。他为什么会攻打燕国，破坏盟约呢？齐国本来是个大国，离秦国又远，照齐威王的打算，齐国加入合纵就可以借着合纵的名目来号召天下，建立霸业。没想到洹水会上，小小的赵国反倒当上了头儿，这哪能叫他服气！齐国和秦国的势力差不多，西方的秦国想并吞六国，东方的齐国也不是没有这个想法。他一听到苏秦的计策，就想要拿10座城做本钱去收买天下的人心。当时挺痛快地答应了苏秦，退还了燕国的土地。

燕易王凭着苏秦的一张嘴，收回了10座城，当然是高兴的。可是因为苏秦跟他的母亲文公夫人有私情，燕易王就对他冷淡起来。苏秦瞧出来了。他想再上齐国去碰碰运气，就对燕易王说："我在这儿对燕国没有多大用处，不如上齐国去，表面上做个齐国的臣下，背地里可以替燕国打算。"燕易王说："任凭先生吧。"苏秦假装得罪了燕易王，逃到齐国。齐威王还想利用他，拜他为客卿。

苏秦正在齐国替燕国破坏齐国的财力和物力的时候，秦惠文王又向魏国进攻，有时候，他夺了土地又退还给他，还了又夺回来。他使的手段是：打一巴掌揉三揉，揉了再打，要叫魏惠王死心塌地地归顺秦国，听他的指挥。魏惠王可不吃这一套，他一心要搜罗有富国强兵能耐的人。他这种急于征求人才的打算还真出了名。有个叫孟轲（就是孟子）的邹国人（就是春秋时代的邾国，也叫邾娄）得了这个消息，跑到魏国去见魏惠王（也就是梁惠王）。魏惠王亲自到城外去迎接他，把他当做贵宾看待。他一开口就说："老先生不辞千里迢迢地到敝国来，对我们一定能有很大的助益吧。"孟子说："大王何必急着谈利益呢？最要紧的是讲仁义。"魏惠王觉者这位先生太迂腐了，就对他冷淡起来。

没有多少日子魏惠王死了，太子即位，就是魏襄王。孟子见了新君之后，退出来说："这个人看上去，简直不像个人君的样儿。"他只好离开魏国。他听说齐威王死了，儿子刚即位，就是齐宣王。孟子就上齐国去见齐宣王，劝他施行仁政。

齐宣王有两个毛病：头一样是好色，第二样是贪财。苏秦就利用他这两个毛病叫他搜罗美人，起造宫殿和华丽的花园，加重捐税来充实库房。他还拿孝顺父亲的大帽子叫齐宣王耗费钱财和人工去安葬齐威王。苏秦知道要叫六国同心协力地抗秦，就得叫六国势力变得一样大。齐国比别国强大就破坏了这个均势。为了这点，他想法子叫齐国消耗人力和财力。他这种毒辣的手段虽然把齐宣王蒙住了，可是瞒不了那些机灵的大臣，尤其是老相国田婴的儿子田文。田婴一死，齐宣王就重用田文。那些反对苏秦的人以为齐宣王既然重用田文，一定不再信任苏秦了。他们背地里派人去刺苏秦。匕首扎在苏秦的肚子里，他还挣扎着去告诉齐宣王。齐宣王叫人逮刺客，可是刺客早就跑了。苏秦小声地跟齐宣王说："我死之后，请大王把我的脑袋割下来，挂在街上。再出个赏格，说'苏秦私通外国，替燕国来破坏齐国。如今已经把他杀了。有知道他的秘密来告发的，赏黄金1000两。'这样，刺客一定能拿住。"说完这话，他拔出匕首，就断了气。齐宣王照着苏秦的话去做，果然把那个刺客逮住了。

那时候，楚威王死了，太子即位，就是楚怀王。楚怀王即位后听说秦惠文王拜张仪为相国，他怕张仪为了当初"和氏璧"的事情来向楚国报仇，就打算采用苏秦的老办法去联络诸侯，重新订立合纵联盟，以继续共同抗击秦国。楚怀王十一年（公元前318年），他做了纵约长，带领着楚、韩、赵、魏、燕5国的兵马向秦国的函谷关进攻。这是东方诸侯第一次联合起来出兵攻秦。秦军出了函谷关，首先打败了韩国的军队，接着5国的军队全都退回去了。

楚怀王害怕了。第二年（公元前 317 年）韩、赵、魏、燕、齐 5 国再一次向秦国进攻，而且韩国和赵国领头借了匈奴的兵马去打秦国。这一次合纵军败得比上一次更惨，韩军和赵军死伤得最多。6 国军队和匈奴人一共被秦军杀了 82000 多人。

六国合纵接连打了两个败仗，秦国不来打他们，已经是上上大吉了，谁还敢再向秦国进攻？恰巧秦国西南方的巴国（都城在今重庆市）和蜀国（都城在今四川省成都市）互相攻打，两国都向秦国求救兵。秦惠文王就派司马错率领大军到了巴蜀，把这两个国家都灭了（公元前 316 年）。秦国一下子增加了大片的土地，又因为秦国对巴、蜀的居民特别照顾，这就大大得到了他们的拥护，秦国就更加强盛起来了。六国的合纵被秦国拆散，已不必说了，他们竟还彼此攻打，抢夺地盘，这就给秦国一个进攻的好机会。

这个故事讲的是苏秦的"合纵"政治主张终于被强大的秦国破坏了。

唱筹量沙

典出《南史·檀道济传》：道济时与魏军三十余战多捷，军至历城，以资运竭乃还。时人降魏者俱说粮食已罄，于是士卒忧惧，莫有固志。道济夜唱筹量沙，以所余少米散其上。及旦，魏军谓资粮有余，故不复追，以降者妄，斩以徇。

檀道济（？—436 年），南朝时期宋国高平金乡人。东晋末年跟随刘裕南征北伐，屡立战功。420 年，刘裕（宋武帝）建立起宋朝，檀道济因功被封为永修县公。422 年，宋武帝死。423 年，北魏攻夺宋地，司州（治所在洛阳）、青州、兖州、豫州大部，被北魏夺去。424 年，宋文帝（刘义隆）即位。宋文帝凭借富强的国力，经常出兵击魏，想收复黄河以南的土地。

宋文帝元嘉八年（431年），檀道济率师攻伐北魏，与魏军打了30多仗，大都取得了胜利。大军到达历城时，因军粮用尽，檀道济下令回师。当时，有宋兵投降了北魏，说宋军中粮已用完。北魏军想借机追赶宋军，宋军的士兵个个感到忧虑、惶恐，都没有斗志，人心涣散。檀道济心生一计，在夜里，他命人高喊数码，计量沙子，以仅有的一点米散布在沙子上。天亮时，魏军中纷纷传言，说宋军中粮食有余，所以不敢追赶宋军，并且认为投降的宋兵是奸细，又把他们斩首示众。

"唱筹量沙"就是从这个故事来的。筹：数码。"唱筹量沙"本指以沙充粮，量时高呼数字，以表示存粮充足。后来，人们常用它比喻为安定军心，振作士气，有意制造假象，迷惑敌人。

持重待机

典出《晋书·宣帝纪》：时朝廷以亮（诸葛亮）侨军远寇，利在急战，每命帝（司马懿）持重，以候其变。

三国争斗时，诸葛亮于建兴十二年（234年）率10多万大军出兵斜谷，与魏国争夺中原。这是曹操、刘备相继死去以后，魏、蜀之间争夺中原的交兵。魏国的军事统帅是后来被追尊为宣帝的司马懿。司马懿素来害怕诸葛亮，这次见诸葛亮来势凶猛，更是焦急不安。当他知道诸葛亮屯兵五丈原以后，为了安定军心，便故意对将士们说："如果诸葛亮从武功（山名，在陕西省武功县南）沿山往东，我没法不担心；如果从五丈原过来，大家可以放心。"当将士们得知诸葛亮果然屯兵五丈原时，便安心得多了。为了消耗蜀军的力量，司马懿向将士们下了"只守不战"的命令。诸葛亮虽然带了充足的粮草，但这样相持下去也不是办法，便向司马懿挑战。

魏明帝曹叡知道诸葛亮远道而来，必将急于求战，使命令司马懿要持重待变，不可轻举妄动，因此，诸葛亮屡次挑战，司马懿都坚守不出。后来，诸葛亮派人给司马懿送去了一些妇女的衣服和首饰、脂粉，对其进行嘲弄。司马懿大怒，上书请战，明帝仍然不许。就这样对峙了3个多月，因诸葛亮病死于军中，蜀军不战自退。

后人用"持重待机"这个典故比喻谨慎地等待时机。持重：稳重，不轻举妄动。

哄堂大笑

典出唐代赵璘《因话录》卷五征部记载：唐代御史有台院、殿院、察院，以一御史知杂事，谓之杂端。当时规矩，公堂会食，皆绝言笑，惟杂端笑而三院皆笑，谓之"烘堂"。后来，宋朝人曾在《类说》一书中，将此引作"哄堂"。

关于"哄堂大笑"，宋欧阳修的《归田录》和《群众通要》中曾记载过这样一个故事：

古时候，有两个好朋友，一个性子急的叫和凝，一个性子慢的叫冯道。有一天，和凝见冯道穿了一双新靴子，就问他多少钱买的。冯道抬起了一只脚说："900。"和凝一听，马上回头问他的一个随身小吏："你给我买的那双靴子怎么花了1800？"并因此数落了小吏一番。这时，冯道又抬起了另一只脚说："这只也是900。"大家听了哄堂大笑。

后人用"哄堂大笑"这个典故比喻满屋子的人同时发笑。

调虎离山

　　典出《西游记》第五十三回：才然来，我是个调虎离山之计，哄你出来争战，却着我师弟取水去了。

　　唐僧师徒去西天取经，途中见一条小河，澄澄清水，湛湛寒波。三藏见那水清，一时口渴，便叫八戒舀些水给他喝。八戒取出钵盂，舀了一钵，唐僧喝了一小半，剩下多半，八戒一气喝下肚去。一会儿，唐僧、八戒都叫："腹痛！"又过了一会儿，八戒、唐僧呻吟不已，大叫"痛得很！"又过了一会儿，疼痛难禁，肚子渐渐大了起来。又过了一会儿，肚内似有一血团肉块，不住地乱动。见到这种情况，孙悟空即搀唐僧，沙僧即扶八戒到一草舍寻医治病。悟空将事情的经过讲给一位婆婆听，那婆婆听了哈哈大笑道："刚才你师父吃的是子母河的水，吃了那水便成胎气，不日要生孩子。"三藏闻言，大惊失色道："徒弟呀！这怎么办啊！"八戒扭腰撒胯地哼道："爷爷呀！我怎么生得出来啊！"婆婆见状，便对他们说："离此三十里有一座解阳山，山中有个破儿洞，洞中有个'落胎泉'，须得那泉水吃一口，方才解得胎气。但如今这泉被如意真仙护住，不送厚礼，你休想得他一滴水。"行者听了，高兴地说："师父，你放心，待老孙去取水来。"

　　悟空来到破儿洞取水，那如意真仙不但不给，反而又骂又打。悟空与那仙斗十数回合，那仙战败，拖着武器如意钩往山里跑了。悟空急忙去取水，吊桶刚放下，那仙跑来用如意钩把悟空钩倒在地，吊桶也落入井里。悟空无奈，只得回去叫沙僧来做帮手。

　　悟空、沙僧一同来取水，悟空对沙僧说："你藏着，待我与那仙交战正浓时，你乘机取水。"沙僧按计行事。沙僧取到水后，喊道："大哥，我已取水去了。"悟空得知，对那仙道："才然来，我是个调虎离山之计，哄你出来争战，却着我师弟取水去了。……以后再有取水者，切不可勒索他。"悟空、沙僧取回水与唐僧、八戒喝后，胎气便解了。

后人用"调虎离山"比喻用计谋调动对方离开原来的有利地位。

洞见症结

典出《史记·扁鹊仓公列传》：（长桑君）乃出其怀中药予扁鹊……扁鹊以其言饮药三十日，视见垣一方人。以此视病，尽见五脏症结，特以诊脉为名耳。

相传春秋时有一个叫长桑君的名医，与扁鹊（姓秦，名越人）相交10余年，扁鹊对他十分恭谨，长桑君把秘密的药方传给了扁鹊，还将一包药物交给扁鹊，说："你用天上掉下来还没有落地的水调药服用，连服30天，便可替人治病了。"扁鹊按照长桑君的指示，一连服药30天，果然出现奇迹，竟连隔墙的人也能看见了。接着静心研究医理，替人看病，一与病人接触，便能清楚辨别出病人的内脏里的患病部位。

"洞见"是看得很透彻清楚，"症结"是指病症的所在。"洞见症结"本来是指行医的人能明辨病症所在及病变的过程，是专用在治病方面的术语。后来人们引申出来，比喻眼光锐利，能够透过现象看到问题的实质或要害。

毒蝎去尾

典出《七经纪闻·记蝎》：管子客商邱，见逆旅童子有蓄蝎为戏者，问其术。曰："吾捕得，去其尾，故彼莫予毒，而供吾玩弄耳。"索观之，其器中蓄蝎十数，皆甚驯，投以食则竞集，撩之以指，骇然纷起窜。观其态，若甚畏人者然。

我旅居商丘的时候，见客舍的孩子们有养蝎子做游戏的，我就问他们制服蝎子的办法，小孩说："我捉到以后，去掉它的尾刺，所以它就不能毒害我而供我玩耍了。"

我请他们拿来一看，盛放的器具中养了 10 多条蝎子，都非常驯服。扔进食物，它们就聚集在一起争着吃；用手指去撩拨，便吓得纷纷逃窜。看它们的样子，好像是十分怕人一样。

"毒蝎去尾"这个典故告诉人们，要战胜凶恶的敌人，必须击中要害，解除他们的武装。正如蝎子虽毒，然而一旦去掉它的尾刺，便不能危害于人。

杜渐防萌

典出《后汉书·丁鸿传》：人道悖于下，效验见于天，虽有隐谋，神照其情。垂象见戒，以告人君。间者月满先节，过望不亏，此臣骄溢背君，专功独行也。陛下未深觉悟，故天重见戒，诚宜畏惧，以防其祸。《诗》云："敬天之怒，不敢戏豫。"若敕政责躬，杜渐防萌，则凶妖销灭，害除福凑矣。

东汉时期，有一个人叫丁鸿，字孝公，颍川定陵人。汉和帝（刘肇）即位后，丁鸿被任为太常。永元四年（公元92年），他当上了司徒。当时，窦太后专权，她的哥哥窦宪等人都被封为文武大官，权势极大。丁鸿对这种局面很担心，认为窦氏兄弟权势过大，是产生祸乱的根由。一次，发生了日食，丁鸿以日食为契机，上书皇上，痛陈利害。

丁鸿写道："有些人的行为违背了天的旨意，其结果就会在天上反映出来。天网恢恢，疏而不漏，有些人的计谋再诡秘，神灵也会看得一清二楚，并且显示征兆，以示惩戒，让君主知道。近来，还不到农历十五日月圆之时，月亮就已经圆了，过了十五日，月亮还不亏缺。这种天象说明臣子骄横得过了度，已经背弃君主，独断专行了。陛下对此感觉不深，所以上天屡次显示征兆，以示惩戒。我们君臣都应对此感到惶恐，倍加重视，以防止祸患的发生。《诗经·大雅》上说，'敬畏天的震怒，不敢偷懒自逸啊。'如果陛下勤于政事，身体力行，把隐患消除于开端萌芽状态之中，防患于未然，就会避免凶险妖妄之灾，除掉祸害，赢来福气。"

皇上采纳了丁鸿的建议，解除了窦宪的大将军职务，窦宪和他的兄弟们都自杀身亡了。

"杜渐防萌"就是从这个故事来的。渐：指事物的开端。萌：萌芽。"杜渐防萌"的意思是，把隐患消除在开端萌芽状态之中。人们常用它表示防患于未然。

好谋无决

典出《三国志·魏书·郭嘉传》：袁公徒效周公之下士，而未知用人之机。多端寡要，好谋无决，欲与共济天下太难，定霸王之业，难矣！

郭嘉是三国时候曹操的重要谋士，他为曹操除吕布、讨袁绍立有大功。郭嘉少年时期就很有见识，他看到当时朝政危乱，天下将有争斗，便在家乡隐名埋姓，密交豪杰。开始，他想投奔袁绍，可是见到袁绍以后，他改变了主意。袁绍手下的谋臣辛评、郭图问郭嘉说："你已经见了我主袁绍，印象如何呀？"

郭嘉毫不客气地回答说："我看这个人只想效法西周时候的周公，屈己尊人，但不懂得如何使用人才，所希望的东西那么多，不知道哪些是最要紧的；喜欢多虑而缺少决断。与袁绍这种人共济天下大难，夺取霸王之业，太难啦！"说完，郭嘉便离开袁绍而去投奔曹操。

曹操见到郭嘉，问他："袁绍地广兵强，我想讨伐他，可是感到力量不够，怎么办？"

郭嘉恭敬地回答说："刘邦、项羽的力量开始相差悬殊，可是刘邦胜了。项羽虽然强大，最终免不了失败。据我分析，目前袁绍有十败，则您有十胜；袁绍外宽内忌，用人而疑，而您外简内机，唯才而用；袁绍多谋少决，失在后事，而您策得及行，应变无穷；袁绍大臣争权，谗言惑乱，而您御下以道，浸润不行；袁绍好为虚势，不知兵法，而您以少克多，用兵如神……所以袁绍必败！"

曹操听了郭嘉的一番话，兴奋地说："使我成大业者，必此人也！"

郭嘉对曹操也很满意，说："曹操真是我想找的主公呀！"

郭嘉帮助曹操取得很大胜利，可惜只活到38岁就病死了。曹操对他的死非常悲伤，亲自下表哀悼他说：

"军祭酒郭嘉，自从征伐，十有一年。每有大议，临敌制变。臣策未决，嘉辄成之。平定天下，谋功为高。不幸短命，事业未终。追思嘉勋。实不可忘……"

成语"好谋无决"即由此而来，后人用它表示考虑问题多但不善于决断。

合纵抗秦

典出《战国策·赵策》：苏秦从燕之赵，始合从。说赵王曰："……秦攻齐，则楚绝其后，韩守成皋……诸侯有先背约者，五国共伐之。六国从亲以摈秦，秦必不敢出兵于函谷关以害山东矣！如是则伯业成矣！"

秦国杀了商鞅，可并没改变商鞅的法令。商鞅所制定的新的土地所有制，不但在秦国得到了巩固，而且别的国家也有这么做的。各国都有新兴的商人地主，他们要把封建领主土地公田制改变为税亩制。六国的旧领主还想保持他们原来的割据统治，新兴的土地所有者要求有个符合他们利益的统一的政权。这种新旧土地所有者的矛盾形成了当时最突出的两派对立的政治斗争。列国分成了两派，不管使用什么名义，也不管其中发生了多少错综复杂的事件，新的土地所有者主张亲秦，展开"连横"运动，旧领主和他们的追随者主张抗秦，展开反连横的"合纵"运动，有时候亲秦派得势，有时候抗秦派抬头。就在这种形势下出来了两个能说善道的政客。一个主张"合纵"，认为中原诸侯应当联合起来一起抵抗西方的秦国，造成南北联合的局面。从地势上看，南北合成一条直线，所以叫"合纵"。一个主张"连横"，认为中原诸侯应当跟秦国亲善，造成东西联盟的局面。从地理上看，连成一条横线，所以叫"连横"。从此以后，合纵啊，连横啊，闹得天下鸡犬不宁。

那个凭着"合纵"出名的人叫苏秦。他是洛阳人，本来是个政客，没有一定的主张。合纵也好，连横也好，他只打算凭着能说善道的嘴，弄到一官半职就行，不论哪个君王都可以做他的主子。他想先去见周显王，可是人家不愿意帮他在天子跟前推荐，他就改变了主意，到秦国去。他见了秦国就说连横怎么怎么好，秦国怎么怎么强大，劝秦王一步一步地兼并六国。哪知道秦惠文王自从杀了商鞅之后，就不怎么喜欢外来的客人。他听完了苏秦的话，挺客气地回绝他，说："我的翅膀还没长那么硬，哪能飞得高呢？先生的话挺有道理。可是我得先准备几年，等到翅膀硬了，再请教先生。"苏秦碰了个软钉子，只好走了。

可他并没死心，还想着叫秦王用他。他费了好久工夫，写了一部书，详详细细地说明怎么样才能够兼并列国。他把这部书献给秦惠文王。秦惠文王潦潦草草地看了看，就搁在一边。苏秦只好耐着性子等。他在秦国住了一年多，家里带来的盘缠花光了，身上的衣裳也破了，他只好像败家子似地回家去了。

苏秦回到家里，他妈一见他这个样儿，就骂他，说："咱们这儿的人一向不爱做官？人家专心做工商，也能赚十分之二的利息，日子过得挺好的。

当初我叫你好好地做做买卖，赚个二分利，可是你偏不听我的话，要去做官。花了这么些盘缠，如今怎么样？弄得人不像人、鬼不像鬼地回来！"苏秦没有话可说，一回头瞧见他的妻子坐在织布机上织着帛，连头也不抬，好像没听见他说话似地。他嫂子也在屋里，他只好跟她说："嫂子，我饿了，给我弄点什么吃的。"他的嫂子翻着白眼，说："没有柴火！"说着一转身躲开了。苏秦忍不住了，赶紧回过头去掉了几滴眼泪。

当天晚上，苏秦叹息着说："一个人到了穷困的时候，母亲不把他当儿子，妻子不把他当丈夫，嫂子更不必说了。唉！我苏秦非要争回这口气不可！"从此以后，苏秦天天研究兵书。有时候，念书念累了，正想要歇息一下，好像听见有个声音说："没有柴火！"他立刻清醒了，抖擞精神接着念下去。有一回，实在累得受不了了，心里头还想念，可是眼皮粘到一块，怎么也睁不开。他气极了，拿起锥子扎了大腿一下，鲜血就流出来了。这一下子，精神可来了，接着又念下去。他就这么苦苦地用功，费了一年多工夫。另外，他还仔细研究了各国的地形、政治的情况、兵马的多少、诸侯的心态等等。

他跟他兄弟苏代、苏厉商量，说："我的学业已经成功了。要是你们能给我凑点盘缠，能叫我周游天下，等到我出头了，我准想法子推荐你们。"说着，他把《太公兵法》和中原列国的情形讲给他们听。他们被他说服了，不光拿出金子来送他动身，他们也研究起苏秦的那套学问来了。

苏秦一想："七国之中，秦国最强，可是秦王不能用我。我不如到六国去走走，把六国国君说活了心，叫他们都联合起来去抵抗秦国。"他先到了赵国。赵肃侯（赵成侯的儿子）正用了他的兄弟为相国，称为奉阳君。苏秦先去结交奉阳君，向他说了一篇抗秦的道理。哪知道这头一炮就没打响。他只好离开赵国，到燕国去求燕文公。燕文公的底下人不给他通报，他在客店里住了一年多，盘缠花完了。饿着肚子，正在没有法子的时候，店里的掌柜看他可怜，借给他100个小钱，才凑合着又过了几天。

有一天，燕文公出来，苏秦就趴在路上求见。燕文公问了他的名字，才知道他就是当初见过秦王的苏秦，就把他带到宫里去。苏秦对燕文公说："燕国在列国当中，虽说有 2000 里土地，几十万士兵，600 辆兵车，6000 多骑兵，要是跟西边的赵国、南边的齐国一比，可就显出力量不够来了。近几年来，赵国强大了，齐国强大了。可是强大的国家老打仗，弱小的燕国反倒太平无事。大王您知道这里头的缘故吗？"燕文公说："不知道。"苏秦说："燕国没受到秦国的侵略，是因为有赵国挡住秦国。秦国离着燕国远，就是要来侵犯的话，一定得路过赵国。因此，秦国绝不能越过赵国来侵犯燕国的。可是赵国要来打燕国，那就太容易了。早上发兵，下午就能到。大王不跟近邻的赵国交好，反倒把土地送给很远的秦国，这个做法很不妥当。要是大王用我的计策，先去跟邻近的赵国订立盟约，然后再联络中原诸侯一块抵抗秦国。这样，燕国才能够真正安稳。"燕文公很赞成苏秦的办法，就怕列国诸侯心不齐。苏秦说他愿意先去跟赵侯商量。燕文公就给他预备礼物、路费、车马、底下人，请他去跟赵国接头。

苏秦到了赵国，这时候奉阳君已经死了。赵肃侯听说燕国有位客人来了，亲自跑下台阶去迎接他，说："贵客光临，有何指教？"苏秦说："如今中原各国，最强盛的就是赵国，秦国注目的也就是赵国。可是秦国不敢发兵来侵犯，这是为什么呢？还不是为了赵国的西南边有韩国和魏国挡住秦国吗？可是有一点，韩国和魏国并没有高山大河可以防守，真要是秦国发兵去打韩国和魏国的话，这两国很难抵抗。如果韩国、魏国投降了秦国，赵国可就保不住了。我仔细研究了地形、政治情况，中原列国的土地比秦国大五倍，列国的军队比秦国多 10 倍。要是赵、韩、魏、燕、齐、楚六国联合起来一块抵抗西方的秦国，还怕打不过它吗？为什么各国都断送自己的土地去奉承秦国呢？六国不联合起来反而分别割地求和，绝不是办法。要知道六国的土地有限，秦国的贪心可是没完没了的。割地求和是亡国政策。反过来说，要是大王约会诸侯，结为兄弟，订立盟约，不论秦国侵犯哪一国，其余五国一块去抵抗。这么着，一个孤立的秦国还敢欺负联合起来的六国吗？联合起来共同抵抗敌人是救国政策。我说咱们不如约会列国诸侯到洹水（河名，又叫安阳河，从山西省流到河南省，经过从前的殷墟到安阳县北安阳桥，再东到内黄县，入卫河）来开个大会。"赵肃侯是个有血气的青年，听了苏秦合纵抗秦的话，非常赞成。他拜苏秦为相国，把赵国的相印交给他，又给了他 100 辆车马、1000 斤金子、100 只玉璧、千匹绸缎，让他去约会各国诸侯。

苏秦当上了赵国的相国，先打发人拿了 100 两金子去燕国还那个借给他 100 个小钱的客店的掌柜的，自己准备去韩国和魏国联络一下。他刚要动身的时候，赵肃侯召他入朝，说有要紧的事商量。苏秦连忙去见赵肃侯。赵肃侯对他说："刚才接到边疆的报告，说秦国进攻魏国，把魏国打败了，魏王求和，把河北的 10 座城送给秦国。万一秦国来打赵国怎么办呢？"苏秦心里吓了一跳，他想：要是秦国军队到了赵国，赵国就会像魏国一样割地求和，他那合纵的计策不就吹了吗？苏秦可没显出心慌的样子，拱着手，说："我研究过了，秦国的兵马已经累了，绝不能立刻就打到这儿来。万一来了，我也有退兵的办法。"赵肃侯说："既是这样，你先别出去。要是秦国的兵马不来，到那时候你再动身吧。"苏秦只好留下，请赵肃侯加紧准备防御敌人。

这个故事讲述了苏秦利用自己所学，鼓动如簧之舌，在各诸侯之间游说，推广自己的政治主张，打算用合纵的办法对付秦国。

后发制人

典出《史记·项羽本纪》：先即制人，后则为人所制。

秦二世元年七月，中国历史上爆发了第一次农民起义，陈胜、吴广首先举兵，各地纷纷响应，秦王朝的封建专制统治摇摇欲坠。在农民起义的浪潮中，原先被秦国推翻了的六国后代及一些地方官吏，也相继起来反对秦王朝，乘势争权，会稽郡的太守殷通，素与项梁交好。在农民起义后不久，殷通把项梁请来，并对他说："江西已起义，这是灭亡秦朝的好时机！我曾听说过这样一句话：'先即制人，后则为人所制。'（意思是：先下手的就能制服敌人，后下手的就被敌人制服）我想出兵，先占据一方，然后向外扩展，行动要迅速，晚了怕别人抢先。我想出兵，请你和桓楚带领军队作战。现桓楚流落他乡，只有项籍一个知道他的去处，请项籍去找他吧。"项梁这个人野心很大，怎肯当殷通的下属，于是便去与他的侄子项籍（羽）密议。他叫项羽拿着宝剑，在外等着，也来一个"先即制人"。交代妥帖之后，项梁又进去与殷通同坐，并告诉殷通，召项羽进来，令他去找桓楚。殷通答应之后，项梁召项羽进来，向他使了一个眼色，项羽便将殷通杀了。项梁提着殷通的脑袋，佩上殷通的印章，众人皆惊，旧吏亦惊恐。项梁告诉了众人，于是率兵起义反秦。

后发制人

后人把"先即制人，后则为人所制"说成"先发制人"及"后发制人"，表示制服敌人有两种办法：一是先下手为强，趁敌不备之际，一举而歼灭之，这是先发制人；以弱对强是得先让一步，然后歼之，这是第二种，叫"后发制人"。这第二种是对第一种办法的创造发展和灵活运用。

虎怒决蹏

典出《战国策·赵策三》：人有置系蹏者而得虎。虎怒，决蹏而去。

虎之情，非不爱其蹏也，然而不以环寸之蹏害七尺之躯者，权也。

有一个猎人，安装了一个拴缚兽蹏的捕猎器具，缚住了一只老虎，老虎无法解脱，发起怒来，用牙齿咬断被缚的蹏子，忍着剧痛逃跑了。

老虎不是不爱惜自己的蹏子，可是它并不因为要保护自己小小的蹏子，以致残害了自己庞大的躯体。老虎咬断自己的蹏子来求得生存，这是一种变通的办法啊！

后人用这个故事比喻牺牲局部以保全局。

患鼠乞猫

典出《郁离子》：赵人患鼠，乞猫于中山。中山人予之猫，善捕鼠及鸡。月余，鼠尽而其鸡亦尽。其子患之，告其父曰："盍去诸？"其父曰："是非若所知也。吾之患在鼠，不在乎无鸡。夫有鼠，则窃吾食，毁吾衣，穿吾垣墉，坏伤吾器用，吾将饥寒焉，不病于无鸡乎？无鸡者，弗食鸡则已耳，去饥寒犹远，若之何而去夫猫也？"

有个越国人，担心老鼠为害，便到中山国去讨猫。中山人给了他一只猫，这只猫善于捕鼠，但也善于捉鸡。过了一个多月，家中的老鼠捕尽了，鸡也完了。他儿子很忧愁，就对父亲说："为什么不把猫除掉呢？"

他父亲说："这个道理不是你所能知道的。我们的祸患在于有老鼠，并不在于没有鸡。有了老鼠，便要偷窃我们的粮食，咬碎我们的衣服，穿坏我们的墙壁，破损我们的家具，这样，我们就会挨饿受冻了，不比没有鸡更有害吗？没有鸡，不过是不吃鸡罢了，离挨饿受冻还远着哩，为什么要把这猫除掉呢？"

后人用这则寓言说明任何事情都有其两重性，既有利也有弊。但是，要抓住主要方面，不能因小失大。越父衡量利弊，去鼠留猫，是很有识见的。

亡国怨祝

典出《论衡·解除》：晋中行寅将亡，召其太祝，欲加罪焉。曰："子为我祀，牺牲不肥泽也，且斋戒不敬也，使吾亡国，何也？"祝简对曰："昔日吾先君中行密子，有车十乘，不忧其薄也，忧德义之不足也；今主君有革车百乘，不忧义之薄也，惟患车之不足也。夫船车饰则赋敛厚，赋敛厚，则民谤诅。君苟以祀为有益于国乎？诅亦将为亡矣！一人祝之，一国诅之，一祝不胜万诅，国亡不亦宜乎？祝其何罪？"中行子乃惭。

晋国的中行寅，在家族大难当头的时候，召来掌管祭祀的太祝，想问罪处治。

他质问道："你为我祭祀，想必是供神的三牲祭品不肥美，斋戒的心境不虔诚，以至激怒了鬼神，使我们家族处于灭亡的境地。你为什么要这样？"

太祝简回答说："当年我们的先君中行密子，仅有车10乘，但他并不嫌少，每天思虑的是修养德行，崇尚正义，唯恐有所过失。而现在您已拥有兵车百乘，却不考虑修养德行，只嫌兵车不足。要知道滥造战船兵车，穷兵黩武，势必加重对百姓的征敛；赋税徭役过重，必然招致百姓的怨恨和责骂。您难道真以为祈祷上天会造福家族吗？民怨沸腾，人心背离就会灭亡！而且您想我一人为您祝福，而举国上下却在诅咒您，一口称颂难平万众怨恨，您的家族将亡不是很自然的事吗？我又有什么罪呢？"

中行寅听了羞愧万分。

后人用"亡国怨祝"的这个典故告诉我们一个真理：国家兴亡在于人心向背。

王室完了

典出《史记·周本纪》：五十九年，秦取韩阳城、负黍，西周恐，倍秦，与诸侯约从，将天下锐师出伊阙攻秦，令秦无得通阳城。秦昭王怒，使将军摎攻西周。西周君奔秦，顿首受罪，尽献其邑三十六，口三万。秦受其献，归其君于周。周君王赧卒，周民遂东亡。秦取九鼎宝器，而迁西周公于狐。后七岁，秦庄襄王灭东西周。东、西周皆入于秦，周既不祀。

战国时候，周赧王打了败仗，没能拿到一点战利品，出征前借老百姓的钱还不了账，天子只好在高台上躲避债主的吵闹。没想到有一天，这吵闹的声音越来越大，越听越近。没有法子，他只好红着脸下来。那些进来的人报告的比那要账的事儿更倒霉。打头的是西周公，后头跟着一群大臣们。他们慌里慌张地嚷嚷着说："不得了！不得了！秦国的军队打到西周来了！"天子吓得差点晕过去。哭丧着脸问西周公："各国的诸侯呢？燕国和楚国的军队呢？"西周公说："各国的诸侯连自己还顾不过来。秦国打败了韩国，夺去了阳城（今河南省登封市东南）和负黍（今登封市西南），杀了4万多韩国的士兵。燕国和楚国的军队早就回去了。如今咱们没有像样的军队，又没有粮饷、草料，简直是等死！"周赧王说："那么逃到三晋去吧。"西周公说："有什么用呢？天子归附了三晋，等到秦国把三晋灭了再去归附秦国，反倒多受一回罪，丢两次脸。那可犯不着。我看还不如直截了当地投降秦国，也许还能保全一点儿地位。"周赧王急得两双手也不知道放在哪儿好，来回地搓着。后来只好带着自己的子侄和大臣到太庙去，对着上代祖宗哭了一场。西周公捧着户口册和地图到秦国兵营去投降，献上了所拥有的 36 个小城，3 万户口。秦国将官一面派人"护送"周赧王到咸阳去，一面进兵接收西周。

周朝的天子周赧王到了咸阳，红着脸见了秦昭襄王，鞠躬认错。秦昭襄王一见他这个样儿，不由得也直替他难受，就把梁城封给他，称他为周公，把原来的西周公也降了一级，管他叫家臣。这位由天子降为周公的老头儿，心里烦恼，再加上路上的劳累，到了梁城就病了。不到一个月工夫，就死了。秦昭襄王马上收回了周公的领土，把周朝的宗庙也拆了。从此以后，西周结束了。

秦昭襄王灭了西周以后，通告列国，列国诸侯就更不敢得罪秦国了，都抢着先打发使臣到咸阳去道贺。韩桓惠王头一个朝见秦昭襄王，紧跟着就是齐、楚、燕、赵，都派使臣去朝贺。秦昭襄王一看，列国诸侯全都来了，单单少了个魏国。魏王没派人来。秦昭襄王要派河东太守王稽去征伐。王稽跟魏国素来有交情，就偷偷地打发人去告诉魏安僖王。魏安僖王得到了这个消息，立刻打发太子连夜赶到秦国来赔不是。这么一来，六国的诸侯全都归顺了秦国。

王稽私通魏国的事走漏了风声，让秦昭襄王知道了，秦昭襄王就依照当时的规矩把他判了死罪。这样一来，丞相范雎的两个恩人，全犯了罪：郑安平投降了魏国，王稽私通了魏国。这两件事对范雎都十分不利，因为这两个人都是他推荐的。依照秦国的规矩，荐举人也一样得定罪。范雎就扮成罪人的样子，请秦昭襄王发落。秦昭襄王反倒再三劝他说："他们两个人都是我派出去的。这是我用人不当，你用不着多这份心。"秦国的大臣们背地里议论开了。有的说："咱们大王太宽大了。"有的说："丞相的功劳也实在大，他犯了法，大王也不好意思去办他的罪。"这些风言风语，秦昭襄王多少也听到了。他怕范雎心里头不踏实，就下了一道命令说："王稽已经灭了族，别人不准再多嘴！"他格外优待范雎，时常给他送点味道好的食物或是名贵的衣料。大伙儿一见丞相还是红人儿，谁还敢再多嘴呢？

范雎越见秦昭襄王这么对待他，越觉得自己不踏实。他想："当初商鞅、吴起、文种、伍子胥他们都立过大功，得到了君王的重用，到后来谁也没有好下场。俗语说，人无千日好，花无百日红。我不如及早引退，免遭后患。"这时候（公元前255年）正巧来了一位燕国人叫蔡泽。范雎跟他一谈，就知道他是个了不起的人物。范雎把蔡泽推荐给秦昭襄王，打算把自己的官职让给他。秦昭襄王就召蔡泽去见他，君臣俩人一问一答地足足说了半天的话。秦昭襄王觉得蔡泽真的不错，他又不是秦国本地人，更加有意要重用他。因为列国诸侯只重用贵族大夫，他们都是大族，人口多，势力大，到后来，国君反倒捏在他们手里。秦国吸取列国的教训，一向利用外来的人，他们个人的权力尽管大，却也不能组织成一个大集团来跟国君对抗，因此，秦国的政权就集中在国君身上了。秦昭襄王决不让贵族掌权，他当时就拜蔡泽为客卿，可是不准范雎辞职。范雎就假装病了，才算告了病假。过了几天，他上了个奏章，说他上了年纪，时常犯病，不能上朝办事。秦昭襄王知道他决心要告老，就送他到应城去养老。接着拜蔡泽为丞相，接管了范雎的职位。

范雎这一告老退休，渐渐招起秦昭襄王的心事来了，他已经当了50多年的君王，如今快70了。东征西讨，劳累了一辈子，秦国倒是强大起来了，可是中国并没统一。范雎有个蔡泽来替换他，自己找谁来替换呢？安国君虽然是太子，可惜没有那么大的能耐掌管国家大事。王孙子楚呢？也靠不住。子楚的儿子赵政呢？还是个孩子，更提不上了。他就时常这么前思后想。到了公元前251年秋天，这位精明强干、一心一意想统一中国的秦昭襄王，一连好几夜睡不着觉，不久便病死了。

太子安国君即位，就是秦孝文王。这时候，秦孝文王已经53岁了。他就立子楚（就是王孙异人）为太子。秦孝文王即位才3天，据说"中毒"死了。子楚即位，就是秦庄襄王。秦庄襄王奉华阳夫人为太后，立赵姬为王后，儿子赵政为太子。

这位秦庄襄王是吕不韦一手培植起来的，当然他得重用吕不韦。蔡泽就告了病假，交了相印。秦庄襄王拜吕不韦为丞相，封他为文信侯，把洛阳10万户作为他的俸禄。留下蔡泽为大夫。

吕不韦跟秦庄襄王说："我近来得到各地的报告，都说东周公为了秦国接连着过去了两位君王，料想秦国不能安定，他就打发使者上各国去，要重新合纵抗秦。我一想咱们既然把西周灭了，东周就不能再留着。别瞧这残余微弱的东周君，他还自称是文王的子孙、周朝的亲支正统呢。他还想凭着这个名义，煽惑天下，扰乱中原。咱们不如索性把他也灭了，免得各国诸侯再借着这顶破旧的大帽子来镇压咱们。"秦庄襄王就拜吕不韦为大将，带着10万兵马去打东周。东周本来就是快要灭了，哪架得住狂风暴雨？周朝从武王即位（公元前1122年）到东周君给秦国掳去（公元前249年），总共874年，从此就完了。

后人用"王室完了"隐喻一个国家或朝代的灭亡。

文事武备

典出《史记·孔子世家》：孔子摄相事，曰："臣闻有文事者必有武备，有武事者必有文备。古者诸侯出疆，必具官以从。请具左右司马。"

周敬王十九年（公元前501年），齐景公正打算拉拢鲁国跟别的中原诸侯，把齐桓公当年的事业重新干一番，可巧鲁国的阳虎跑到齐国来，请齐景公派兵帮他去打鲁国。

提起阳虎，他是鲁国大夫季孙氏的家臣。怎么一个家臣就有这么大的势力呢？

原来是这么一回事：鲁国的国君鲁昭公被大夫季孙如意（季孙行父的孙子）轰出去了（公元前517年，周敬王三年，鲁昭公二十五年），压根儿就没能够回来。鲁国的老百姓都护着季孙氏，说鲁昭公失了民心，不配做国君。他死在国外，谁也不去可怜他。鲁国的政权全在季孙氏、孟孙氏、叔孙氏三家大夫手里。鲁昭公死在外头，三家大夫立鲁昭公的兄弟为国君，就是鲁定公。鲁定公也是个挂名的国君，大权还是在他们三家手里。那时候，周天子的实权早就掌握在诸侯手里，可是诸侯的实权呢？多半又掌握在大夫手里。这是因为大夫要从诸侯那里夺取实权，不得不向老百姓让步来换取他们的拥护。

一国的几家大夫得到了实权，国君独尊的局面就给打破了。大夫夺取国君的实权，大夫的家臣又想夺取大夫的实权。

公元前 502 年，季孙氏的家臣阳虎不但要夺取季孙氏的大权，而且还要把季孙、孟孙、叔孙三家灭了，打算把整个鲁国大权拿到自己手里来。"三桓"给逼得没法儿，只好合到一块儿去对付阳虎，才把阳虎打败。他跑到齐国，请齐景公派兵帮他去打"三桓"。齐景公觉得这不行。晏平仲请齐景公把阳虎送回鲁国去。齐景公就把阳虎逮住押回鲁国去。半路上阳虎买通了看守他的人，逃了。齐景公给鲁定公写了一封信，告诉他阳虎偷跑了，还约鲁定公到齐、鲁交界的夹谷（今山东省莱芜市）开个会议。鲁定公自己不敢做主，就把三家大夫请来商量。

季孙斯（季孙如意的儿子）对鲁定公说："齐国为了袒护先君昭公，三番两次地来打咱们，弄得咱们总没安定。现在他们愿意和好，咱们怎么能不去呢？"鲁定公说："我去开会，谁当相礼跟我一块儿去呢？"大夫孟孙何忌推荐鲁国的大司寇去。大司寇是谁呀？

孟孙何忌推荐大司寇孔丘当相礼。孔丘就是闻名天下的孔子。他父亲是个地位并不高的武官，叫叔梁纥。叔梁纥已经有了 9 个女儿和一个儿子了。他儿子的腿有毛病，是个瘸子。叔梁纥虽然上了年纪，可是还想生个文武双全的儿子。他又娶了个小姑娘叫颜征在。他们曾经在曲阜东南方的尼丘山上求老天爷赐给他们一个儿子。后来他们果然生了个儿子，他们觉得这个儿子是尼丘山上求来的，就给他取名叫孔丘，又叫仲尼（'仲'就是'老二'的意思）。孔子3岁时死了父亲。母亲颜氏受人歧视，孔家的人连送殡也不让她去。她们母子日后的生活不用说多么难过了。颜氏挺有志气，她带着孔子离开老家邹邑的昌平乡，搬到曲阜去住，靠着自己一双手来抚养孔子。孔子小的时候，没有什么可以玩的，他好几次见过他母亲祭祀他去世的父亲，也就摆上小盆、小盘什么的玩着祭天祭祖那一套东西。

孔子17岁那一年，母亲死了。他不知道父亲的坟墓在哪儿，只好把他母亲的棺材埋在曲阜。后来有一位老太太告诉他，说他父亲葬在防山（今曲阜市东），孔子才把他母亲的坟移到那边。那一年，鲁国的大夫季孙氏请客招待读书人。孔子想趁着机会露露脸，也去了。季孙氏的家臣阳虎瞧见他，就骂着说："我们请的都是知名之士，你来干什么？"孔子只好扫兴地退了出去。他受了这番刺激，格外刻苦用功，要做个有学问、有道德修养的人。他住在一条叫达巷的胡同里，学习"六艺"，就是礼节、音乐、射箭、驾车、书写、计算等6门课程。这是当时一个全才的读书人应当学会的本领。达巷里的人都称赞他，说："孔丘真有学问，什么都会。"孔子很虚心地说："我会什么啊？我只学会了赶车。"

孔子在二十六七岁的时候，担任了一个小小的职司叫"乘田"，工作是管理牛羊。他说："我一定把牛羊养得肥肥的。"果然，他所管理的牛羊都很肥。后来他做了"委史"，做的是会计的工作。他说："我一定把账目弄得清清楚楚。"果然，他的账目一点也没出差错。孔子快到30岁的时候，名声大起来了。有些人愿意拜他做老师。他就办了一间私塾，招收学生。贵族学生、平民学生他都收。过去只有给贵族念书的"官学"，孔子办了"私塾"，以后贵族独占的文化教育也可以传给一般人了。鲁国的大夫孟嘻子临死的时候，嘱咐他两个儿子孟懿子和南宫适到孔子那儿去学礼。后来南宫适向鲁昭公请求派他和孔子一块儿去考察周朝的礼乐。鲁昭公给了他们一辆车、两匹马和一个仆人，让他们到洛阳去。那一年，孔子正30岁（公元前522年，周景王二十三年，鲁昭公二十年）。他到了洛阳，特地送了一只大雁给老子作为见面礼，向他请教礼乐。

老子姓李，名聃，年纪比孔子大得多，在洛阳当周朝守藏室的大官（相当于现代中央图书馆馆长）。他见孔子向他虚心求教，很喜欢，还真拿出前辈的热心来，很认真地教导孔子。末了，还给孔子送行。他说："我听说有钱的人给人送行的时候，送钱；有德行的人给人送行的时候送几句话。我没有钱，就冒充一下有德行送你几句话吧：第一，你说的那些古人早已死了，骨头也都烂了，只有他们的话还留着；第二，君子遇着好时机，就驾着车去，时运不好，就走吧；第三，我听说会做买卖的人，把货物藏起来好像没有什么似的，道德极高的人看上去好像挺笨的似的；第四，你应当去掉骄傲，去掉欲念，因为这些对你都没有好处。我要告诉你的话就是这几句。"孔子一一领受了。他回到鲁国，对他的门生们说："鸟，我知道它会飞；鱼，我知道它会游；走兽，我知道它会跑。可是，会跑的可以用网去捉；会游的可以用钩子去钓；会飞的可以用箭去射。至于龙，我就不知道它是怎样风里来、云里去，又怎样上天的。我见了老子，没法捉摸他，他大概像一条龙吧！"

就在孔子会见老子的那一年底，郑国的大夫子产死了。郑国人都伤心流泪，也有哭得好像死了亲人似的。孔子一听到子产死了，也哭起来。他说："他真的就像我所想念的古代爱人民的贤人！"孔子很钦佩子产，也跟他见过面，像尊敬老大哥那样尊敬子产。在想法上也多少受了他的影响。比方说，郑国遭到了火灾，别人请子产去求神，还说："要不然，接着还会发生火灾。"子产可不答应。他说："天道远，人道近，我们要讲切近百姓利益的人道，不讲渺渺茫茫的天道。"郑国有了水灾，别人又请他去祭祀龙王爷。子产又不答应。他说："我们求不着龙，龙也求不着我们。谁跟谁也不相干。"孔子在讲天道、人道方面是跟子产相像的。

鲁昭公被季孙如意撵出去的时候，孔子才35岁。那时候，"三桓"争权，鲁国很乱，齐景公正想做一番事业。孔子就到了齐国，想实现他的理想。齐景公对他很客气，还想重用他。他先探听晏平仲的意见。晏平仲虽然挺佩服孔子的人品和学问，可是不赞成他的主张。他对齐景公说："孔丘那一派讲究学问的人有两种毛病，一种是太清高；一种是太注重礼节。太清高了，就看不起别人，像这种自命不凡、举动傲慢的人，就不能够跟底下的人打成一片。国家大事几个人哪办得了？这是一点。太注重礼节，就顾不到穷人的生活。咱们齐国人，一天忙到晚，还得处处节省，才能够勉强过日子。他们哪儿有闲工夫，哪儿有多余的钱，去琢磨琐琐碎碎的礼节跟那些又细致又麻烦的仪式呢？孔丘出来的时候，车马的装饰可讲究了；吃饭的时候，对于饮食式样的那份讲究，就更不必说了。走路得有一定的样儿；上台阶得有一定的步法。人家连衣服都穿不上，他还要在那儿讲究礼乐；人家没有房子住，他还要叫人讲究排场，倾家荡产地去办丧事。要是咱们真把他请来治理齐国，老百姓可就要让他弄得更穷了！"

晏子和孔子的主张不同，两个人合不来。晏子对孔子的态度是：恭敬他，可是远远地躲着他。齐景公后来也就没用孔子。

孔子在齐国待了3年。他37岁的时候，又回到了鲁国。他把全部精神放在教育事业上。他教学生注重仁爱、研究历史、学习文艺、关心政治、讲究礼节，而礼节当中最要紧的是谦虚。他的门生之中，德行、政治、言语、文学等成就特别高的就有72人。他们老师和门生之间好像一家人那么亲密，大伙儿对孔子非常尊敬，把他当做他们的父亲一样。

到了公元前501年，孔子已经50岁了。他在鲁国做了中都宰。第二年，做了司空，又由司空升为大司寇。齐景公约鲁定公到夹谷去开个会议。鲁定公请孔子做相礼，准备一块儿到齐国去。孔子对鲁定公说："我听说讲文事的事必须有准备。就是讲和，也得有兵马防备着。从前宋襄公开会的时候，没带兵车去，结果受了楚国的欺负。这就是说，光有文的没有武的不行。"鲁定公听了他的话，便让他去安排。孔子就请鲁定公派申句须和乐顷两名大将带领 500 辆兵车跟着上夹谷去。

到了夹谷，两位大将把兵马驻扎在离会场 10 里的地方，自己随着鲁定公和孔子一同上会场里去。开会的时候，齐景公有晏平仲当相礼，鲁定公有孔子当相礼。举行了开会仪式后，齐景公就对鲁定公说："咱们今天聚在一起，实在不易，我预备了一种挺特别的歌舞。请您看看。"说话之间他就叫乐工表演土人的歌舞。一会儿台底下打起鼓来，有一队人扮作土人模样，有的拿着旗子，有的拿着长矛，有的拿着单刀和盾牌，打着呼哨，一窝蜂似地拥上台来，把鲁定公的脸都吓白了。孔子立刻跑到齐景公跟前，反对说："中原诸侯开会，就是要有歌舞，也不应该将这种土人打仗的样子当做歌舞。请快叫他们下去。"晏平仲也说："说的是啊。我们不爱看这种打架的歌舞。"晏平仲哪儿知道这是齐国大夫黎弥和齐景公两个人使的诡计。他们本来想拿这些"土人"去威胁鲁定公，好在会议上向鲁国再要些土地。经晏平仲和孔子这么一说，齐景公也觉得怪不好意思的，就叫他们下去。

黎弥躲在台下，等着这些"土人"去吓唬鲁定公，自己准备在台底下带着士兵一起闹起来。没想到这个计策没办到，只好另想办法，散会以后，齐景公请鲁定公吃饭。正在宴会的时候，黎弥叫了几个乐工来对他们说："你们上去唱'文姜爱齐侯'这首歌，把调情那一段表演出来，为的是当面叫鲁国的君臣丢脸。完了之后，就重重地赏你们。"他布置完了，上去对齐景公说："土人的歌舞不合鲁君的胃口，我们就唱个中原的歌儿吧！"齐景公说："行，行！"

那些擦胭脂抹粉的乐工就在齐、鲁两国的君臣跟前连唱带跳地表演起来了。唱的是"夫人爱哥哥，他也莫奈何！"这些下流词儿。气得孔子拔出宝剑，瞪圆了眼睛，对齐景公说："他们竟敢戏弄诸侯，应当定罪！请贵国的司马立刻将他们治罪！"齐景公没说话。乐工们还接着唱："孝顺儿子没话说，边界起造安乐窝！"这明摆着是侮辱鲁国的君臣，孔子忍不住了，就说："齐、鲁两国既然和好结为弟兄，那么鲁国的司马就跟齐国的司马一样。"跟着他就扯开了嗓子向台下说："鲁国的大将申句须和乐颀在哪儿？"那两位大将一听见孔子叫他们，飞也似地跑上去把那两个领头的乐工拉出去。别的乐工吓得慌慌张张地全跑了。齐景公吓了一大跳，晏平仲挺镇静地请他放心。这时候，黎弥才知道鲁国的大将也在这儿，还听说鲁国的大队兵马都驻扎在附近的地方，吓得他也缩着脖子退出去了。

宴会之后，晏平仲狠狠地数落黎弥一顿。他又对齐景公说："咱们应当向鲁君赔不是。要是主公真要做霸主，真心诚意地打算和鲁国交好，应当把咱们从鲁国汾阳地方霸占过来的灌阳、郓城和龟阳这三块土地还给鲁国。"齐景公听了他的话，就把3个地方都退还给鲁国。鲁定公却不怎么高兴，向齐景公道了谢，就回国去了。

这个故事告诉我们：要有勇有谋，有胆有识，治国如此，做人也如此。

下车伊始

典出《礼记·乐记》中：武王克殷，反商，未及下车而封黄帝之后于蓟。

下车伊始

商朝末年，由于商纣王暴虐无道，商王朝处在摇摇欲坠之中。在周族领袖姬发死后的第四年，姬发的儿子姬昌（周武王）乘商军主力在东南的机会，率兵车300乘，虎贲3000人，会合西南的唐、蜀、羌、微、卢、彭、濮等族进攻商纣，经孟津进抵牧野（今河南淇县）。

商军中的奴隶兵掉转武器，发动起义，周军进占商都朝歌，纣王自焚而死，商王朝遂告灭亡。

在打到朝歌以前，周武王见自己胜利在握，未及下车，就迅速分封了一些远古部落首领的后代：封黄帝的后代于蓟（今北京市附近）；封帝尧的后代于祝（今山东省泰安附近）；封帝舜的后代于陈（今河南省淮阳县）。后来，又封夏禹的后代于杞（今河南省杞县）。

因为在中国古代，被封的官都是坐驿车在任的，新官上任后的文告中常用"下车伊始"表示刚刚到任。

后人用"下车伊始"这个典故，旧时指新官上任，现在有时比喻刚到一个地方。

小康大同

典出《礼记·礼运》：

有一次，孔子参加当地的祭典礼，典礼结束后，他信步来到一座高台上，举目望去，只见远处雾茫茫的一片。这样，他想到诸侯各国征战不止，周王室日渐衰弱，禁不住发出长长的感叹来。

他的学生言偃在一旁问道："先生为什么长吁短叹？是不是为鲁国的前途忧虑呢？"

孔子语重心长地说："我没有赶上尧、舜、禹的时代。那时，天地间的一切财物是大家拥有，所选拔的官吏也是贤明有道德的人；人与人之间和睦相处，讲求信义和友谊，人们不像现在这样，只关心自己家里的人，而对别人家的老人和孤儿寡母也一样的关怀。那样的社会真好啊！"

言偃说："先生说过：那时的东西丢在路上都没有人要，人们唯恐自己的力量贡献不出来，一切财富归公家所有，需要时，人们去取来就是。"

孔子接着说:"是的,这就是所谓的'大同社会'(是谓'大同')。"

言偃又问道:"先生曾说过'小康社会',那又指的是什么?"

孔子回答道:"禹、汤、文王、武王、成王、周公,都是以礼义治理天下。他们以此来分清是非,考察人诚实不诚实,树立仁爱的榜样,给人民揭示了生活的准则。如果有人公然违反礼义,群众会把他看成是祸害,使他陷于孤立。这样的社会,就叫做'小康'(是谓'小康')。"

言偃说:"看来礼义是最重要的。但小康社会还会出现吗?"孔子说:"恐怕不容易了。"

"小康"与"大同"是儒家所追求的两种理想社会。"小康"指天下统一,用封建道德来巩固君臣、父子、夫妇等封建秩序。现指丰衣足食,国家较为强大的一种社会。"大同"是儒家将原始共产社会理想化的一种无法实现的社会。

虚堂悬镜

典出《宋史·陈良翰传》:陈良翰字邦彦,台州临海人。早孤,事母孝。资庄重,为文恢博有气。中绍兴五年进士第。知温州瑞安县。俗号强梗,吏治尚严,良翰独抚以宽,催租不下文符,但揭示名物,民竟乐输,听讼咸得其情。或问何术,良翰曰:"无术,第公此心如虚堂悬镜耳。"

南宋大臣陈良翰,字邦彦,台州临海(今浙江临海)人。少年丧父,事母甚孝。性情庄重,写文章很有气势。在宋高宗(赵构)绍兴五年(1135年)考取进士,做温州瑞安县(今浙江瑞安县)知县。当地民风以强悍耿直闻名,官吏治民崇尚严厉,而陈良翰却用宽厚的手段对待百姓,催缴租税时不下达命令,只宣布各种东西的名号物色,老百姓高兴地争着缴纳,审理诉讼案件都很符合实际情况。有人问他用的什么办法,陈良翰说:"没有什么办法,只是存心公正，洞察是非，就像在空堂里悬挂镜子一样。"

"虚堂悬镜"就是从这个故事来的。它的意思是，在空堂里悬挂镜子。人们用它比喻只要存心公正，自能洞察是非。

畜犬吠贼

典出《辍耕录》：国家置臣子，犹人家畜犬。譬有贼至而犬吠，主人初不见贼，乃箠犬，犬遂不吠。岂良犬哉！

国家设置臣子，像人们家里养狗。譬如说，有个盗贼来到，狗便叫了起来。主人起初未能看见贼影，便气愤地鞭打狗。于是，狗从此不再叫了。这难道是好狗吗？

后人用这则寓言以犬喻臣，确实不恭，但譬喻贴切，抓着要点。它说明当臣子的忠君"爱国"，应该是无条件的，绝对的，纵然有时遭误解，受打击，也还要百折不挠，鞠躬尽瘁。如果被打了几棒子，便"犬遂不吠"，那么"岂良犬哉！"这里讲的是封建君臣关系，不是以"义属"、以思想相结合的个人与集体的关系。二者是不可相提并论的。

亚相迁钟

典出《艾子杂说》：齐有二老臣，皆累朝宿儒大老，社稷倚重。一日冢相，凡国之重事乃关子焉。一日，齐王下令迁都，有一宝钟，重五千斤，计人力须五百人可扛。时齐无人，有司计无所出，乃白亚相，久亦无语，徐曰："嘻，此事亚相何不能了也？"于是令有司曰："一钟之重，五百人可扛。今思均凿作五百段，用一人五百日扛之。"有司欣然承命。

齐国有两个老臣，都是几朝为官、学识渊博的老先生，一向被当做国家的栋梁。其中一个为六卿之首，官拜亚相，凡国家军政大事都要由他决断和处理。

一天，齐王下令迁都。有一只宝钟，重达 5000 斤，估计需要 500 多人才能搬运。当时，齐国人烟稀少，一下拿不出这么多劳力。主管人一筹莫展，只好请示亚相。亚相沉思了好久，慢声细气地说："嘻，这点小事，我亚相怎么会没有办法呢？"于是，果断地下了命令："既然这个钟的重量，500人能够搬动。那么我考虑可以把钟凿成 500 等分，用一个人在 500 天内搬完就是了。"主管人茅塞顿开，高高兴兴照办了。

后人用"亚相迁钟"这个典故告诉人们，反动统治者的所谓重臣元老，不过是些养尊处优，什么实际问题也解决不了的废物。究其原因，是用人唯亲造成的。封建统治者的重臣元老，大部分是他的皇亲、国戚，有才能的人是很少的。

以人为鉴

典出《新唐书·魏徵传》：帝后临朝叹曰："以铜为鉴，可正衣冠；以古为鉴，可知兴替；以人为鉴，可明得失。朕尝保此三鉴，内防己过。今魏徵逝，一鉴亡矣。朕比使人至其家，得书一纸，始半稿，其可识者曰：'天下之事，有善有恶，任善人则国安，用恶人则国弊。公卿之内，情有爱憎，憎者惟见其恶，爱者止见其善。爱憎之间，所宜详慎。若爱而知其恶，憎而知其善，去邪勿疑，任贤勿猜，可以兴矣。'其大略如此。朕顾思之，恐不免斯过。公卿侍臣可书之于笏，知而必谏也。"

魏徵（580—643 年），唐代曲城人，字玄成。少年时代曾出家为道士。在隋末农民大起义中，跟随李密投靠了李世民，官至谏议大夫、秘书监，遇事敢谏，唐太宗李世民对他十分敬畏。

贞观十七年（643 年），魏徵得了重病，唐太宗派遣使者慰问，赏赐药品，往来不绝。又派了中郎将李安俨住在魏家，随时向皇上报告病况，唐太宗又亲自赶去探望。正月十七日那天，魏徵去世了，唐太宗命令九品以上的官员都去吊唁，赏给羽盖鼓吹，恩准陪葬昭陵。魏徵的妻子裴氏说："魏徵一生节俭朴素，现在用一品官的仪仗举行葬礼，这不是死者的心愿。"都婉辞不受，而用布篷车载运棺柩去埋葬。唐太宗登上禁苑的西楼，望着灵车痛哭。他亲自起草碑文，并亲笔往石碑上写。

唐太宗对魏徵思念不止。有一次，他临朝时，叹息地说："人们用铜做镜子，可以用来穿好衣服，戴正帽子；用古史做镜子，可以从中看到盛衰的道理；用人当镜子，可以知道自己的长处和短处。我曾经决心保存这三面镜子，内心严格要求自己，不要出现过失。如今魏徵去世，我失去一面镜子了。听到魏徵去世的消息后，我派人赶到他的家里。去后，得到魏徵写的一封书信，刚写了一半草稿，可以辨认出来的话有：'天下之事，有善有恶，任用善人则国家安定，任用恶人则国家衰落。君主对待公卿大臣，有的喜欢，有的嫌恶。恨谁就只看到他的过错，爱谁就只看到他的长处，这是很危险的。爱谁、恨谁，爱什么，恨什么；怎样才算爱，怎样才算恨等问题，君主要慎重地正确处理。如果能在爱的同时知道他的短处，在恨的同时知道他的长处，铲除邪恶不动摇，任用贤才不猜疑，国家就可以兴旺发达了。'这些话的大概意思就是这样。我仔细思考、回顾，觉得要做到这一点很不容易，恐怕会在这个方面出现失误。所以，我请公卿大臣们把魏徵的临终嘱托写在自己参加朝会时所执的手板上，以免遗忘，见我有什么过错，一定要不客气地进谏。"

"以人为鉴"就是从这个故事来的。它的意思是，以他人的得失成败，作为自己的法戒。鉴：镜子。

弈棋得官

　　黄龙士和徐星友是清代乾隆年间的两个围棋国手。黄龙士比徐星友年长，围棋下得比徐星友好。他们两个人同时在宫廷里当围棋"供奉"，都是六品的散官。黄龙士为人朴实诚恳，做事认真。徐星友机智灵敏，善于交际。徐星友结交了许多的朝廷显贵，还有一些宫内太监，所以消息灵通，许多事往往会提前知道。

　　一天，徐星友来拜访黄龙士，摆上棋局，切磋技艺。弈间，徐星友很谦逊地说："你的围棋确实比我下得好，已经赢过我多次了。下次再到皇上面前去下棋，能不能让我几招？让我在皇上面前也露露脸，也不枉咱们交情一场。"黄龙士笑着说："我们是好朋友，这有什么难的。"过了几天，宫里传下圣旨，皇上要他们俩到宫里去下棋。他俩来到宫里，见了皇上。乾隆皇帝用手指了指桌子上放的一个描金红漆盒子，说："这个盒子里装着一个东西，今天你们俩人下棋，谁赢了就是谁的。"黄龙士想，那不过和过去一样，是些金银珠宝。按照他俩的事先约定，所以就故意输给了徐星友。乾隆皇帝叹息说："黄龙士啊！你的棋虽然比徐星友下得好，但你的命运却不如他。"说着，命人把盒子打开，从里面拿出一张纸，原来是一张委任状。提笔在委任状上写上徐星友的名字，并宣布提升徐星友为四品知府。黄龙士惊讶之余，后悔莫及。其实徐星友早就探知，这次谁赢了棋就可以升官，而黄龙士却一直被蒙在鼓里。

　　南朝宋文帝刘义隆很喜欢下围棋，经常和国手羊玄保对弈，通过下棋了解到羊玄保忠厚老实，便视为心腹。一次，宋文帝把羊玄保召来，以一郡之地为赌注和羊玄保比赛，羊玄保胜了，宋文帝就委任羊玄保为宣城太守。过了一段时间，宋文帝发现羊玄保当太守，虽然没有什么特殊的政绩，但很受当地老百姓的爱戴，因为羊玄保不为自己牟取财利，清正廉洁，宋文帝很高兴，就把几个有名的郡交给羊玄保去治理，并经常对自己的大臣们说："人做官并非只靠才能就行了，还要靠为人正派，当然命运和机缘也很重要。每当有好的职位时，我总是首先想到羊玄保。"

殷鉴不远

典出《诗经·大雅·荡》：殷鉴不远，在夏后之世。

在我国历史上，第一朝代叫夏。相传是夏后氏部落领袖禹的儿子启所建立的奴隶制国家。夏建都安邑（今山西夏县北）、阳翟（今河南禹县）等地。夏朝共传了 13 代，16 王，最后一个君王叫桀，又称夏桀。夏桀是一个荒淫暴虐的君王，终于被汤所灭。

汤灭夏桀后，建立了商朝。这个朝代共传了 17 代、31 王，最后一个君王叫纣，又称商纣。商纣王也是一个荒淫暴虐的君王，执政期间，政治腐败，当时的周族领袖姬昌曾善意地向纣王提出劝告，说：殷商的教训不必向远处去找，就在夏桀那一代。也就是告诉纣王：夏代的灭亡，应当作为殷商的鉴戒。但是，昏君纣王不听劝告，还囚禁了姬昌。最后商朝终于毁灭在纣王的手里。

后人用"殷鉴不远"指前人失败的教训就在眼前。

雍门刎首

典出《说苑·立节》：越甲至齐，雍门子狄请死之。齐王曰："鼓铎之声未闻，矢石未交，长兵未接，子何务死之？为人臣之礼邪？"雍门子狄对曰："臣闻之，昔者王田于圃，左毂鸣，车右请死之，而王曰：'子何为死？'车右对曰：'为其鸣吾君也。'王曰：'左毂鸣者，工师之罪也，子何事之有焉？'车右曰：'臣不见工师之乘，而见其鸣吾君也。'遂刎颈而死。知有之乎？"齐王曰："有之。"雍门子狄曰："今越甲至，其鸣吾君也，岂左毂之下战？车右可以死左毂，而臣独不可以死越甲也？"遂刎颈而死。是日，越人引甲而退七十里，曰："齐王有臣钧（同"均"）如雍门子狄，拟使越社稷不血食。"遂引甲而归，齐王葬雍门子狄以上卿之礼。

战国时期，诸侯争战。有一次，越国的军队攻到齐国的边境，齐国大夫雍门子狄（复姓雍门，名子狄，名也作子迪）请求自尽。齐王说："军队进击的号令还没有发出，双方军队箭石未发，矛戟没有接触，战斗还没有打响，你为什么请死呢？这是为了尽人臣的礼节吗？"雍门子狄回答道："我听说，从前大王到圈养禽兽的场地去打猎，车子左轴发出声响，车右武士请求一死，大王问：'你为什么要死呢？'车右武士说：'因为车子的响声惊吓了君王。'大王说：'本是造车工匠的罪过，你对此有什么责任呢？'车右武士回答道：'我没有看见工匠造车，只知道车子惊吓了君王。'于是拔剑自杀而死。有这回事吧？"齐王说："有的。"雍门子狄说："现在越军打来了，这件事对君王的惊吓，难道在车子左轴发出响声之下吗？车右武士可以因为左轴有声响而死，而我却不能因为越军入侵而死吗？"于是拔剑自刎而死。当天，越国军队撤退了70里，并说："齐王所有臣子都像雍门子狄一样，如果同他们打仗，他们一定会使越国国亡种灭。"于是，越国的将领率军回国了。齐王用上卿的葬礼安葬了雍门子狄。

"雍门刎首"就是从这个故事来的。人们用它形容臣子誓死报国的决心。也可用以指为国事而死。

与民偕乐

典出《孟子·梁惠王上》：古之人与民偕乐，故能乐也。

有一次，孟子去谒见梁惠王。他去的时候，梁惠王正在御花园里观赏鸟兽游鱼。孟子看到梁惠王兴味正浓，不便打扰他，也就站在一旁观赏，梁惠王回过头来对孟子说："有道德的人也喜欢享受这种快乐吗？"

孟子回答说："有道德的人，才能享受这种快乐；没有道德的人，是无法享受这种快乐的。"

梁惠王问："这句话怎么讲呢？"

孟子说："《诗经·大雅·灵台》中说：周文王修建灵台'经之营之，庶民攻之。'（意思是：反复经营，老百姓都努力修建。）要知道：在修建的过程中，周文王是很会经营筹划的。他常常对百姓说：'慢慢修吧，大家不要性急。'可是百姓听了，觉得文王很关心他们，反而十分卖力地干，灵台很快就修好了。灵台修好之后，里面养着油光水滑的麋鹿、羽毛洁白的飞鸟；池塘里养的各种鱼鳖也非常活跃。周文王一进入灵台，就感到非常快乐。故'古之人与民偕乐，故能乐也'（意思是：古之人即周文王能和百姓一起快乐，所以他能享受这种快乐）。"

梁惠王听了，默然不语。

后人用"与民偕乐"表示领导与群众共同享受快乐。

御马刭马

典出《论衡·非韩篇》：宋人有御马者，不进，拔剑刭而弃之于沟中。又驾一马，马又不进，又刭而弃之于沟。若是者三。

以此威马至矣。然非王良之法也。

宋国有一驾驭车马的人，马不前进，他就拔剑斩断马颈，然后把它抛到山沟里去。再驾驭一匹马，马又不前进，他再斩断马颈，把它抛到山沟里去。像这样子的做法连续有3次。

用断颈吓唬马的这个办法可算做到极点了，但不是王良驯马的办法呀。

这则寓言，实以御马比喻治国。王充认为，"治国之道，当任德也"。他反对严刑峻法、任意杀罚。御马到马，"以此威马，至矣"，可是这不是王良驯马的办法呀。他说："王良驯马之心，尧舜顺民之意。"因此，"王良登车，马无罢弩；尧舜治世，民无狂悖"。在这里，王充是在非难法家韩非任刑的观点，并提倡德治。显然，王充反对统治者对人民群众任意杀戮，具有一定进步意义。不过，把治世使民与驯马、御马相提并论，也就是主张以驯马、御马的方法来治世使民，目的是使"民无狂悖"，这仍然是站在封建统治阶级立场上看问题的。

鸢肩火色

典出《旧唐书·马周传》：先是，京城诸街，每至晨暮，遣人传呼以警众。周遂奏诸街置鼓，每击以警众，令罢传呼，时人便之，太宗益加赏劳。俄拜给事中，十二年，转中书舍人。周有机辩，能敷奏，深识事端，动无不中。太宗尝曰："我于马周，暂不见则便思之。"中书侍郎岑文本谓历亲曰："吾见马君论事多矣，援引事类，扬榷古今，举要删芜，会文切理，一字不可加，一言不可减，听之靡靡，令人亡倦。昔苏、张、终、贾，正应此耳。然鸢肩火色，腾上必速，恐不能久耳。"

马周，字宾王，唐代清河茌平人。马周少失父亲，家贫好学，精于《诗经》《左传》。贞观三年（629年），唐太宗叫群臣上书谈论施政得失，中郎将常何上书陈述了20多件事，都符合唐太宗的心意。唐太宗觉得奇怪：常何为什么突然变得有才能了呢？于是垂询常何，常何说："这些意见都是马周的主意。"当天，唐太宗就召见了马周，予以任用。

原来，每当早晨和晚上，官府就派人在京城的大街小巷巡逻、传呼，以提醒人们注意安全。但是，既费时，又费力，人们觉得不方便。马周建议，在大街小巷安置鼓，用击鼓的办法使人们提高警惕，不用再派人在街上巡逻、传呼了，所以，人们感到方便多了，唐太宗更加赏识马周。不久，拜他为给事中，贞观十二年（638年），转为中书舍人。马周机智有才辩，善于奏事，见识深刻，有言必中。唐太宗曾经说："我一时见不到马周，就思念他。"中书侍郎岑文本对亲近的人说："我多次见到马周论述事情，他能旁征博引，通晓古今，举要删繁，切中事理，准确精当，不可加一字，也不可减一字，听来中听，令人忘却疲劳。过去的苏秦、张仪、终军、贾谊等才能之士，也正是这样。但是，他的两肩上耸像老鹰，面色发红，升官一定很快，但只怕不能持久呢。"

"鸢肩火色"就是从这个故事来的。鸢肩：双肩上耸如鸢。火色：面色发红。人们用"鸢肩火色"表示虽有官运，但不能长久。

猿与王孙

典出《柳河东集》：猿、王孙居异山，德异性，不能相容。

猿之德静以恒，类仁让孝慈。居相爱，食相先，行有列，饮有序。不幸乖离，则其鸣哀；有难，则内其柔弱者。不践稼蔬。木实未熟，相与视之谨；既熟，啸呼群萃，而后食，衍衍焉。山之小草木，必环而行，遂其植。故猿之居山恒郁然。

王孙之德躁以嚣，勃诤号呶，唶疆疆，虽群不相善也。食相噬啮，行无列，饮无序。乖离不思；有难，推柔弱者以免。好践稼蔬，所过狼藉披攘。木实未熟，辄龁咬投注。窃取人食，皆知自实其嗛。山之小草木，必凌挫折挽，使之瘁然后已。故王孙之居山恒蒿然。

以是猿群众则逐王孙，王孙群众亦猿。猿弃去，终不与抗。然则物之甚可憎，莫王孙若也。

余弃山间久，见其趣如是，作《憎王孙》云。

猿和王孙，居住在不同的山上，品德也有本质差别，互相不能容忍。

猿的品行安静而稳重，大都仁爱、谦让、尊老、扶幼。住在一起互相爱护，吃东西彼此推让，行走有队列，饮水有秩序。如果不幸分离了，就发出悲哀的叫声；遇到患难，就让弱小的藏在中间。它们不践踏庄稼、蔬菜。树上的果子没有成熟时，互相慎重小心地看守；果子已经成熟了，便呼唤大家聚集在一起才开始吃，显得和和乐乐。山中的小草木，它们也不践踏，一定绕道走过，使这些草木生长得很顺利。所以，居住的山常常郁郁葱葱。

王孙的品行暴躁而放肆，争吵，嚎叫，喧哗，追打。即使是同一群的也不能彼此和好，吃东西时互相撕咬，走路时没有队列，喝水没有秩序。走散了，不思伴侣；遇到患难，就推出弱小者以便自己脱身。它们喜欢践踏庄稼与蔬菜，经过的地方被搞得零零落落，乱七八糟。树上的果子还没成熟，就乱咬胡扔。还常常偷别人的食物来填自己的私囊。山中的小草木，它们一定要践踏、折断、拉弯，肆意摧残，使这些草木枯槁了才甘休。所以，王孙居住的山常常荒芜不堪。

因此，猿群力量大就驱逐王孙；王孙群力量大也就去攻击猿。猿常常厌弃并离开它们，不与它们争夺。这么看来，动物中最可恶的没有超过王孙的了。

我被贬谪到山区有很长的时间，看到它们的性情习惯就是这样，因而写了这篇《憎王孙》。

这是篇影射中唐政治斗争的寓言，赞扬了革新势力的清廉自守、利国安民，揭露了守旧势力的贪婪凶狠、祸国殃民。它说明了正与邪、革新与守旧是誓不两立的。

直上青云

典出《史记·范雎蔡泽列传》：贾不意君能自致于青云之上。

战国时，范雎随魏中大夫须贾出使齐国。回来后，须贾在魏相魏齐面前说他的坏话："范雎出使齐国时，与齐王来往密切，不知私下里干了什么。"为此，范雎遭到严刑拷打，几乎死去。苏醒后，他逃到秦国，不久当了宰相，取名叫张禄。但魏国的人认为他已经死了。

过了一年，须贾出使秦国，却不知什么原因被秦国留了下来。一天，范雎穿一身破烂衣服，来到须贾的住处。须贾一见，猛吃一惊："你不就是范雎吗？怎么在这里？"范雎叹息说："唉，我从魏国逃出来后，就到了秦国。现在给别人当佣人。"须贾不禁同情地说："想不到你依然贫寒啊！"说着，就取出一件绸袍赠送给他，然后对他说："我听说，秦国宰相张某很得秦王信任，秦国的大事都由他决定，不知你有没有熟人认识他？"范雎说："我家主人认识他,我们前去问问看。"于是两人来到宰相府,府中的人看见范雎来了都远远地回避,须贾感到很奇怪。范雎叫须贾稍等一下,他去告诉主人。

须贾在外面等了很久,不见有人出来,就问看门人说:"范雎为何还不出来?"看门人说:"这里没有叫范雎的人。"须贾说:"就是刚才我们一道来的那个人。"看门人笑了起来:"那是我们的张宰相。"须贾一听,吓得面如土色,赶紧跪在地上。不一会儿,范雎在众人的簇拥下走了出来,须贾叩头说:"想不到你踏着白云直上青天("贾不意君能自致青云之上。")。我的罪过拔下头发也数不清,现在听凭发落。"("擢贾之发以赎贾之罪尚未足。")范雎说:"你的罪过的确不少,但先前,赠我绸袍时,你表现出恋恋不舍的样子,就像老朋友一样,所以我会放你回去。"说完,范雎就离开了。

第二天,秦国果然释放须贾回国。

后人用"直上青云"比喻人的地位直线上升;又以"擢发难数"比喻罪行很多;又以"赠绨袍"表示不忘故旧之情。

主忧臣劳

典出《史记·越王勾践世家》:还反国,范蠡以为大名之下,难以久居,且勾践为人可与同患,难与处安,为书辞勾践曰:"臣闻主忧臣劳,主辱臣死。昔者君王辱于会稽,所以不死,为此事也。今既苴雪耻,臣请从会稽之诛。"

越国大夫范蠡和文种在勾践败于吴国并在会稽受尽种种侮辱的时候,帮助勾践忍辱负重,刻苦图强,并选择有利时机进兵,终于灭亡了吴国,振兴了越国。范蠡和文种成了越国的大功臣。

但是，范蠡深知和越王勾践只能共患难，不能共安乐。于是在越国复兴以后，决定逃亡隐居并劝文种一同出走。临行前，范蠡给越王写了封信说："我听说，当君主患难之时，臣下当任其责；君主遭受侮辱之时，臣下是无颜活在世上的。过去，君主受辱于会稽时，我之所以活下去，就是为了帮助您报仇复国。现在，仇已报，耻已雪，我应当到我该归宿的地方去了。"就在给勾践信的当天，范蠡连夜离开了越国，后来经商致富。文种因没听范蠡的劝告，继续留在勾践身边，终于被勾践逼迫自杀。

后人用"主忧臣劳"来指君主有患难，臣下当任其责。

邹缨齐紫

典出《韩非子·外储说左上》：邹君好服长缨，左右皆服长紫。当是时也，五素不得一紫，桓公患之。

邹君好服长缨，左右皆服长缨，缨甚贵。邹君为此十分担忧，于是问他左右的人该怎么办，左右的人回答说："你好服长缨，百姓也喜欢服长缨，因他们认为这样穿着才显得高贵。"邹君听了之后，先自断其缨而出，百姓见了，也都不再服长缨了。

齐桓公喜欢穿紫色的衣服，一国的人就都爱穿紫色的服装。齐桓公担忧紫贵，便对管仲说："我好着紫服，全国人都爱穿紫服，我患紫贵，如何制止？"管仲说："你要制止，那也不难，你怎么不试试你不穿紫色的衣服，看有什么反应。以后你可对左右的人说：'我非常讨厌紫色的臭气。'而对那些穿紫服来见你的人，你就对他说：'请退两步，我厌恶紫色的臭味。'"齐桓公照管仲的话行事，几天之后，国内就没有人再着紫服了。

后人把这两个故事的内容概括为"邹缨齐紫"，用来表示上行下效之意。

曹操割发

曹操尝出军,行经麦中,令士卒无败麦,犯者死。骑士皆下马,附麦以相持。于是曹马腾入麦中,敕主簿议罪。主簿对以罚不加于尊。

操曰:"制法而自犯之,何以帅下?然孤为军帅,不可自杀,请自刑。"

因援剑割发以置地。

(有一次)曹操行军,从麦田旁边经过,下令说:

"士兵不得糟蹋麦子,违犯的要处死。"

骑士都下马走在靠近麦田的一边,护着麦子。这时,曹操骑的马忽然跑进了麦地里,他就让军中的军法官给自己议罪。军法官的回答是:"刑法不能施加在尊者身上。"

曹操说:"我自己制定了军法自己违反了它,以后拿什么来号令部下呢?但我是全军的统帅,不可以自己处死,请让我自己处刑吧!"

于是拿剑割下头发放在了地上。

后人用"曹操割发"这个典故比喻执法者应该严守其法。

盗割牛舌

典出《宋史·包拯传》:后数年,亲继亡,拯庐墓终丧,犹徘徊不忍去,里中父老数来劝勉,久而久之,赴调,知天长县。有盗割人牛舌者,主来诉。拯曰:"第归,杀而鬻之。"寻复有来告私杀牛者,拯曰:"何为割牛舌而又告之?"盗惊服。

北宋大臣包拯(999—1062年),字希仁,在青年时代就很有志气。他在宋仁宗（赵祯）天圣五年（1027年）考取进士，任监察御史，后任天章阁待制、龙图阁直学士，官至枢密副使。

包拯在父母相继亡故后，修好坟墓，守丧期满，还百般留恋，不忍离去。村中父老多次劝他就召赴任当官。过了很久，包拯才应调赴任，当天长县知县。一次，有一个小偷盗割了人家的牛舌头，主人向包拯投诉。包拯说："你回去把牛杀掉卖肉吧。"当时，官府规定，百姓不许私自杀牛。牛的主人竟然得到允许杀牛卖肉，也算是因祸得福吧。过了不久，有一个人赶来向包拯投诉，状告牛的主人私自杀牛。包拯断定，这个告状的人，就是偷割牛舌的小偷。于是，包拯说："我问你，为什么割了人家的牛舌头，又来告人家的状？"那个盗割牛舌的人大吃一惊，只好招供。他对包拯十分敬服。

"盗割牛舌"就是从这个故事来的。它的意思是，偷割人家的牛舌头。后来，人们用它表现官吏善于断案。

罚不当罪

典出《荀子·正论》：夫德不称位，能不称官，赏不当功，罚不当罪，不祥莫大焉。

《正论》，是战国末期的思想家荀况批驳当时社会上流行的种种论调，为巩固地主阶级专政制造舆论的政治论文。

在文章中，荀况批判了孟轲的"仁政"思想，驳斥了"教化万能"和"治古无肉刑"的谬论，认为"治则刑重，乱则刑轻"。荀况指出：世俗（指社会上一般习俗）者们说，古代安定的时代，废除了肉刑，只用象征性的刑罚。难道安定的时代就应该是这样的吗？不，如果人们本来就没有犯罪，不但不用肉刑，而且象征性的刑罚也可以不用。如果人们犯了罪，却用很轻的刑来处罚，就会使杀人的不偿命，伤人的不受刑。用刑罚处治犯人的目的，就在于禁止暴行，反对作恶，并且警戒以后发生类似的罪行。杀人的人不被处死，伤人的人不被判刑，这叫纵容暴行。如果宽容犯罪的人，就无法反对作恶了，所以象征性地用刑，并不产生于古代安定的时代，而是产生于当今昏乱的时代。赏罚的事情有一件处理得不恰当，就会引起混乱。如果品德和地位不相称，才能和官职不相称，奖赏和功劳不相称，刑罚和罪行不相称，这就是最大的不吉祥。

后人将荀况的"罚不当罪"一语引为成语，原指处罚和所犯的罪行不相称。

后人用这个典故比喻处罚过重。

奉公守法

这句成语原作"奉公如法"，典出《史记·廉颇蔺相如列传》：以君之贵，奉公如法则上下平，上下平则国疆（强），国疆则赵固。

战国时，赵国有一个叫赵奢的人，当过田部吏（主管土地、租税等的官）。因他善于用兵，后来当了赵国的大将。在秦赵交兵中，他曾率军大破秦军，因功被封为马服君。

在赵奢当田部吏的时候，有一次征收租税，平原君赵胜（赵国的贵族，赵惠文王的弟弟）家拒不交租，赵奢依法杀了在平原君手下为虎作伥的9个打手，为此，平原君大怒，要杀掉赵奢。赵奢毫不畏惧，他对平原君说："你身为赵国的贵公子，纵容家人抗租不交，这是无视国家法律的行为。国家的法律削弱了，国家就要衰败，国家衰败了，各国诸侯就会出兵攻赵，各国诸侯出兵攻赵，我们赵国就要灭亡了。到那时，你怎么还能有现在这样的荣华富贵呢？以你这样的权势和地位，如果能够奉公守法，那么上上下下都会敬佩你，从而使国家强盛，人民安宁，希望你能以国家的利益为重。"平原君

听了赵奢的这番话，觉得很有道理，于是向赵王做了汇报，说赵奢是一个很贤明的大臣，赵奢也因此得到了赵王的进一步重用、

后人用"奉公守法"的这个典故比喻遵守国家规定的法令制度，含褒义。

奉令承教

典出《史记·乐毅列传》：臣窃不自如，自以为奉令承教，可幸无罪，故受命而不辞。

战国时，燕国有一个大将叫乐毅，中山国灵寿（今属河北）人。他是燕国著名的大将乐羊的后代，祖上世代为将。燕昭王二十八年（公元前284年），乐毅率军击破齐国，先后攻下70多座城池，因功封于昌国（今山东淄博东南），号昌国君。

乐毅率军攻破齐国以后，将齐军孤守的莒城和即墨整整围困了3年，并想以收服人心的办法，把这两座城攻占。公元前279年，燕昭王死了，燕惠王即位。这时，齐将田单施用了反间计，燕惠王用大将骑劫代替了乐毅，乐毅怕回去后被新王杀死，便逃到赵国。

骑劫接替了乐毅以后，完全改变了乐毅的战略方针，打算一举攻下即墨。但事与愿违，反而被田单用"火牛阵"击败，齐军一举收复了70多座城池。骑劫大败以后，燕惠王又想起了乐毅，便写了一封信，请乐毅回来。乐毅回了他的一封信，说他不能回来。信中写道：

贤圣之君不以爵禄私自赏给偏爱亲信的人，而是有功者赏。其才能足以胜任某种职务的，就使他担任某种官职。先王（指燕昭王）待我恩情很深，破格重用，封为亚卿。我也以为，只要遵从命令，尽心尽职，便可报答先王了，所以欣然接受了先王的重托并已完成了。"善始者不必善终"。我和先王的

交情已是有始有终了，还是不再回燕国为好。

燕惠王见请不回乐毅，十分后悔自己当初的鲁莽行动，就把乐毅的儿子乐闲封为昌国君。后来，乐毅死在了赵国。

后人用"奉令承教"来指遵从命令。

格杀勿论

典出《后汉书·董宣传》：叱奴下车，因格杀之。

东汉初年，洛阳令董宣刚直不阿，不畏权贵。有一次，汉光武帝刘秀的姐姐湖阳公主的家奴杀了人，但依仗湖阳公主的势力，逍遥法外。董宣决定对这个家奴依法惩处。一天，这个家奴跟随湖阳公主外出，董宣知道后，立即带人前去捉拿。赶到公主的车驾旁边，董宣上前勒住马缰绳，指出公主窝藏杀人罪犯是不对的，同时大声斥骂那个杀人凶手，并让衙役把他拉下车来，当场杀死了。

董宣杀了公主的奴仆，公主在皇帝面前告了他。刘秀立即召董宣进宫，并让内侍拿着鞭子要当着公主的面责打他。董宣说：用不着打，让我把话说完，我情愿一死。接着，董宣对刘秀说："陛下是中兴之王，一向注重德行。现在纵容公主的奴仆乱杀无辜，还能够治理天下吗？用不着打我，我自杀就是了。"说着，董宣挺着脑袋向柱子上撞去，头都撞破了。汉光武帝叫内侍把董宣拉住，说：你向公主磕个头，赔个不是吧！谁知董宣宁肯杀头，不肯低头。内侍把他的脑袋往下摁，董宣两手撑着地，不肯把头低。内侍对光武帝说：董宣的脖子太硬，摁不下去。光武帝对董宣的刚直不阿挺佩服，笑着把他送出宫去，并赏了他30万钱。从此，董宣不怕豪门贵族的举动震动了洛阳，人们都称他为"强项令"。

"格杀"即打死。"格杀勿论"旧指在捉人的时候，由于被捕者抗拒而引起搏斗，捕人者打死了抗拒者可以不按杀人论罪。也指把行凶或违反禁令的人当场打死，而不以杀人论罪。

号令如山

典出《宋史·岳飞传》：授飞镇宁、崇信军节度使，湖北路、荆襄潭州制置使，进封武昌郡开国侯。又除荆湖南北、襄阳路制置使，神武后军都统制，命招捕杨幺。飞所部皆西北人，不习水战，飞曰："兵何常，顾用之何如耳。"先遣使招谕之。贼党黄佐曰："岳节使号令如山，若与之敌，万无生理，不如往降。节使诚信，必善遇我。"遂降。

1129—1130 年，金兀术率军深入长江以南沿海地区，企图一举消灭南宋政权。可是，他们遭到了"岳家军"的顽强抵抗。岳飞率领的"岳家军"，屡次挫败金兵，立下多次战功。

宋高宗绍兴五年（1135 年），岳飞出任镇宁、崇信军节度使，湖北路和荆、襄、谭州制置使，封为武昌郡开国侯。又出任荆湖南北、襄阳路制置使，神武后军都统制。皇帝下诏，命令岳飞征讨贼人杨幺。岳飞所率领的将士都是西北人，不习水战，岳飞说："用兵之道，哪有什么不变的规矩？只是看你运用如何罢了。"岳飞首先派遣使者去招降杨幺贼党。

贼党黄佐说："岳节度使军纪森严，发出的军令像山那样不可更移，如果同这样的军队对敌，一定没有好下场，不如前往归降。岳节度使诚实讲信义，一定会友善地对待我们。"于是，黄佐投降了。

"号令如山"就是从这个故事来的。它的意思是，发出的军令像山那样不可更移。人们用它形容军纪森严。

画地为牢

典出司马迁《报任安书》：故士有画地为牢，势不可入。

西汉时，李陵战败投降匈奴，汉武帝十分生气。大臣中原来赞颂过李陵士气旺盛的人，见此情况都反过来责骂李陵。唯独司马迁对李陵持有不同看法，他爽直地向汉武帝陈述了自己的意见。他说，我和李陵素来没有什么交情，各走各的路，但我看他的为人，很讲交情，很讲义气，恭敬俭朴。他常常想"奋不顾身"以殉国家的急难，确有国士的风骨。现在李陵出了问题，大家都全盘否定他，我实在想不通。这次，李陵只带 5000 步兵，深入敌境，尽心杀敌，不顾个人生死。他与单于打仗 10 多天，杀敌之数超过了自己军队的人数，杀得匈奴"救死扶伤"都来不及，个个震惊恐怖。匈奴单于在这种情况下，动员全国军事力量，共同攻击李陵，在敌强我弱的不利处境下，李陵辗转战斗，拼死鏖战，最后因箭射完了，粮食吃光了，归路被切断了，士兵很多伤亡了，才被迫停止战斗。他的投降实在是因为迫不得已，他不是真投降，而是想等待有利时机报答国家。司马迁最后还说，李陵的功劳也可以抵补他战败的罪过。武帝听了司马迁的话，大发雷霆，立即把司马迁关进了监狱。廷尉杜周为了迎合讨好皇帝，对司马迁施行了当时最残酷、最耻辱的"腐刑"。

司马迁因身体和精神受到如此严重的摧残，内心极为痛苦，很想一死了之。但他冷静一想，如果真的死去，在达官贵人的眼中，不过像"九牛亡一毛，与蝼蚁何以异？"（意思是：像九头牛失掉一根毛一样，与蚂蚁有什么不同呢）那样死了不但得不到同情，反而惹天下人耻笑。他认为"人固有一死，或重于泰山，或轻于鸿毛"（意思是：人本来都有一死，但有的人死比泰山还重，有的人的死比鸿毛还轻），为什么要轻易了结自己的生命呢？至于人身受到侮辱，完全是在意料之中的事。他想到猛虎在深山里为王时，百兽见了都震惊害怕，一旦被关进槛圈坑阱之中，也只得向人摇尾乞食，"故士有画地为牢，势不可入。"（意思是：所以士子见到地上划了一个算是监牢的圈儿，都不肯跑进去），而今我已被关进了监牢，有什么办法呢？历史上的王侯将相，如文王、李斯、韩信、魏其都受过侮辱，何况我们这些人呢！于是他决心活下去，忍受奇耻大辱，效法文王、屈原、左丘、孙子等人，在自己的残生尚存之日从事著述。由于艰苦地、顽强地努力，他终于写成了《史记》这部伟大著作。

后人用"画地为牢"比喻只许在规定的范围内活动。

居官守法

典出《史记·商君列传》：常人安于故俗，学者溺于所闻。以此两者居官守法可也，非所与论于法之外也。

战国时，秦国国君秦孝公准备任用商鞅进行变法。即将实行的新法将大大提高农民和将士的地位，对秦国在当时称霸于其他诸侯国十分必要。但是，新法又威胁到了贵族和大大小小的封建领主的利益，所以变法之前就遭到了一些权贵们的反对，弄得秦孝公左右为难。有一天，秦孝公让大臣们议论变法的事。大夫甘龙和杜挚极力反对变法。他们认为，风俗习惯不能改，古代的制度不能变，否则就会使大家不方便，国家就会灭亡。

面对这些人的反对，商鞅据理力争。他说：甘龙的话，是世俗之言。一般的人安于故俗，学者们沉溺于自己的所见所闻。这些人如果让他们当官谨守成法（居官守法）还可以，若和他们谈论成法以外的事，他们一窍不通。古代的制度也许正适合古人的需要，但后来别的都变了，以前的制度也就没有了。成汤和武王改革了古代制度，却兴了国。因此，古代应用古人的制度，今人应用今人的制度。要想国家强盛，就得改革制度，实行变法。死守古法，就会亡国。

秦孝公很同意商鞅的意见，便拜他为左庶长，于秦孝公三年（公元前359年）进行了变法。

后人用"居官守法"来指为官谨守成法，不知变通。

恐钟有声

典出《梦溪笔谈》：陈述古密直知建州浦城县日，有人失物，捕得莫知的为盗者。述古乃绐之曰："某庙有一钟，能辩盗，至灵。"使人迎置后阁祠之，引群囚立钟前，自陈："不为盗者，摸之则无声；为盗者，摸之则有声。"述古自率同职，祷钟甚肃。祭讫，以帷围之，乃阴使人以墨涂钟。良久，引囚逐一令引手入帷摸之。出乃验其手，皆有墨，唯有一囚无墨。讯之，遂承为盗。盖恐钟有声，不敢摸也。

陈述古作为枢密院直学士出任建州浦城县令时，有人丢了东西，抓到了一些不甚确实的盗窃嫌疑。陈述古便欺骗犯人们说："某个庙里有一口钟，能分辨强盗，极其灵验。"

他派人把那口钟抬到官署后院里以备祭祀，便带这群囚犯站在钟前，自己宣布说："没偷东西的人，摸这口钟，就没有声响；偷东西的人，摸这口钟，它就发出响声。"

陈述古亲自率领同僚，在钟前祈祷得十分恭敬。祭祀完了，用帷帐把钟围起来，暗中派人把墨汁涂在钟上。过了很久，便引领犯人一一伸手去帷帐里摸钟。摸完了，就一个个查验他们的手，发现都有墨汁，只有一个囚犯手上无墨。对这个人进行了审讯，这人便承认自己是盗贼。

原来他是害怕钟响，才没有敢去摸呀。

"恐钟有声"表明做贼心虚。陈述古善于把握犯罪者的心理进行查证审讯，所以他便能够迅速破案。攻心战术，是一种有力的克敌制胜的斗争方法。

李逵断案

典出《水浒传》第七十四回。

梁山众好汉，为策应燕青与任原相扑，大闹泰安州。黑旋风李逵手持双斧，直到寿张县衙门，吓得知县开后门逃走了。李逵转入后堂寻找，见到一个幞头衣衫匣子。他扭开锁，取出幞头，插上展角，戴在头上，把绿袍公服穿上，系了角带，换上皂靴，拿着槐简，走到厅前。

李逵打扮成知县模样，大叫县衙门里的吏典人等，都来参见，要排衙升堂。众人无可奈何，只得上去答应，擎着牙杖，打了三通擺鼓，向前声喏，表示升堂。李逵见了，呵呵大笑，说："你们当中也得有两个装着告状，来打官司，我好判案。"公吏们商量了一会，推上两个牢子装着打架的，前来告状。

李逵高坐公堂，县门外百姓都放进来看他办案。只见两人跪在厅前，这个告状说："相公可怜我，他打了小人。"那个也告状说："他骂了小人，我才打他。"李逵问："哪个是挨打的？"原告说："小人是被打的。"又问："哪个是打他的？"被告说："他先骂人，小人才打他。"李逵最后判决："这个打人的是好汉，先放他出去。那个不长进的，怎么挨人家打了，给他戴上枷在衙门前示众。"说着，他把绿袍扎起来，槐简揣在腰里，拿出大斧，一直看着把那个原告枷了，押在县门前，然后也不脱去衣靴，便大踏步走了。看热闹的百姓见他这样判案，都忍不住哈哈大笑。

"李逵断案"，比喻只要有权势、力量大，本来没有理也说成有理。

鸣鼓而攻

典出《论语·先进》：季氏富于周公，而求也为之聚敛而附益之。子曰："非吾徒也，小子鸣鼓而攻之可也。"

春秋时期，鲁国的季孙氏、仲孙氏和叔孙氏很有势力。公元前562年，这三家将公室（即鲁国国君直辖的土地和附属于土地上的奴隶）瓜分，季孙氏分得1/3。公元前537年，三家第二次瓜分公室，季孙氏分得1/2。由于季孙氏推行了新的政治和经济措施，很快富起来了。

季孙氏比周王室的公侯还富有，而孔子的学生冉求又帮助季孙氏多方搜刮钱财，使得季孙氏更富有。于是，孔子对其他学生说："冉求不再是我的学生了，你们可以大张旗鼓地声讨他了！"

"鸣鼓而攻"就是从这个故事来的。鸣鼓：敲起鼓来，即大张旗鼓的意思。攻：指责，声讨。人们用"鸣鼓而攻"表示公开宣布罪状，加以声讨。不疑为吏，严而不残。

西汉，有一个人叫隽不疑（字曼倩，汉渤海人），对《春秋》很有研究，进退行止都很符合礼仪，因此在州郡里很有名望。汉武帝末年，他被任命为青州刺史。汉昭帝初年，又被提拔为京兆尹。

汉武帝去世、汉昭帝即位之后，齐王的孙子刘泽结交州郡里的豪杰，策划叛乱，他们计划首先杀掉青州刺史隽不疑。隽不疑发现了他们的阴谋，把他们都收捕起来，刘泽等都承认了自己的罪恶。隽不疑有功，被提拔为京兆尹，并得到赐钱百万。京都的官吏和百姓都很敬畏他。隽不疑每次巡视各县讯问囚徒情况回来以后，他的母亲就问道："对原来的错误判处有所纠正吗？又救活了几个人呢？"如果隽不疑纠正的错案、冤案较多，他母亲就笑逐颜开，十分高兴，吃饭和说话都比平时多；一旦没有纠正冤错案，他母亲就生起气来，甚至连饭都不吃了。因此，在母亲的教育和影响下，隽不疑虽然执法严厉，但是却从不残暴。

"平反"就是从这个故事来的。"平反"是指纠正原来的错误判决。

蹊田夺牛

典出《左传》宣公十一年：冬，楚子为陈夏氏乱故，伐陈……因县陈。陈侯在晋。申叔时使于齐，反，复命而退。王使让之曰："夏征舒为不道，弑其君，寡人以诸侯讨而戮之，诸侯、县公皆庆寡人，女独不庆寡人，何故？"对曰："犹可辞乎？"王曰："可哉！"曰："夏征舒弑其君，其罪大矣；讨而戮之，君之义也。"抑人亦有言曰："牵牛以蹊人之田，而夺之牛。"牵牛以蹊者，信有罪矣；而夺之牛，罚已重矣。诸侯之从也，曰讨有罪也。今县陈，贪其富也。以讨召诸侯，而以贪归之，无乃不可乎？"王曰："善哉！吾未之闻也。反之可乎？"对曰："可哉！吾侪小人所谓取诸其怀而与之也。"乃复封陈，乡取一人焉以归，谓之夏州。

春秋时，陈国的君王被他的臣子夏征舒杀了，楚庄王便利用这个机会出兵陈国，口头上说是替陈国平乱，但楚庄王把夏征舒杀了之后，即刻占领陈国国都，将陈国变成楚国的一个县。

楚大夫申叔时正从齐国奉使回来，向楚庄王报告后便退了下去，庄王因申叔时不曾向他庆贺讨伐陈国和处死夏征舒这件事，甚为不满，申叔时便打了一个比方说："若有人牵了牛把人家田地踏坏了，人家便把他的牛夺去，那牵牛踏坏人家田地的人诚然有罪，可是因此而夺去他的牛，也惩罚得太重了。各国诸侯所以跟从你，为的是你能够讨伐罪人的缘故，现在你利用人家国内发生动乱，以讨伐罪人为名，乘机将陈国灭了，这样做，只为了贪图它的财富……恐怕不好吧！"楚王听了他的话，也觉得自己做得太过分，便接受了他的劝告，把陈国的土地归还给陈国的新国君。

后人用"蹊田夺牛"，比喻争执的一方所做的报复太过分了，或是处罚别人太过分了。或者形容事情做过了头。

钱可通神

典出《幽闲鼓吹》：唐张延尝判一大狱，召吏严缉。明旦见案上留小帖云："钱三万贯，乞不问此狱。"张怒掷之。明旦复帖云："十万贯。"遂止不问。子弟乘间侦之，张曰："钱十万，可通神矣，无不可回之事，吾惧祸及，不得不止。"

唐时，地方官张延尝审理一桩重大案件，命令衙役严加搜捕，捉拿罪犯。

第二天一早，他见自己的公案上放着一张小纸条，上面写道："送上铜钱三万贯，请求不要过问此案。"张延尝看后勃然动怒，扔到了地下。

过了一天，公案上又出现了一张纸条，写着一个惊人的数字："十万贯。"张延尝便停止侦缉，搁置不问了。

他的门人瞅空悄悄问他原因，张延尝说："钱上十万，便可买通神仙，没有什么不可挽回的事情，我害怕招致灾祸，不得不停止啊！"

后人用"钱可通神"这个典故说明，在剥削阶级看来，金钱是万能的，一切都以金钱为转移，贪赃枉法，草菅人命，根本不考虑什么是非、曲直问题。

窃金不止

典出《韩非子·内储说上》：荆南之地，丽水之中生金，人多窃采金。

采金之禁，得而辄辜磔于市。甚众，壅离其水也，而人窃金不止。

夫罪莫重辜磔于市，犹不止者，不必得也。

楚国南方之地，在丽水这条河流中生有沙金，人们多去偷着采金。

朝廷明令禁止采金，捉住采金的人就在市上施以分裂体的重刑。受刑的人很多，以致尸体把丽水壅塞不流了，但人们窃金的行为还不能停止。

这个寓言的主旨，说明只有严刑峻法是不够的，必须还要杜绝人们的幸免心理。治罪没有再比分裂肢体于市上更重的了，但人们还是窃金不止，这是由于总有幸脱的人。

辜磔于市，罪莫重矣；而窃金犹不止者，因为是"不必得也"。这正说明了"刑罚不必则禁令不行"。所以在讲述过这个故事之后，韩非接着说：故今有于此，对他说："予汝天下而杀汝身。"庸人不为也。夫有天下，大利也，犹不为者，知必死也。故不必得也，则虽辜磔，窃金不止；知必死，则天下不为也。

十二金牌

典出《宋史·岳飞传》：方指日渡河，而桧欲划淮以北弃之，风台臣请班师。飞奏："金人锐气沮丧，尽弃辎重，疾走渡河，豪杰向风，士卒用命，时不再来，机难轻失。"桧知飞志锐不可回，乃先请张俊、杨沂中等归，而后言飞孤军不可久留，乞令班师。一日奉十二金字牌，飞愤惋泣下，东向再拜曰："十年之功，废于一旦。"

南宋时期，金兀术率兵南下，打算一举消灭南宋政权。岳飞率军屡次挫败金兀术，取得很大的胜利。岳飞在朱仙镇大败金兵之后，又广泛联络黄河、淮河一带的起义军共同抵抗金兵，受到了老百姓的支持和拥护。金兵内部，将士们丧失斗志，纷纷向岳飞投降，金兀术也束手无策。岳飞决心收复失地，直捣金国的首都黄龙府。整个形势对南宋十分有利。

岳飞正准备领兵渡过黄河，而权臣秦桧却极力主张"议和"，打算以淮河为界，把淮河以北的土地拱手放弃，让给金人，告诉谏官劝皇上下令收兵，不再抵抗。岳飞上书奏道："金兵锐气已尽，人心沮丧，把辎重全都抛弃了，急速逃跑过河，中原一带的豪杰仰慕官军，官军士兵也乐于拼命报效朝廷，这是赶走金兵、收复失地的大好时机，这样的时机不会再次到来，千万不可轻易失去。"秦桧深知岳飞的决心坚不可屈，于是先请高宗命令将张俊、杨沂中等回师，以孤立岳飞。然后，秦桧制造舆论，说岳飞孤军作战，不可久留，请求高宗命令岳飞回师。岳飞在一天之内，收到12块金字牌，他愤怒地、惋惜地痛哭流涕，面向东方下拜了两次，说："十年的功业，一天就全被毁了。"

"十二金牌"就是从这个故事来的。金牌：即金字牌，宋代制定的一种紧急文书，木牌朱漆黄金字，过如飞电，日行500里，凡敕书及军机要事用之。人们用"十二金牌"形容十分火急，刻不容缓。也可用"十二金牌"作为紧急命令的代称。

四铁御史

典出《明史·冯恩传》：（冯）恩出长安门，士民观者如堵。皆叹曰："是御史，非但口如铁，其膝、其胆、其骨皆铁也。"因称"四铁御史"。

明代有一个御史，叫冯恩，字子仁，松江华亭（今上海松江区）人。他在小时候就失去了父亲，家境贫寒，母亲吴氏亲自教他读书。他长大后，自觉地勤奋学习。某年除夕，家里没有米吃，天下大雨，室内漏了雨水，而冯恩仍然坐在床上坚持读书。明世宗嘉靖五年（1526年），冯恩中了进士。在朝任职期间，冯恩刚直不阿，极力抨击大学士张孚敬、方献夫、右都御史汪鋐3人的奸诈行为。明穆宗接到奏章后非常恼怒，命令锦衣卫把冯恩收捕入狱，并追究主使人是谁。到朝廷审问时，汪镕当主笔，向东而坐，冯恩一人面向朝堂跪着。汪镕叫狱卒拖拉冯恩，命他向西下跪，冯恩直挺挺地站立着，不肯向汪镕等人下跪。狱卒呵斥他，他反过来厉声呵斥狱卒，狱卒被吓得不敢说话。汪镕说："你几次上奏章要杀掉我，我今天先杀了你。"冯恩大声斥责说："上有圣明的天子，你身为大臣，却想以私仇杀掉进谏的大臣吗？况且这是什么地方，你胆敢面对百官公开说这种话，真是太放肆了。我死了也要变成厉鬼杀死你。"汪镕大怒说："你一向以廉洁、刚直自负，而在狱中多次接受别人的馈赠，你有什么话可讲？"冯恩说："患难之中互相帮助，这是自古提倡的仁义之举。哪里像你那样接受金钱、出卖官位呢？"于是，冯恩历数汪镕贪赃枉法的行为，不停地加以痛斥。汪镕恼羞成怒，推开桌案，站起身来，要殴打冯恩。冯恩的骂声也更大了。

冯恩被押出长安门，士人和百姓赶来围观，排起了一堵人墙。他们都叹息说："这位御史，不但口硬如铁，他的膝盖、他的肝胆、他的骨头，都像铁一样硬啊！"于是，人们把冯恩称作"四铁御史"。

"四铁御史"就是从这个故事来的。人们用这个典故比喻刚直不阿的官吏。

苏章案友

典出《后汉书·苏章传》：顺帝时，迁冀州刺史，故人为清河太守，章行部案其奸臧。乃请太守，为设酒肴，陈平生之好，甚欢。太守喜曰："人皆有一天，我独有两天。"章曰："今夕苏孺文与故人饮者，私恩也；明日冀州刺史案事者，公法也。"遂举正其罪。州境知章无私，望风畏肃。

东汉时期，有一个人叫苏章，字孺文，扶风平陵人。他博学善文，在汉安帝时为议郎，后又担任武原县令。他担任武原县令期间，适逢年成不好，天下大饥，苏章下令开仓济贫，救济了 3000 多户贫民。

汉顺帝时期，苏章升任冀州刺史。他有一个老朋友担任清河郡太守，苏章视察时发现他有贪赃枉法的行为。苏章请来清河郡太守，为他设下酒宴，畅叙平生友情，气氛非常欢洽。清河郡太守高兴地说："别人都只有一个赖以生存的天，唯独我有两个天。"苏章说："今晚，我苏孺文陪老朋友喝酒，这是私人感情；明天，我作为冀州刺史查办案件，这就是国家的法度了。"于是，举报并处理了清河郡太守的罪过。州郡里的人知道苏章公正无私，听到风声就很敬畏他。

"苏章案友"就是从这个故事来的。可用它颂扬执法官执法公正，不徇私情。

缇萦救父

汉朝文帝是个很开明的君主，他曾下了一道命令，凡是老百姓遇到解决不了的困难，都可以直接给皇帝上书。

公元前 167 年，一位叫淳于意的县令犯了罪，要把他解到长安去问罪。他有 5 个女儿，没有儿子，动身时叹道："唉，生女无用，没有一个能帮我！"小女儿缇萦听了，决定跟父亲一起去长安，沿路照顾他。缇萦到了长安，知道汉文帝的命令，于是写了一封十分诚恳的信，亲自送到皇宫，请侍卫官呈给皇帝。

缇萦在信里写道："我的父亲是个清官，又是个著名的医生。如今他犯了罪，理应治罪。但是现在治罪的肉刑太重了，脸上刺字、割鼻子、砍脚，都会害人一生，以后即使他想要改过自新也没有办法了。希望皇帝能下令改正这种残酷的肉刑，用其他刑罚来代替它们。"汉文帝看了信，觉得这小姑娘的态度恳切，是实话，就召见主管法律的大臣，对他们说："刑法的作用是警诫人们不再犯法,如今这些肉刑,害人一辈子,应该改掉。"

丞相张苍和御史大夫冯敬研究之后,建议以做劳工来代替脸上刺字,以打板子来代替割鼻子和砍脚。汉文帝批准了这一建议,残酷的刑法终于被废止了。缇萦不仅救了父亲,也使天下所有罪犯减轻了痛苦。后来,汉文帝的儿子汉景帝又进一步改革了刑罚,把打板子规定为只许打屁股,板子改得又薄又窄,而且只许由一个人从头打到底。

这样,虽然肉刑没有被完全废除,但减轻了,对人民还是有利的。

天无二日

典出《汉书·高帝纪下》:上归栎阳,五日一朝太公。太公家令说太公曰:"天亡二日,土亡二王。皇帝虽子,人主也;太公虽父,人臣也。奈何令人主拜人臣!如此,则威重不行。"后上朝,太公拥彗,迎门却行。上大惊,下扶太公。太公曰:"帝,人主,奈何以我乱天下法!"于是上心善家令言,赐黄金五百斤。

刘邦做了皇帝,建立了西汉王朝以后,有一次回栎阳看望他的父亲。他5天拜见父亲一次,甚是恭敬和孝顺。父亲的家令劝告刘邦的父亲说:"天上没有两个太阳,一国不能同时有两个国君。皇帝虽然是你的儿子,却是一国之主;你虽然是皇帝的父亲,却是陛下的大臣。怎能叫皇帝朝拜大臣呢!这样做,使皇帝的威信很难树立起来。"此后,刘邦再来拜见父亲的时候,他的父亲拿着扫帚,直往后退,以示对刘邦的恭敬。刘邦大吃一惊,马上弯下身扶住父亲。父亲说:"皇帝,是一国之君,万民之主,怎能因为我搅乱了天下应有的法度!"于是,刘邦很赞赏家令说的那番话,赐给他黄金500斤。不久,刘邦发下一道诏书,尊自己的父亲为"太上皇"。

"天无二日"就是从这个故事来的。它的意思是,天上没有两个太阳,比喻一国不能同时有两个国君。

网开三面

典出《史记·殷本纪》：汤出，见野张网四面，祝曰："自天下四方皆入吾网。"汤曰："嘻，尽之矣！"乃去其三面，祝曰："欲左，左。欲右，右。不用命，乃入吾网。"诸侯闻之，曰："汤德至矣，及禽兽。"

大约在公元前 16 世纪，我国商族第十四代的首领叫汤，他灭掉夏朝，建立了中国历史上第二个奴隶制王朝——商朝。

汤是一个仁德的人。有一次，汤外出，看见有一个捕鸟兽的人在野地里四面张网，并祝告说："从天上飞下来的，从地上走来的，从四面八方来的，都落到我的网里吧。"汤说："唉，这样鸟兽就被捉光了！"他收去三面的网，只留下一面的网，教那个捕鸟兽的人重新祷告说："想去左边的去左边吧，想去右边的去右边吧，只有那些不听从命令的，才落到网中来吧！"诸侯们听到这个消息，都赞扬说："汤真是太善良了，他的仁德施及禽兽了。"结果，有 40 个诸侯归顺于他。

"网开三面"就是从这个故事来的。它的本来意思是说，将捕捉禽兽的网打开三面。后来，人们转意用"网开三面"比喻对罪犯或敌人从宽处理。

为鸦申冤

典出《北梦琐言》：唐温璋为京兆尹，勇于杀戮，京邑惮之。一日，闻挽铃声，俾看架下，不见有人。凡三度挽掣，乃见鸦一只。君曰："是必有人探其雏而诉冤也。"命吏随鸦所在捕之。其鸦盘旋，引吏至城外树间，果有人探其雏，尚憩树下。吏乃执之送府。以禽鸟诉冤，事异于常，乃毙捕雏者而报之。

唐代温璋做京兆尹的时候，执法如山，敢于毫不留情地处死那些作恶多端的罪犯，因此，京城的不法之徒都很怕他。

一天，忽然听到悬铃的响声，温璋派人查看，在铃架下四处张望，也不见一人。就这样一共听到 3 次铃响，才发现是只乌鸦。京兆尹温璋说："这一定是有人掏走了小乌鸦，它来申诉冤枉的。"说完，便命令差役跟随乌鸦到乌鸦巢所在的地方拘捕掏小乌鸦的人。那只乌鸦盘旋着飞翔，引导差役来到城外的一片树林子里。果然有人掏了小乌鸦，还在树下休息着呢。差役便将他捉拿回官府。温璋认为禽鸟诉冤的事异乎寻常，于是下令打死那人，为乌鸦申了冤，报了仇。

后人用"为鸦申冤"这个典故比喻那些能够体察民间疾苦，铁面无私，执法如山，为百姓申冤昭雪的人的战斗精神。

先斩后奏

典出《窦娥冤》第四折：老夫廉能清正，节操坚刚，谢圣恩可怜，加老夫两淮提刑肃政廉访使之职。随处审囚刷卷，体察滥官污吏，容老夫先斩后奏。

元代剧作家关汉卿（号已斋）在晚年写了一部著名的戏——《窦娥冤》。剧情梗概是：善良的贫家女子窦娥 3 岁丧母，她的父亲窦天章是个穷书生，为了还债和换取上京赶考的路费，把女儿当抵押品一样地送到蔡婆婆家里去做童养媳。10 年以后，她的丈夫不幸早死，窦娥和蔡婆婆两个相依为命地过着守寡的日子。地痞张驴儿和他的父亲垂涎欲滴地窥伺着这两个寡妇。张驴儿想毒死婆婆，反而毒死了自己的父亲。他转而诬陷窦娥，逼迫她顺从。官府断案不明，结果斩杀了窦娥。后来，窦娥的父亲窦天章当上了大官，奉旨访察民情，惩处贪官污吏，回到阔别 16 年的家乡，终于替女儿昭雪了冤案。

窦天章是朝廷命官，受皇帝信任。在戏中窦天章有这样一段独白：

"只因老夫我为官廉洁清正，节操坚强、刚直，皇上怜爱我，叫我担任两淮提刑肃政廉访使的职务，四处审讯囚犯，查阅案卷，赐给我象征权势的宝剑和金牌，让我监察贪官污吏，并准许我先斩后奏。"

"先斩后奏"就是从这个故事来的。它的本意是，官吏先处决罪犯，然后再上奏皇帝。

后来，人们多用它比喻先采取果断的行动，然后再向上级报告。也可用来泛指事前不报告，使上级承认既成事实。

阎罗包老

典出《宋史·包拯传》：拯立朝刚毅，贵戚宦官为之敛手，闻者皆惮之。人以包拯笑比黄河清，童稚妇女，亦知其名，呼曰"包待制"。京师为之语曰："关节不到，有阎罗包老。"旧制，凡讼诉不得径造庭下。拯开正门，使得至前陈曲直，吏不敢欺。中官势族筑园榭，侵惠民河，以故河塞不通，适京师大水，拯乃悉毁去。

北宋大臣包拯曾任开封府尹。包拯在朝廷中遇事刚直不阿，敢作敢为，贵戚宦官都不敢放肆，听到包拯的名字都感到害怕。人们开玩笑说，包拯能把黄河之水澄清，虽然是儿童妇女，也都知道包拯的大名。因为包拯任过天章阁待制，所以人们都叫他"包待制"。京城的人给包拯编了个顺口溜："关节不到，有阎罗包老。"意思是说，打官司时，如果通贿请托有不到之处，也不要紧，只要有理，"地狱王"包拯会主持公道。按照老规定，告状的人不得一直走上公堂，陈述冤屈。包拯却下令打开公堂的正门，让告状的人走到包拯的面前，陈述是非曲直。这样一来，下级的吏卒就不敢刁难欺侮诉讼人了。宦官势族广筑园囿楼榭，侵占惠民河，造成河流堵塞，水路不通。时值京都开封发洪水，包拯下令把那些园囿楼榭等违章建筑全部拆除。

"阎罗包老"就是从文中"关节不到，有阎罗包老"一语而来的。阎罗：地狱王。包老：北宋大臣包拯。"阎罗包老"的本来意思是，北宋大臣包拯铁面无私，令人生畏，像地狱王一样。后来，人们用"阎罗包老"称颂执法公正不阿、铁面无私的官吏。

鞅法太子

典出《史记》：令行于民期年，秦民之国都言初令之不便者以千数。于是太子犯法。卫鞅曰："法之不行，自上犯之。"将法太子。太子，君嗣也，不可施刑；刑其傅公子虔，黥其师公孙贾。明日，秦人皆趋令。

新法令在秦国施行整一年，然而来京城咸阳申诉新法不便的人数以千计。太子犯了法。商鞅说："法令行不通是上面人犯了法的缘故。"将要依法处置太子。太子是国君的继承人，不可加以刑罚；必须加刑给辅佐太子的公子虔，将太子的老师公孙贾涂面刺字。第二天，秦国人都急忙按新的法令办事了。

后人用"鞅法太子"这个典故比喻太子犯法与民同罪。

有天没日

典出《笑得好》：夏天炎热，有几位官长同在一处商议公事，偶然闲谈天气酷暑，何处乘凉？有云："某花园水阁上甚凉。"有云："某寺院大殿上甚凉。"旁边许多百姓齐声曰："诸位老爷要凉快，总不如某衙门公堂上甚凉。"众官惊问：何以知之？答曰："此是有天没日头的所在，怎么不凉！"

夏天天气炎热，几个长官在一起商议公事，偶然谈到天气太热，不知道去哪里乘凉。有的说某处花园水上走廊特别凉快，有的说某寺院的大殿特别凉快。旁边的许多百姓一起说："各位老爷想要凉快，不如去衙门的公堂上，那里最凉快了。"众长官惊疑地问为什么，百姓们回答道："那里是没有日头照耀的地方，怎么会不凉快呢！"

这则寓言以幽默的笔触、犀利的语言，暴露了衙门公堂残害人民的本质。"自古衙门朝南开，有理没钱莫进来。"贪财害命的官吏过着"金天银地"的生活，人民百姓经受的是"天昏地暗"的痛苦。"有天没日头的所在"这个警句，是人民群众觉醒的语言，它大胆而机智地揭露了封建官僚社会的黑暗统治，从而概括出整个封建官僚统治机构的凶残本质。

约法三章

典出《史记·高祖本纪》：与父老曰："法三章耳，杀人者死，伤人及盗抵罪"

秦二世荒淫无道，宠信赵高，陷害忠良，以致民不聊生，天下大乱。陈胜、吴广揭竿而起，继之江东项羽、丰沛刘邦也举起义师，拥立楚王孙心为怀王，建都盱眙。这时楚军上将军为宋义，项羽为次将，范增为末将，刘邦则自领丰沛起兵的军队，隶属于楚怀王。不久，刘邦封为沛公。

楚军志在灭秦，必先取得关中之地（函谷关以西，今陕西等地）。楚怀王这日登殿，询殿前诸将，谁愿进取关中？项羽、刘邦俱应声愿往。楚怀王说："谁先进入关中，谁即为关中王。"项羽、刘邦整军出发，项羽从北路进发，刘邦从西路进军。

刘邦受命之后，率领参谋萧何、曹参、武将夏侯婴、樊哙、周勃等从彭城出发，西征暴秦。

西征军道经昌邑县城，就改道高阳西进。在高阳（今河南杞县境）又获得了一位谋士郦食其，因而取陈留，攻开封。在曲遇、白马等地，大败秦军。夺南阳，下宛城，经舟水，出胡阳，所过之处，有征无战，直入武关。

刘邦兵进关中，接连打了几个胜仗，秦地人民，为秦政所苦，楚军进关，反而箪食壶浆，夹道相迎。秦军望风而逃，刘邦直扑咸阳城下，秦二世、赵高等人，惊骇不已。

赵高杀了秦二世，另立秦王婴，想与楚军谋和。但秦王婴又杀了赵高，素车白马，出城向刘邦投降。

刘邦进入咸阳，就留恋皇宫的舒适，不肯出皇宫。这位泗水亭长出身的刘沛公，布衣时代，就贪酒好色，一旦身入宫廷，尽力享受豪华富贵，忘了自己是干什么来的。樊哙进宫，劝他离去，他不听。张良又进宫劝说："秦皇无道，天下大乱，你才能兵进咸阳，为的是替天下扫除残贼。你刚到了咸阳，就安于宫室犬马，醇酒妇人之乐，这岂不成为助纣为虐？"刘邦大悟，遂出宫回至灞上，召集关中豪杰开会，订立约法三章，一、杀人者死。二、伤人及盗抵罪。三、余悉除去秦法。诸吏人皆安堵如故。

刘邦对大家说："我这次出关，是为父老们除害，不是来侵犯父老们的，请你们放心。我不住在咸阳宫中，回到灞上行辕，为的是等待山东六国诸侯会师咸阳，而后再定约束。"

秦国父老们大喜，回家之后，牵着牛羊，抬着酒食，到刘邦军中劳军。刘邦不受，婉转地对父老们说："我们军中有的是军粮，不能接受你们的酒食，但我们非常感谢你们的盛情，如果我们吃了你们的东西，花费了你们的钱食，就失去我们进关拯救你们的初衷了，东西请你们带回，心意我们领了。"

这和秦军搜刮民脂民膏唯恐不尽的作风，完全相反。关中百姓争相走告：

"如果刘沛公不回关东，在我们关中做秦王，我们就有好日子过了。"

刘邦入关，与民约法三章，把关中的人心，立刻收买住了。

后人用"约法三章"比喻订立必须遵守的规章条款。

贵人诬告

典出《笑赞》：一人与人各带资本，出外买卖，离家日远，行到无人之处，此人将那人打死，取其资本，得利而回，向那人家说："某人不幸病死了。"其家示；不疑猜。后来又将那人的妻娶了。不料那人打死之后，又得苏醒，将养许时，来到家中。告官："图财打死，强娶其妻。"官将告人重责，问作诬告，批状云："既云打死，如何尚在？娶用财礼，何为强娶？"《赞》曰："史书载范雎被须贾打死，后来做了丞相。此官想是不曾看见，郑元和被其父打死，后来又唱《莲花落》，想是也不曾听的。与人同出而先归，亲口说人已死，又娶其妻，打死之情，颇不易见。又有一官，素日贪滥，偶有剜墙之贼，半截身人，砖忽塌下，不能进退而死。次日贼家告官，为故垒虚墙，压死贫贼事，此官径做人命检问，得银才放。官之昏者，以图财致命成诬告；官之贪者，以打死贫贼害富家。苍天苍天，百姓们何处申冤也！"

有两个人各带着资产出去做生意。渐渐地离家远了。走到没有人的地方，一人将另一个打死，拿走了他的资产回了家，向那个人的家人说："他不幸病死了。"那人家里也不猜疑。后来他又把那人的妻子娶了过来。不料那人死后又苏醒了过来，将养了一段时间回到家中。于是告到官府，说谋财害命，强抢人妻。县官将原告重重责罚，并反诘其为诬告。批状上写道："既然说是打死，为何又活过来了，既然是明媒正娶，又哪里来的强娶？"

后人用这则寓言说明封建社会是"衙门朝南开，有理无钱莫进来""有钱者生，无钱者死"。贪官办案不是根据案情判断是非，而是根据银钱、人情判断是非，所以造成冤狱遍地，哭声千里。

《赞》语中连举数例讥刺昏官，慨叹百姓无处申冤，语锋犀利，可与寓言对看，颇有珠联璧合之妙。

朱公说璧

典出《新序·杂事第四》：（梁王）召朱公而问曰："梁有疑狱，卒吏半以为当罪，半以为不当罪，虽寡人亦疑。吾子决是奈何？"朱公曰："臣，鄙民也，不知当狱，虽然，臣之家有二白璧，其色相如也，其径相如也，其泽相如也，然其价一者千金，一者五百金。"王曰："径与色泽相如也，一者千金，一者五百金，何也？"朱公曰："侧而视之，一者厚倍，是以千金。"梁王曰："善。"故狱疑则从去，尝疑则从与。梁国大悦。

梁王召见朱公，问他说："梁国有件难以判断的案子，狱吏们众说纷纭，一半人认为应当治罪，另一半人认为应当赦免，连我自己也迟疑不决，请您判决一下，究竟应当怎样办呢？"

朱公说："我是一个鄙陋无知的人，不懂断案；不过，我可以讲另外一件事情。我家里有两块白璧，颜色完全相同，尺寸不差分毫，光泽一样晶莹。但一块价值千金，一块价值五百金。"梁王感到奇怪，问："尺寸与色泽毫无差别，一块值千金，一块值五百金，是什么道理？"朱公说："从侧面看，一块比另一块厚一倍，所以价值千金。"

梁王恍然大悟，频频点头道："说得好！"于是，对可判可不判的案件就不判，对可赏可不赏的人员则给予赏赐。从此，梁国上下，皆大欢喜。

后人用"朱公说璧"这个典故喻指那些宽大为怀，厚以待人，赏惩得当的君主，才能深得人心。

做贼心虚

典出《梦溪笔谈·权智》：陈述古密直知建州浦城县日，有人失物，捕得莫知的为盗者。述古乃绐之曰："某庙有一钟，能辩盗，至灵。"使人迎置后阁祠之，引群囚立钟前，自陈："不为盗者，摸之则无声，为盗者摸之则有声。"述古自率同职，祷钟甚肃。祭讫，以帷围之，乃阴使人以墨涂钟。良久，引囚逐一令引手入帷摸之，出乃验其手，皆有墨，唯有一囚无墨，讯之，遂承为盗。盖恐钟有声，不敢摸也。枢密直学士陈述古任建州城知县时，有人丢失了东西，抓到一些人，却不知道那个是真正的盗贼。于是陈述古骗他们说："某某庙里有一口钟，能辨认盗贼，特别灵验。"他派人把那口钟抬到官署后阁，祭祀起来，把这一群囚犯带到钟前，自己对犯人说："没有偷东西的人，摸这口钟，它不响，偷了东西的人一摸它，钟就会发出声响。"述古亲自率领他的同僚，在钟前很恭敬地祈祷。祭祀完毕后，用帐子把钟围起来，并暗地里让人用墨汁涂钟，过了很久，钟涂好以后，带领被捕的犯人一个个让他们把手伸进帷帐里去摸钟，出来就检验他们的手，发现都有墨汁，只有一人手上无墨。述古对这个人进行审讯，于是他才承认自己是盗贼。原来这个人是害怕钟响，没敢去摸。

"做贼心虚"这个典故告诉人们，陈述古善于抓住"为盗者做贼心虚"这一致命弱点，巧没机关，很快破获了一起盗窃案。当然，陈述古采用的具体方法是不足取的，但他善于分析罪犯的心理，能够抓住罪犯的弱点，还是有借鉴意义的。

爱老怜贫

典出《西游记》第二二十七回：我丈夫更是个善人，一生好的是修桥补路，爱老怜贫。但听见说这饭送与师父吃了，他与我夫妻情上比平常更是不同。

唐僧师徒到西天取经。途中，眼见前面有座高山，那山峰岩石重叠，涧壑湾环，怪石嶙峋。满山的大蟒喷吐愁雾，奇怪的长蛇吐出怪风。唐僧骑在马上心惊肉跳。孙大圣见状，舞动金箍棒，大吼一声，吓得那些狼虫乱窜，虎豹奔逃。师徒们进到此山，正行到嵯峨之处，唐僧感到肚中饥饿难忍，要悟空为他化斋。悟空明明知道这山渺无人烟，本不想去，但又怕师父念那个紧箍咒，不得已只好将身一纵，跳上云端，手搭凉篷，四处寻觅。看多时，只见正南方向有一座高山，向阳处有一片鲜红的点子，悟空料定那是山桃，便奔南山摘桃子去了。

常言道："山高必有怪，岭峻却生精。"这山之中果然有妖怪——白骨精。孙悟空去时，惊动了他。他在云端踏着阴风，看见唐僧坐在地上，不胜高兴。因他闻知：吃了唐僧的肉可长生不老。那妖精就要去捉唐僧，但见唐僧身边有两员大将，不能近身，便摇身一变，变做一个月貌花容的少女，那少女眉清目秀，齿白唇红，左手提一个青瓷沙罐，右手提一个绿瓷瓶，从西向东，径向唐僧走来。唐僧听说少女是来斋僧的，连忙站起身来，合掌当胸道："女菩萨，你府上在何处？是甚人家？有甚心愿，来此斋僧？"那妖精见唐僧认不得他，便哄骗说："我丈夫在北山凹里锄田，我给他送饭去，不料在路上遇到三位远来，思念我父母好善乐施，所以将这饭食送给你们吃。"唐僧道："善哉！善哉！……我不敢吃。假如我吃了你的饭，你丈夫晓得，骂你，却不罪坐贫僧也？"那女子见唐僧不肯吃，又满面春风道：

"师父啊！我父母斋僧还是小可，我丈夫更是个善人，一生好的是修桥补路，爱老怜贫。但听见说这饭送与师父吃了，他与我夫妻情上比平常更是不同。"唐僧还是不吃。站立一旁的猪八戒可气坏了，他不容分说，一嘴把罐子拱倒，就要动口。

这时悟空正好从南山摘桃回来，睁起火眼金睛观看，认得那女子是个妖精，举棒就打。那妖精使了个"解尸法"，把个假尸留在路边，暗地里逃跑了。

后人用"爱老怜贫"表示敬重年老的人，同情贫苦的人。

安贫乐道

典出《论语·雍也》："贤哉回也！一箪食，一瓢饮，在陋巷。人不堪其忧，回也不改其乐。"何晏集解引孔安国曰："颜渊乐道，虽箪食在陋巷，不改其所乐。"又见《后汉书·杨彪传》"安贫乐道，恬于进趣，三辅诸儒莫不仰慕之。"此据《论语》。

孔丘是春秋末期的一位思想家、政治家和教育家，是儒家的创始人。为了维护封建贵族的统治，孔丘提出了"己所不欲，勿施于人""己欲立而立人，己欲达而达人"等论点，即所谓"忠恕之道"。在此基础上，他还提倡德治和教化，反对苛政和刑杀。在孔丘的学说中，劝人安贫守法是二项重要内容。他曾提出"不患寡而患不均，不患贫而患不安"的论点，并以此作为衡量他的学生品行好坏的一项标准。

相传，孔丘教过的学生有3000人，其中著名的有72人。在这72人中，有一个孔丘最为得意的弟子叫颜渊，就是一个安贫乐道的典范。颜渊，春秋末鲁国人，名回，字子渊。孔丘曾称赞他说：颜渊真是一个很贤德的人啊！他虽然贫居陋巷，只有一小竹篮子干粮，一瓢水，也不改其乐。

"安贫乐道"原是儒家所提倡的立身处世的态度，后来多指虽处于贫困境地，仍以守道为乐。这是剥削阶级提出的一种骗人的话，意思是要人们安于穷苦生活，愉快地接受他们的那套说教。

不欺暗室

典出《后汉书·列女传》。

卫国的国君卫灵公，一天夜里突然听到一阵车马行驶的声音，由远而近，大约行到宫门口却无声无息了。过了一会又响起车马声，由近而远，慢慢地又无声无息了。卫灵公感到奇怪，就问他的夫人："你知道这是什么人？"

夫人笑了，很自信地回答说："这不会是别人，只能是您的大夫蘧伯玉！"

"你怎么知道一定是他呢？"卫灵公越发奇怪起来，"莫非你会占卜？"

夫人一本正经地说：

"我听说凡是臣子路过王宫门前，都要下车致敬，这是朝中的礼节。忠臣和孝子既不在大庭广众之下故意做样子给人家看，也不在没人的地方疏忽自己的行为。蘧伯玉是卫国有名的贤人，最为仁智，很遵守礼节。方才一定是他经过宫门，停下来表示敬意。虽然在夜间，无人看到，他仍旧那么遵守礼仪，不是他还能有谁呢？如果您不信，可以派人去调查一下……"

卫灵公派人去问明了情况，夜里行车的果然是蘧伯玉。但他想与夫人开个玩笑，故意对她说：

"哈哈，夫人猜错了，那人不是蘧伯玉！"

夫人不慌不忙地斟了一杯酒，送到卫灵公面前，恭敬地说："我祝贺君王！"

"贺我什么？！"卫灵公莫名其妙。

"原来我只知道卫国就一个大贤人蘧伯玉，现在看来还有一位同他一样的贤大夫，您有了两位贤人。贤人越多，卫国越兴旺，我所以才祝贺君王呀！"

"原来是这样呀，你真是明智的女人哪！"卫灵公心里十分高兴，便把真相告诉了她。

从此之后，人们都说卫灵公夫人仁智、贤良、知人、达理。

后人据此说蘧伯玉"不欺暗室"，并用它表示即使在无人的情况下，也不做违反规定的事情。

"不欺暗室"有时也写作"暗室不欺"。

不食盗食

典出《列子·说符》：东方有人焉，曰爰旌目，将有适也，而饿于道。

狐父之盗曰丘，见而下壶飧以铺之。

爰旌目三铺而后能视，曰："子何为者也？"

曰："我狐父之人丘也。"

爰旌目曰："嘻！汝非盗邪？胡为而食我？吾义不食子之食也。"

两手据地而欧之，不出，喀喀然遂伏而死。

东方有一个人，名字叫爰旌目，有一次要到远地去，走到半路没有东西吃，昏倒了。

狐父的一个强盗名丘，看见他快要饿死的样子，便拿来一些汤水饭喂给他吃。

爰旌目吃了三口以后眼睛才能看得见东西，他问道："你是做什么的？"

答道："我是狐父人，名字叫丘。"

爰旌目说："哦！你不是强盗吗？为什么要来给我饭吃呢？我是一个讲信义的人，不吃你们强盗送来的饭！"

于是，他便两手按地用力呕吐，呕吐不出来，喉咙里格格作声地趴在地上死去了。

从这一则故事中可看出，爰旌目坚持廉洁方正的原则，是可敬的。但列子却批评他说："狐父之人则盗矣，而食非盗也。以人之盗，因谓食为盗而不敢食，是失名实者也。"后世论者也多看作是求名失实，违道丧生，伪愚也哉！"而食非盗也"，这自然就灵活得多了。于是食之而全，名实俱得。这就给为了活命而出卖原则的人，大大开了方便之门。以我们看来，还是像爰旌目那样迂执一点，更近于道。说他失实固可，说他违道怎见得呢？——固然，在阶级社会中，所谓盗者，如狐父之丘，应该怎样评价，那是另一个问题，不是这里所要论说的。

不食周粟

典出《史记·伯夷列传》：武王已平殷乱，天下宗周，而伯夷、叔齐耻之，义不食周粟，隐于首阳山，采薇而食之。

殷朝末年，孤竹国国君有两个儿子，大儿子伯夷，小儿子叔齐。国君在位时，有意让叔齐继承王位。国君死后，叔齐觉得自己比伯夷小，就让给伯夷。伯夷说："立你为国君，是父亲的意思，我怎么能接受呢？"两人相互推让，都不愿立为国君，最后，两人弃位逃往西部周文王处。

刚走到半路，伯夷、叔齐碰上周武王的部队。原来周文王已死。武王继承了王位。还来不及埋葬父亲，他就用车载着周文王的雕像，往东讨伐纣王。

伯夷、叔齐拦住周武王的马头苦苦劝谏说："父亲死后不埋葬，反而兴兵讨伐，说得上孝道吗？以臣子的身份去杀害君王，说得上仁慈吗？"武王手下的士兵见了，想杀死他俩。姜太公说："他们是仁义之人。"就叫士兵把他俩扶开。

周武王平定殷朝之后，天下都属于周朝。为此，伯夷、叔齐感到耻辱，坚决不吃周朝的粮食，隐居在首阳山中（"伯夷、叔齐耻之。义不食周粟，隐于首阳山"），靠采摘蕨菜度日，他俩编了一首歌，歌中唱道："登上西山啊，采摘蕨菜。残暴代替残暴啊，不知谁是谁非（"以暴易暴兮，不知其非矣"注：伯夷、叔齐认为殷和周都是一样残暴）？神农、舜和禹已经消逝啊，我们将依靠谁？往哪里啊往哪里？生命就这般衰微！"

后人用"不食周粟"这个典故比喻坚决反对某种行动或主张；又用"以暴易暴"表示一种残暴的统治代替另一种残暴的统治。

超群绝伦

原作"绝伦逸群"，典出《三国志·蜀书·关羽传》：孟起（马超）兼资文武，雄烈过人，一世之杰……犹未及髯（指关羽）之绝伦逸群也。

东汉建安十九年（214年），刘备领兵进攻益州（今四川），结果出师不利，只好给在荆州的诸葛亮写信，让他再派些兵马来。诸葛亮接信以后，马上召集关羽、张飞、赵云商议，决定留关羽镇守荆州，自己带张飞、赵云前去支援刘备。

来到益州不久，诸葛亮用计收降了西凉猛将马超。关羽得到消息以后，写信给诸葛亮，询问马超的才能。诸葛亮知道关羽这个人虚荣心比较强，于是回信说："孟起（马超字孟起）文武兼备，勇猛过人，是一代豪杰，可以和张飞并驾齐驱，然而不及你这样超群出众。"关羽见信后十分高兴。

"超群绝伦"指超出众人，同辈中谁也比不上。超，超出；绝，尽、断绝；伦，类，同辈。

陈仲食李

典出《孟子·滕文公下》。

战国时，齐国有个品格很高的隐士，叫陈仲子。他非常讲究守节操。他的哥哥在齐国做大官，每年有俸禄万钟。陈仲子认为哥哥的俸禄是不义之财，哥哥的居室是不义之室，他不愿沾哥哥的光。为了表示自己的清白，他与妻子一起迁居楚国，住在于陵地方，自称"于陵仲子"。

在于陵，陈仲子生活十分贫困，常常连饭也吃不上。但他为了体现自己的操守，宁可挨饿，也不求别人的东西吃。

有一次，遇上饥荒年月，陈仲子整整3天没有吃到任何东西。他饿得眼睛发花，看不清东西，耳朵里也嗡嗡直叫，什么也听不清。这时，他发现井边有一颗李子，已经被虫子食了一半。陈仲子饿得有气无力，也顾不得讲究节操了。他十分艰难地爬到井边，拾起那半只残破的李子放进嘴里，使劲地吞了3次，才将李子咽了下去。

吃了半只李子后，陈仲子才觉得似乎又有了一丝力气，耳朵重新听得见了，眼睛也能看见东西了。

后人用"陈仲食李"这个典故形容贫士在穷困无食时，保持操守很不容易。

陈仲食李

舍儿救孤

典出《东周列国志》第五十七回、《元曲·冤报冤赵氏孤儿》。

春秋时代，晋灵公的武将屠岸贾，恃宠专权，陷害忠良。大臣赵盾家属300人全部被杀害，只剩下一个刚出生不久的孤儿赵武，被赵盾的门客程婴救出，期望以后为赵家报仇。屠岸贾知道了赵氏有遗孤，下令要将晋国境内半岁以下的婴儿全部杀尽，以绝后患。

程婴为了拯救晋国婴儿，保存赵家孤儿，找晋灵公的退职老臣公孙杵臼商量，甘愿以自己才生下来的儿子冒充孤儿献出，把赵武作为自己亲生的儿子隐藏下来。公孙杵臼曾与赵盾有"刎颈之交"，他也愿意自己认作隐藏孤儿的人，让程婴出首去告密。

屠岸贾得知孤儿下落，立即派武士跟着程婴去抓公孙杵臼和婴儿，果真将程婴的儿子误认为是赵氏孤儿，把他活活地摔死了。公孙杵臼受尽严刑拷打，触阶而死。屠岸贾以程婴告密有功，收为门客，作为心腹，还将孤儿认作义子。

20年后，赵武学成文武技艺，经过程婴点破，领悟自己的身世，乘机砍杀屠岸贾，为赵家报了仇。

"舍儿救孤"，比喻为了他人而牺牲自己的利益。

德高望重

原作"德隆望重"，典出《晋书·简文三子传》：元显因讽礼官下议，称己德隆望重，既录百揆，内外群僚皆应尽敬。

东晋时，皇族司马道子和他的儿子司马元显官高势大，十分骄横。为了宣扬自己，攫取更大的权力，司马元显曾让礼官写出奏议，称赞他品德高、声望重。就这样，他当上了中书令、尚书令等官，总管朝政，宫廷内外群僚都得听从他，并要对他表示尊敬。

司马元显利用自己的职权，搜刮不已，富过帝室。隆安三年（399年），他伙同他的父亲征调江南诸郡已免除奴隶身份的佃客，到建康（今江苏南京）服兵役，称为"乐属"，激起佃客反抗，从而爆发了孙恩起义。他在镇压起义中，屡遭失败，元兴元年（402年），荆、江二州刺史桓玄东下破建康，司马元显和他的父亲都被杀。当时，这位自称"德隆望重"的司马元显才20岁。

"德隆（高）望重"意即品德高尚、声望很高。现在人们常用来指道德高尚，在群众中有很高声望（多用于老年）的人。

邓攸弃子

典出《晋书》：石勒过泗水，攸及斫坏车，以牛马负妻子而逃。又遇贼，掠其牛马，步走，担其儿其弟子绥。度不能两全，乃谓其妻曰："吾弟早亡，唯有一息，理不可绝，止应自弃我儿耳，幸而得存，我后当有子。"妻泣而从之，乃弃之。

石勒过了泗水，邓攸出逃。他徒步快走，挑着自己的儿子和侄子绥，考虑到不能（同时）保留两个小孩，就对他妻子说：

"我的弟弟早已亡故，只有这个儿子，按理不能使他绝后，只有抛弃咱俩的孩子了，如果我们能幸运地活下去，以后总会有儿子的。"

妻子哭泣着，顺从了他，于是把自己的儿子抛弃了。

后人用"邓攸弃子"这个典故比喻以义为贵的精神。

董狐之笔

典出《左传》宣公二年：乙丑，赵穿攻灵公于桃园。宣子未出山而复。太史书曰："赵盾弑其君。"以示于朝。宣子曰："不然。"对曰："子为正卿，亡不越竟，反不讨贼，非子而谁？"宣子曰："乌呼！'我之怀矣，自诒伊戚'其我之谓矣！"孔子曰："董狐，古之良史也，书法不隐；赵宣子，古之良大夫也，为法受恶。惜也，越竟乃免。"

春秋时晋国的国君灵公，十分残暴，又不接受忠言，对人民毫不体恤，经常要老百姓捐献，来供他挥霍享乐。有一次，他的厨师煮熊掌给他吃，他觉得不够软嫩，便命人立即将厨师杀了，再叫女宫人用盛泥的器具把尸体抬出去，因为无意中将死尸露了出来，给宰相赵盾发现。于是赵盾便去见灵公，请求他改变待人的作风，灵公很不高兴，竟派了个叫组麑的人去暗杀他。纽麑潜入赵盾府中，见赵盾已一早起身在烛下看书等待早朝，颇为感动，不忍行刺，撞树自杀。

灵公见赵盾未死，又设宴请赵盾，暗中预伏武士要刺杀赵盾，幸好被赵盾的随从救出，赵盾被迫逃亡，但还没逃出国境，灵公已被赵盾的儿子杀了。新王接往后，赵盾从边界回来仍做宰相。太史董狐在史书上写道："赵盾弑其君。"赵盾见了，说："弑君的不是我，怎能说是我弑君呢？"董狐说："你身为相国，出亡还没有离开国境，回来后又不讨贼，若说你不是主谋，又有谁相信呢？"赵盾说："还可以更改吗？"董狐摇头说："是是非非，称为信史，我头可断，这个却不能改。"赵盾叹息不已。

董狐，是春秋时晋国的史官，因为他写史不偏好，不徇私，完全根据事实照写，孔子也说他是"古之良史"。后来的人，对于执笔作批评议论，其言论公正不偏，不以个人之好恶或利害关系而脱离事实者，便称之曰"董狐之笔"。

动心忍性

典出《孟子·告子下》：孟子曰："舜发于畎亩之中，傅说举于版筑之间，胶鬲举于鱼盐之中，管夷吾（管仲）举于士，孙叔敖举于海，百里奚举于市。故天将降大任于是人也，必先苦其心志，劳其筋骨，饿其体肤，空乏其身，行拂乱其所为。所以动心忍性，曾（同"增"）益其所不能。"

战国时期，孟子说："古代圣王舜帝是从普通农事活动中成长起来的；殷代武丁时的贤相傅说是从被人雇佣筑墙的低下地位上提拔上来的；殷纣时的贤人胶鬲是从贩卖鱼、盐的市场中被提拔起来的；齐国国相管仲是从狱官手中得到解救，被齐桓公提拔起来的；春秋时楚国隐士孙叔敖是从海边的隐居之所被提拔起来的；百里奚被楚人捉住后，为人放牛，秦穆公闻其贤，把他赎买到秦国，举以为相，所以等于从市场上买回来加以重用的。

所以说，上天将要把重大的使命赋予一个人，一定先使他的内心愁苦，劳累他的筋骨，饥饿他的身体，使他穷困贫乏，让他经历坎坷，总是不顺利如意。用种种窘况来触动他的灵魂，坚韧他的心性，增强他还不曾具有的应付事情的能力。

"动心忍性"就是从这里来的。它的意思是，触动灵魂，使性格坚韧。

断头将军

典出《三国志·蜀书·张飞传》：先主入益州，还攻刘璋，飞与诸葛亮等溯流而上，分定郡县。至江州，破璋将巴郡太守严颜，生获颜。飞呵颜曰：

"大军至，何以不降而敢拒战？"颜答曰："卿等无状，侵夺我州，我州但有断头将军，无有降将军也。"飞怒，令左右牵去砍头，颜色不变，曰："砍头便砍头，何为怒邪！"飞壮而释之，引为宾客。

建安十六年（211年），曹操向汉中一带用兵，并扬言要南下益州、软弱无能的益州刺史刘璋听说后怕得要命。刘璋的部属张松和法正对刘璋十分不满，想迎接刘备和诸葛亮入蜀。张松趁曹操即将进犯益州的机会，劝说刘璋借用刘备的力量守卫益州。

刘备进入益州后，对刘璋展开了进攻。诸葛亮让关羽继续守住荆州，然后带领张飞、赵云等沿江西上，分别平定各郡县。张飞领兵到江州，攻破了刘璋的巴郡，活捉了刘璋的部将巴郡太守严颜。张飞大声喝道："大军已到，为什么不投降，还敢抗拒？"严颜回答说："你们无理，侵夺我州，我州只有断头将军，没有投降的将军。"张飞大怒，叫左右侍卫把严颜拉出去砍头，严颜神色不变，说："砍头就砍头，发什么怒！"张飞认为严颜心怀壮志，就把他释放了，并待为宾客。"断头将军"就是从这个故事来的。人们用它表示宁死不屈。

堕甑不顾

典出《后汉书·郭太传》：孟敏字叔达，巨鹿杨氏人也，客居太原，荷甑随地，不顾去；林宗见丽问其患。对曰："甑已破矣，视之何益？"

孟敏，字叔达，是巨鹿杨氏人

他在太原居住的时候，一天上街不小心把拿着的煮饭罐子掉在地下，摔得粉碎。可他连看都不看一眼，径直走了。

郭泰见了很奇怪。就问他原因。孟敏回答说："罐子已经摔破了，看它又有什么用呢。"

后人用"堕甑不顾"这个典故劝告人们，在错误和挫折面前，切不可陷入无穷无尽的忧虑之中，失去前进的勇气。但是，另一方面，我们提倡"破甑返顾"，回过头来看一下，是为了总结失败的教训，使以后少犯错误。

反求诸己

相传3000多年前，那时是我国历史上的夏朝，国王就是古代治水有功的禹。有一次，一个背叛的诸侯有扈氏起兵入侵，夏禹王派他的儿子伯启抵抗有扈氏的侵犯。他们在甘泽地方打了一仗。结果，伯启打败了。伯启的部下很不甘心，一致要求再战。伯启说："不必再战了。我的地盘不比他小，我的兵马不比他弱，结果我反而打了败仗，这是什么缘故呢？这必定是我的德行比他差，我教育部属的方法也不如他。我要从自己身上找出毛病，并努力加以改正才对。"

从此，伯启立志发奋图强，每天天刚亮就起来工作，每天吃的饭菜不讲求美味，穿衣服只重朴素，爱护百姓，尊重有品行的人，任用有才干的人。这样经过一年，有扈氏知道了，他不但不敢来侵犯，反而心甘情愿地降服归顺了。

"反求诸己"比喻从自己方面寻找原因或对自己提出要求。

翻云覆雨

典出唐代诗人杜甫的诗《贫交行》：翻手作云覆手雨，纷纷轻薄何须数。君不见管鲍贫时交，此道今人弃如土。

春秋时，有两位很有名的人，一个叫管仲，一个叫鲍叔牙。这两个人是贫贱之交的好朋友。管仲少时与鲍叔牙友善，同在南阳做买卖，分钱时，管仲要多分一些，鲍叔牙知道管仲要养老母，不以他家贫而弃之；管仲办事几次不顺利，鲍叔牙也不怨恨他愚笨。后来，鲍叔牙做了齐国的大夫，极力向齐桓公推荐管仲做齐国的相国。管仲曾对人说："生我者父母，知道我者鲍叔牙也。"

唐代诗人杜甫一生处在李唐王朝由极盛走向衰颓的大动荡时期，他久居长安，深切体会到上层社会的世态炎凉，人情轻薄，不禁想起了管、鲍的友谊，于是抚今思古写出了这首诗，谴责那些不顾信义的人。

后人用"翻云覆雨"这个典故比喻反复无常、背信弃义。多含贬义。

改过自新

典出《史记·扁鹊仓公列传》：虽欲改过自新，其道莫由，终不可得。

汉朝初期，有个著名的医学家名叫淳于意，他是临菑（今山东临淄）人。曾任齐太仓令，因此被人们称为仓公，他非常爱好医术，跟随公孙光学医，并跟随公乘阳庆学习黄帝、扁鹊脉书。阳庆70多岁的时候还没有儿子，于是就把他珍藏多年的秘方和医书全都传授给了淳于意。淳于意医术越来越高明，终于成为一代名医。

公元前167年，淳于意被人告发，并被判刑押解长安。淳于意有5个女儿，在他被押解的时候，都跟随后面号啕痛哭。淳于意痛心地骂道："我只有女儿，没有儿子，所以现在有了急事，却没有人能够替我解救。"

淳于意最小的女儿缇萦听到父亲的话非常伤心，于是她跟随父亲到了长安。她给汉文帝写了一封奏书，她说："我的父亲做官的时候，人们都称赞他为人廉洁，没想到现在却要受到刑罚的惩治。我现在悲痛地感到，一个人死了再也不能复活，一个人遭受刑罚的惩处被砍掉手脚，就再也不能被接上了,即使他想改过自新,却也无济于事了……"她还说:"我甘愿给官府当奴婢,以此赎掉父亲的罪过,好让他有改过自新的机会。"

汉文帝读了这封奏书,深受感动,于是下了一道命令。赦免了淳于意的罪过。

成语"改过自新"即由此而来。自新:使自己重新做人。这句成语的意思是改正错误,重新做人。这句成语在《史记·吴王濞列传》中也可见到,书中说:"(吴王)诈称病不朝,于古法当诛,文帝弗忍,因赐几杖。德至厚,当改过自新。"

甘就寂寞

典出《雪涛谐史》:宋朝,大宋、小宋联登制科,同仕京都,遇上元令节,小宋盛备灯火筵席,极其侈靡。大宋见而斥之曰:"弟,忘记前年读书山寺寂寞光景乎?"小宋笑曰:"只为想着今日,故昔年甘就寂寞。"

宋朝,大宋、小宋一同科举登第,共同在京城做官,遇上元令节,小宋准备了丰盛宴席,铺张灯火,非常豪华。大宋看见后说他:"老弟,忘记以前在山中寺里读书时寂寞的情景啦!"小宋笑着回答他说:"就是因为想着能有今天,所以那些年处于寂寞中,心甘情愿"。

肝脑涂地

典出《史记·刘敬叔孙通列传》:娄敬曰:"……今陛下起丰沛,收卒三千人,以之径往而卷蜀汉,定三秦,与项羽战荥阳,争成皋之口,大战七十,小战四十,使天下之民肝脑涂地,父子暴骨中野,不可胜数,哭泣之声未绝，伤痍者未起，而欲比隆于成康之时，臣窃以为不侔也。"

汉高祖五年（公元前 202 年）正月，诸侯将相共尊刘邦为皇帝。刘邦经过一番谦让、推辞，终于正式即位称帝，国号为汉，并定都洛阳。不久，齐人娄敬特意从山东赶到洛阳求见刘邦，建议迁都关中。他认为，周朝的天下太太平平，在洛阳建都是可以的。而汉朝在洛阳建都，却不如在关中建都。

娄敬说："高祖您起兵丰沛，带领 3000 人，一直打到蜀汉之地，平定三秦（故在地今陕西省）一带，与楚霸王项羽反复争战在荥阳、成皋等战略要地，大战 70 余场，小战 40 多次，使天下的老百姓死得很惨，他们的肝脑都涂在地上，父老子弟的尸骨都暴露在野外，多得数也数不清。到如今，哭泣之声还没有断绝，遭受伤病的人还没有养好身体，而您却要同周朝的成康盛世比排扬，我认为二者是不可以相提并论的。"

刘邦拿不定主意，让群臣共同讨论。许多人都认为还是在洛阳建都好，只有张良支持娄敬的意见，认为关中是"金城千里，天府之国"，攻守两利。刘邦听了，十分赞成。立即西迁关中，建都长安。并封娄敬为郎中，号为奉春君，又把他的姓"娄"改成"刘"，以表示对他的恩宠。所以，"娄敬"就变成了"刘敬"。

"肝脑涂地"就是从这个故事来的。它的意思是人死得很惨。也可用来表示竭尽忠诚，不怕付出任何牺牲。

感恩图报

春秋时吴国大将伍子胥决定要攻打郑国，郑国的许多大臣主张发动全国老百姓，跟吴军拼个你死我活。郑定公说："谁能够使伍子胥退兵的，寡人必定重重地奖赏他。"可是谁有这样的本事呢？命令发出了 3 天，看命令的人倒不少，应征的人却一个也没有。

到了第四天早上，有个打鱼的小伙子来见郑定公。他说他有方法使伍子胥退兵。郑定公问他要多少兵车。他说："不用兵车，也不用粮草，光凭我这枝划船的桨，就能够把好几万的吴国兵马打退下去。"谁信他这番话呢！可是大家没有法子，只得让他去试试看，那个打鱼的人胳肢窝里夹着一根桨，到吴国兵营里去见伍子胥。一边唱着歌，一边敲着那根桨打着拍子。他唱着：

> 芦中人，芦中人，渡过江，谁的恩？
>
> 宝剑上，七星文，还给你，戴在身。
>
> 你今天，得意了，可记得，渔丈人？

伍子胥一听，吓了一跳，连忙跑下来，问他："你是谁呀？"他说："你没瞧见我手里拿着的玩意儿吗？我父亲全靠这根桨过日子，他当初也全靠这根桨救了你的命。"伍子胥这时才想起了当年芦花渡口逃难的情形，感激那个打鱼的老大爷救他的恩德，不由得掉下眼泪来，就问他说："你怎么会上这儿来呢？"他说："我们打鱼的人向来没有固定的地方。这回完全是为了打仗，才到这儿来，国君下了个命令说：谁能够请将军退兵，就重赏谁。不知道将军肯不肯看我死去的父亲的情面。饶了郑国，也让我得了些奖赏。"伍子胥带着感激的口吻说："我能够有如今这么一天，完全是你父亲的恩德。我哪儿能把他忘了呢？"说完就下令退兵。那个打鱼的人欢天喜地去报告郑定公。这一下子，全郑国的人都把他当做大救星看待，郑定公就封给他100里的土地。郑国的老百姓差不多全叫他"打鱼的大夫"。

"感恩图报"的意思是感激别人对自己的恩惠，设法报答。

羹污朝衣

典出《后汉书·刘宽传》：尝坐客，遣苍头市酒，迂久，大醉而还。客不堪之，骂曰："畜产。"宽须臾遣人视奴，疑必自杀。顾左右曰："此人也，骂言畜产，辱孰甚焉！故吾惧其死也。"夫人欲试宽令恚，伺当朝会，装严已讫，使侍婢奉肉羹，翻污朝衣，婢遽收之。宽神色不异，乃徐言曰："羹烂汝手？"其性度如此，海内称为长者。

东汉时期，有一个人叫刘宽，字文饶，弘农华阴人。父亲刘崎，在顺帝（刘保）年间当司徒官。刘宽自幼学习儒术，从不与别人斤斤计较。一次，有人丢了牛，把刘宽用来驾车的牛牵走了，说是自己的牛。刘宽没有说什么，下车步行回家。不一会儿，那个牵牛的人又把牛送回来了，叩头谢罪说："我的牛找到了。请您处罚我吧。"刘宽说："这两头牛样子差不多，认错了也并不奇怪。劳驾您把牛送了回来，何必谢罪呢？"灵帝（刘弘）初年，刘宽被征拜为太中大夫，在洛阳华光殿为皇上讲经，熹平五年（176 年），刘宽代替许训担任了太尉的职务。

有一次，刘宽宴请宾客，打发仆隶去买酒，等了大半天，仆隶喝得大醉回来了。客人忍耐不住了，骂道："畜生！"过了一会儿，刘宽悄悄派人去探视这个仆隶，担心他会自杀。刘宽对身边的人说："这位客人啊，骂仆隶是畜生，太污辱人了！所以我担心仆隶会寻短见。"又有一次，夫人想试探刘宽，让他生气，等他准备去朝见君主、已经装束停当的时候，让侍女献上肉汤，故意弄翻肉汤碗，弄脏了刘宽的朝服。侍女急忙收拾，刘宽却神色不变，从容问道："肉汤把你的手烫坏了吧？"他的性情、气度就是这样富有修养，天下都称赞他是有道德的人。

"羹污朝衣"就是从这个故事来的。人们用它形容气量大，有修养。

公而忘私

典出《汉书·贾谊传》：故化成俗定，则为人臣者主而忘身，国而忘家，公而忘私，利不苟就，害不苟去，唯义所在。

在我国周朝的一系列统治术中，最突出的是"礼"和"刑"。"礼"只适用于奴隶主阶级，"刑"则专门对付和镇压奴隶大众。所以《礼记·曲礼上》中有"礼不下庶人，刑不上大夫"的说法。在整个封建社会中，封建统治者及其知识分子也基本上继承和鼓吹这套统治术，但在威胁到统治阶级利益时，有些君王也对犯罪的大臣公开处刑。

西汉文帝初年，政治家贾谊对当时大臣获罪受刑的做法表示反对。他认为，体罚大臣不合古代"刑不上大夫"的规定，要求对有罪的大臣待之以礼，不上刑罚，令其自裁。贾谊对汉文帝说：这样做了，大臣们就能做到为国忘家，为公忘私，见利不随便谋取，见害不苟且逃避，而忠心耿耿的以节义上报君王的礼遇之恩。贾谊的建议被汉文帝所采纳。

"公而忘私"意思是为了公事而忘了私事。现在人们多用这句成语形容全心全意为革命的崇高精神。

攻苦食淡

典出《史记·刘敬叔孙通列传》：今太子仁孝，天下皆闻之。吕后与陛下攻苦食淡，其可背哉！

西汉初年，汉高祖刘邦立吕后所生的儿子刘盈为太子。刘盈生性懦弱，为人处事老实巴交的。刘邦怕他将来继承不了自己的事业，就打算废了他，另立戚夫人生的赵王如意为太子。

在封建社会里，废、立太子是一件大事，因为太子是皇位的继承人。按照当时的规矩，太子一般为皇帝的嫡长子。赵王如意不是嫡长子，刘邦怕立他为太子，大臣们会引经据典地起来反对，便召集大臣们来商议此事。一商量，大臣们果然都不赞成。有一个叫叔孙通的太子太傅更是竭力反对。他对刘邦说：春秋时，晋献公就是因为宠幸骊姬，改立太子，使晋国乱了数十年，为天下人耻笑。秦朝时，也是因为没有早立扶苏为太子，致使赵高等伪造诏书，立了胡亥，使秦王朝二世而亡。太子刘盈既仁且孝，普天下的人都是知道的，吕后和陛下攻苦食淡，怎么能违背常理，另立太子呢？如果陛下一定要坚持废掉太子，另立如意，我情愿先死一步。刘邦见大臣们都反对，便说：算了，算了，我只不过和你们开开玩笑罢了。

"攻苦食淡"意即做艰苦的工作，吃清淡的食物。人们常用这句成语形容刻苦自励。

季札挂剑

典出《史记·吴太伯世家》：季札之初使，北过徐君。徐君好季札之剑，口弗敢言。季札心知之，为使上国，未献。还，至徐。徐君已死。于是乃解其宝剑，系之徐君冢树而去。从者曰："徐君已死。尚谁子乎？"季札曰："不然。始吾心已许之，岂以死倍（背）吾心哉？"

春秋时期，吴国公子季札是个讲信义、重友情的人。

一次，季札出使晋国，路上经过徐国，他便去拜见徐君。两人闲谈时，徐君很喜欢季札所佩的宝剑，拿着把玩许久。他虽然没有开口向季札索要，但从神色看出是很想要的。季札很明白徐君的心思，但因为出使晋国，必须带上佩剑，所以没有送给徐君。

季札完成使命归国时，又经过徐国，但此时徐君已经死去。于是，季札将宝剑赠送给徐君的继承人。跟随季札的人阻止他说："这是吴国的宝贝，不该用来送人，何况人都死了，何必一定要送呢？"季札说："上次徐君看上了我的剑，我因为出使需要，没有送给他。但是，当时我心里是下了决心，要将宝剑送与徐君。如今他死了我便不赠，是违背本心，是廉洁的人不允许做的。"他坚持取下佩剑送给徐国嗣君。但嗣君说："先君没有遗命，我不敢接受您的剑。"

季札见嗣君坚辞不受，便将宝剑挂在徐君墓前的树上，方才离徐回国。徐国人作歌称赞他道："延陵季子呵不忘故旧，千金之剑呵挂于陵墓。"

后人用"季札挂剑"的典故形容守诺重信，始终不渝，也用此表现悼念亡友等。

结缨而死

典出《左传》哀公十五年：季子将入。遇子羔将出，曰："门已闭矣。"季子曰："吾姑至焉。"子羔曰："弗及，不践其难。"季子曰："食焉，不辟其难。"子羔遂出。子路入。及门，公孙敢门焉，曰："无入为也。"季子曰："是公孙也，求利焉，而逃其难。由不然，利其禄，必救其患。"有使者出，乃入，曰："大子焉用孔悝？虽杀之，必或继之。"且曰："大子无勇，若燔台半，必舍孔叔。"大子闻之惧，下石乞、盂黡敌子路。以戈击之，断缨。子路曰："君子死，冠不免。"结缨而死。孔子闻卫乱，曰："柴也其来，由也死矣。"

鲁哀公十五年，卫国太子蒯聩举行政变，带人闯进大夫孔悝的家，把他劫持到一座高台上，强迫他签订盟约，同意叛乱。当时，孔子弟子子路在孔悝手下当邑宰。他听到这件事后，就急忙赶来，正要进入国都，遇上卫国大夫子羔（即高柴，孔子弟子）将出逃，对子路说："城门已关。"子路说："我应当去一趟。"子羔说："来不及了，不要去自招祸患。"子路说："我吃人家的俸禄，就不能在人家受难时逃跑。"说着，子羔逃走了，子路进了城，来到孔氏大门口。孔悝的家臣公孙敢在那里守大门，他对子路说："不要进去了。"子路不高兴地说："这是你公孙敢的作风，在这里谋求利益却躲开祸难。我不这样做，我吃了人家的俸禄，就要帮助人家解除灾难。"这时候，有一个使者从门里走出来，子路就乘机走进门去，大声地说："太子怎能用得着孔悝？即使杀了他，也一定会有人接替他。"并且说："太子是个懦夫，如果放火烧台子，烧到一半，他必定会释放孔悝。"太子听到这些话感到很害怕，就叫自己的同党石乞、于魇下台去攻击子路，他们用戈击中了子路，也斩断了子路的帽带，子路说："君子死，帽子不能丢掉？"说着，结好帽带就死去了。孔子听到卫国发生动乱的消息后，说："子羔能够回来，子路会死去的。"

"结缨而死"就是从这个故事来的；人们用它形容壮士从容献身。

姐妹争瑟

古筝有一个长长的音箱，上面有 10 多根弦，弹奏者左手抚弦，右手的大、食、中三指弹动琴弦，声音特别动听。据说，远在两千多年前，秦国就已经有这种乐器了。那么筝的名字是怎么来的，又表示什么意思呢？这其中有一段有趣的故事。

当时，秦国有一种乐器叫瑟，它有 25 根琴弦，音域宽广，音色甜美，很受人们的喜爱。有个叫琬无义的人，弹瑟技艺超群，他有两个可爱的女儿，跟父亲学习瑟，也弹得很出色；有一天，姐妹俩都争着到父亲那儿学习弹瑟，姐姐动作快，先到房里把瑟拿到手，爱撒娇的妹妹哪肯相让，赶忙跑过去，一下抱住了姐姐手中的瑟。两个人争抢着，你拉我扯，你扯我拉，忽然，"咔嚓"一声，瑟被撕成了两半。

父亲闻声急忙赶了过来一看，不由得愣住了，只见姐姐手中的一半为十三弦，妹妹手中的一半为十二弦。他又急又气，忙把两个女儿手中的半边瑟拿了过来，他左摸摸，右看看，用手指把弦一拨，声音清脆悦耳，倒发出了一种更动听的声音。琬无义顾不得责备女儿，就把半边瑟分别作了些修理，反而觉得比原来乐器好弹，又好听！他欣喜万分，就把这"二女相争，引破为二"的瑟叫做"筝"。从这以后，"筝"广泛流传秦国，故又名"秦筝"。直到今日，"筝"依然是一种独具魅力的民族乐器。

景公占梦

典出《晏子春秋·内篇杂上》：景公病水，卧十数日，夜梦与二日斗不胜。晏子朝，公曰："夕者梦与二日斗，而寡人不胜。我其死乎？"晏子对曰："请召占梦者。"出于闺，使人以车迎占梦者至。曰："曷为见召？"晏子曰："夜者公梦二日与公斗，不胜。公曰：'寡人死乎？'故请君占梦，是所为也。"占梦者曰："请反其书。"晏子曰："毋反书。公所病者，阴也；日者，阳也。一阴不胜二阳，故病将已。以是对。"占梦者入。公曰："寡人梦与二日斗而不胜，寡人死乎？"占梦者对曰："公之所病阴也，日者阳也。一阴不胜二阳，公病将已。"居三日，公病大愈。公且赐占梦者。占梦者曰："此非臣之力，晏子教臣也。"公召晏子且赐之。晏子曰："占梦以臣之言对，故有益也，使臣言之，则不信矣，此占梦之力也，臣无功焉。"公两赐之，曰："以晏子不夺为之功，以占梦者不蔽人之能。"

齐景公肾脏有病，10多天卧床不起。

这一天夜晚，他做了一个噩梦。梦见和两个太阳争斗，最后被打败了。

第二天，晏子上朝，景公对他说："昨天晚上，我梦见和两个太阳争斗被打败了。这是不是预兆我要死了？"

晏子想想，回答说："请召见占梦官员，为您占卜吉凶吧。"

说完，晏子出宫，派人用车接来占梦人。

占梦人见到晏子，问："大王有什么事召见我呢？"晏子告诉他说："昨天夜晚，大王梦见他和两个太阳争斗，不能取胜。大王说：'是不是我要死了？'所以，请您去占卜一下。"

占梦人听了，不假思索地说："请反其意解释吧。"

晏子却说："请不要那样做。大王所患的疾病属阴。梦中的日头，是阳。一阴不能胜二阳，所以预兆病将痊愈，请你这样回答吧。"

占梦人进宫以后，景公说："我梦见和两个日头争斗而不能取胜，是不是我将要死了？"

占梦人回答说："大王所患的病属阴，日头是阳，一阴不能胜二阳，这是大王病将痊愈的吉兆。"

过了三天，景公的病果然痊愈了。

景公十分高兴，要赏赐占梦人。占梦人说："这不是我的功劳，是晏子教我这样说的。"

景公听了，就召见晏子，要赏赐他。晏子道："我的话由占梦人讲，才有效果。如果我自己说，您一定不信。所以，这是占梦人的功劳，我并没有什么功劳。"

景公同时赏赐了他们，并称赞说："晏子不争夺别人的功劳，占梦人不隐瞒别人的智慧。"

后人用"景公占梦"这个典故告诉人们，在功劳和荣誉面前，要谦虚退让，不夺人之功，不蔽人之能，是最可贵的。

救死扶伤

典出汉·司马迁《报任安书》：且李陵提步卒不满五千……与单于连战，十有余日，所杀过当，虏救死扶伤不给。

西汉时，匈奴屡犯边境，威胁着西汉王朝的安全。汉武帝天汉二年（公元前99年），李广利和李陵奉命攻击匈奴。李陵率领的5000步兵到达边境以后，被匈奴首领单于的3万骑兵团团围住。李陵率部队奋勇杀敌，终因寡不敌众，被匈奴俘虏。汉武帝得知此事以后，囚禁了李陵的家人。司马迁对此事愤愤不平，为李陵辩护，也遭逮捕，并受了残酷的腐刑。

出狱之后，司马迁给他的好友任少卿写了一封信，叙述了自己的家世、志向、遭遇和矛盾的心情。信中写到李陵被俘一事时，司马迁仍然认为李陵功大于过。他写道：李陵率领着不满5000的步兵，和单于连战10余天，杀伤匈奴的人马远远超过了他应当所能杀伤的数字，使匈奴连抢运死伤的兵将都来不及。李陵虽然兵败被俘，仍不失为一位英雄。

"救死扶伤"意即抢救快要死的人，扶助受伤的人。

后人用"救死扶伤"这个典故比喻医务工作者全心全意为人民服务的精神。

鞠躬尽瘁

典出诸葛亮《后出师表》：臣鞠躬尽力，死而后已。

诸葛亮，字孔明，琅琊阴都人。汉司隶校尉诸葛丰的后裔。他在《前出师表》中，自己介绍了自己的家世与经历："臣本布衣，躬耕南阳，苟全性命于乱世，不求闻达于诸侯。先帝不以臣卑鄙，猥自枉屈，三顾臣于草庐之中，谘臣以当世之事，由是感激，遂许先帝以驰驱……"

诸葛亮的确对刘备不但有知遇之恩，而且有知己之感。以诸葛之才智，当然看得出当时天下英雄强弱之势。曹操那时早就平了淮南袁术、河北袁绍、徐州吕布，俨然已有统一江左的趋势。孙权承父兄的基业，虎踞江东，人心归附，财富充足。同时诸葛亮的哥哥诸葛瑾又在孙权帐下，身任谋士。诸葛亮可以借着哥哥的援引，投奔东吴。但他既没有投曹操，也没有投孙权，他却选择了一个毫无基础的主人刘备，白手兴家。

当时刘备寸土俱无，寄人篱下，在荆州牧刘表那里做客。诸葛亮是为了刘备三顾之恩，把自己毕生都献给了刘备，帮着他打天下了。

有人说，诸葛亮若佐曹操，不必等曹丕受汉禅，曹操就能统一中国。若佐孙权，至少孙权不会偏安江左。可惜诸葛亮帮助一个赤手空拳、什么也没有的刘备，结果只能鼎足三分，无复统一之望。

可也事不尽然，曹操帐下，谋士如云，猛将如雨。诸葛亮即使投曹，是不是能冒得出来？何况曹操猜忌的性格，连祢衡、张松都不能用，许攸之辈，也要杀之而安心，他能把一个诸葛亮放在手边，让他轻轻摇着羽毛扇子吗？

说到孙权，孙权与诸葛亮的关系，怎能与周瑜相比呢？周瑜是孙权哥哥孙策的好友，临终时就说过"内事不决问张昭，外事不决问周瑜"的话。周瑜事实上是东吴的决策者，孙权对周瑜，是以兄礼事之的。当赤壁之战时，诸葛亮到了江东，代表刘备与孙权组织军队抗曹，周瑜对诸葛亮就表现得非常嫉视。"既生瑜，何生亮"，虽仅见于罗贯中的《三国演义》，然而《三国志·诸葛亮传》，也有诸葛亮的话："孙将军可谓人生，然观其度，能贤亮而不能尽亮。"所以诸葛亮即使在东吴，也没有什么希望。他选择了一个能够对他推心置腹的刘备，来共同创业，这个选择是对的。

因此，诸葛亮一生，谨谨慎慎地立功创业，一步也不能走错。他辛辛苦苦亲手制定的联孙抗曹政策，被刘备亲手破坏，所得的结果是全军尽没，连刘备的一条老命也赔上了。

刘备死后的四川，非常不稳定，外侮内患，交相煎迫，诸葛亮一一地稳定住了。如五月渡泸，深入不毛。六出祁山，拒司马懿。他上了一篇《后出师表》，开头就说："先帝虑汉贼不两立，王业不偏安，故托臣以讨贼也……"但他也知道自己势弱敌强，可是"然而伐贼，王业亦亡，惟坐而待亡，熟与伐之"。这篇文章中，提出六不解，坚请后主刘禅批准出兵，北伐中原，最后，忠心耿耿地说："臣鞠躬尽力，死而后已，至于成败利钝，非臣之明所能逆观也。"

后人用"鞠躬尽瘁"形容小心谨慎，贡献出全部精力。

君子固穷

典出《论语·卫灵公》：在陈绝粮，从者病，莫能兴。子路愠见，曰：君子亦有穷乎？子曰：君子固穷，小人穷斯滥矣。

春秋时期，孔子经常带着学生游历各诸侯国，阐明自己的政治主张，希望各国采纳。有一次，孔子到了卫国，因不受卫灵公重用，便离开卫国去陈国。孔子一行来到陈国境内，粮食吃完了，随从的人面有饥色，有的人病倒了，不能起来行走。子路气冲冲地去见孔子，问道："君子也有穷困的时候吗？"孔子说："君子能安守穷困，小人一遇穷困，就什么事都干得出来。"

"君子固穷"就是从这个故事来的。君子：有高贵身份的人。固：坚定，不变动。"君子固穷"的意思是君子再穷也能够坚守节操。后来，人们用它比喻人安于穷困，不为财物所诱惑。

克勤克俭

典出《尚书·大禹谟》：克勤于邦，克俭于家。

在我国的古代传说中，有一个部落联盟领袖叫禹，姒姓，名文命，亦称大禹、夏禹、戎禹。他是部落领袖鲧的儿子。当时，黄河流域洪水泛滥成灾，人们深受其难。部落联盟领袖舜派大禹去治理洪水。

刚结婚不久的大禹接受任务后，决心治好水患，为民除害。他愉快地告别了新婚的妻子，领导人民疏通江河，并兴修沟渠，发展农业。在治水 13 年中，大禹三过家门而不入，终于制服了水患。因治水有功，被舜选为继承人。起初，大禹不肯接受，舜对他说："你是一个贤能的人，既能勤劳地治国，又能节俭地持家。"舜死后，大禹担任了部落联盟领袖。大禹治水的故事，成了千百年来的美谈。

"克勤克俭"说明既勤劳，又节约。含褒义。

孔雀爱尾

典出《权子·顾惜》：孔雀雄者毛尾金翠，殊非设色者仿佛也。性故妒，虽驯之，见童男女着锦绮，必趁啄之。山栖时，先择处贮尾，然后置身。天雨尾湿，罗者且至，犹珍顾不复骞举，卒为所擒。

雄孔雀的长尾闪耀着金黄和青翠的颜色，美丽动人的纹彩，任何画家也难以描绘。它生性忌妒，即使驯养了很久，一旦看见衣着华美的男女儿童，也要追啄他们。

孔雀在山野栖息的时候，总要先选择搁置尾巴的地方，然后才安身。天阴下雨，打湿了它的尾巴，捕鸟人马上就要到来，它还是珍惜地回顾自己美丽的长尾，不肯飞走，终于被捕鸟人捉住了。

后人用"孔雀爱尾"这个典故教导人，真正美好的事物，美好的理想，是应当爱护的，甚至用生命来保护，也是应该的。

葵藿倾叶

典出《淮南子·说林训》和《求通亲亲表》。

《淮南子·说林训》：圣人之与道，犹葵之于日也，虽不能与终始哉，其向之诚也。

三国魏曹植《求通亲亲表》：若葵藿之倾叶，太阳虽不为之回光，然终向之者，诚也。臣窃自比葵藿。

《淮南子·说林训》说，圣人和道之间，就像向日葵和太阳一样，虽然不能与其共始终，但是圣人永远心向至道，忠诚不渝。

《求通亲亲表》说，三国时的曹植把自己比做葵花，把皇帝比做太阳，表示自己要倾心追随皇上。

"葵藿倾叶"就是这样来的。葵：向日葵。藿：角豆的花叶，也倾向太阳。人们用"葵藿倾叶"形容赤诚向往，忠心追随。

庙堂之量

典出《晋书·谢安传》：坚后率众，号曰百万，次于淮肥，京师震恐。加安征讨大都督。玄入问计，安夷然无惧色，答曰："已别有旨。"既而寂然，玄不敢复言，乃令张玄重请。安遂命驾出山墅，亲朋毕集，方与玄围棋赌别墅。安常棋劣于玄，是日玄惧，便为敌手而又不胜。安顾谓其甥羊昙曰："以墅乞汝。"安遂游涉，至夜乃还，指授将帅，各当其任。玄等既破坚，有驿书至，安方对客围棋，看书既竟，便摄放床上，了无喜色，棋如故。客问之，徐答云："小儿辈遂已破贼。"既罢，还内，过户限，心喜甚，不觉屐齿之折，其矫情镇物如此。

秦王苻坚举兵犯晋，他统帅的步骑兵近百万人，声威之盛，使得晋朝的文武百官，都胆战心寒。独有宰相谢安，全然没把秦兵犯境这种重大的事情放在心上。

谢安的侄儿谢玄，向他叔父请示，这次出征，应如何迎秦兵？谢安毫不在意地说："朝廷不是另有旨意给你了吗？"说过就不理谢玄了。谢玄不敢多问，就叫张玄再请示。谢安也未答张玄的话，只顾左右而言他地传命备军，原来他老人家要到郊外别墅作乐去了。在相府的亲友们都跟了去玩，谢玄当然不便不去，就也跟到了郊外别墅，谢安对谢玄说："来来来，我们下盘棋，我就以这别墅为赌注，我要是输了，我就把它送给你。"

两人对坐下起棋来。平时谢安的棋是下不过谢玄的，每次都要谢玄让几个子儿，而这一次，竟然没要谢玄让子，但结局是谢玄输了，因为他心里挂着怎样迎敌强大的秦军，哪里还有心下棋呢！棋局结束后，谢玄又提议游山玩水，谢玄也只得陪着，直到深夜方才回城。

中军将军桓冲，对秦王苻坚的大兵南下，是沉不住气的。他唯恐建康京城有问题，就派了3000精锐兵卒，来保卫京城。可是谢安一口回绝了，说："用不着。你何必这样大惊小怪呢？京城自有京城的防御部队，何须你派队伍来增防？你的队伍，应当留着在西线防敌，京城里朝廷自有部署，用不着你烦心。"

桓冲退出相府，对他的部下说："谢相国虽然气度大，有所谓庙堂之量，宰相肚里撑得了船。话是不错，但他到底是个文臣，他不懂军事，现在大敌当前，秦军是虎狼之师，眼看着就要打到长江边上了，他老人家还在游山玩水，

|1282|

优游自得,和朋友们聊天,和子侄辈下棋,鸟语花香的品茗酌酒,这简直是……而且,他所派出迎击敌军的将领,都是些小孩子,年轻识浅,怎能对付得了苻坚?何况军队又少,战斗力不强,胜负之局,已经清清楚楚地摆在眼前,我们眼看就要做亡国奴了。"

然而,战斗与桓冲估计的完全相反,淝水一役,强大的秦军,被这几个毛头小伙子,杀得风声鹤唳、草木皆兵地溃败。当这捷报传到京城,谢安正在和客人下棋,他看了看捷报,随即扔到床上,面上连一点喜色也不露,仍旧和客人下棋。

客人说:"这报告里写的是什么?"

谢安漫不经心地说:"小事情,几个小孩子们,把敌人苻坚给消灭了,如此而已。"他仍旧与客人下完棋才回内室。

谢安是真的若无其事,漫不经心吗?绝对不是。当他回内室,过门槛时,喜欢得连木屐底上的木齿都碰断了。但他自己还不觉得。

后人用"庙堂之量"比喻气量大,能容物。

乐不思蜀

典出《三国志·蜀书·后主禅传》裴松之注引《汉晋春秋》:司马文王与禅宴,为之作故蜀技,旁人皆为之感怆,而禅喜笑自若。……他日,王问禅曰:"颇思蜀否?"禅曰:"此间乐,不思蜀。"

在魏、蜀、吴三国争霸的时代,刘备所统治的地方,叫蜀(今四川省),刘备死后,便由他的儿子刘禅继承父业。刘禅是一个庸人,而且那时诸葛亮、关羽等都先后死了,辅佐他的只有一个姜维,所以在一次魏国进兵侵入,姜维抵抗失败之后,他便只好走上投降这一条路。投降后,魏王封他做安乐公,接他到魏京居住,那时魏国的大将军司马昭,非常得势,一切军国大事,都由他全权处理，差不多连魏王曹髦也无权过问。故刘禅居住在魏京时，时常要讨好司马昭。有一次，司马昭请他饮酒，席间，司马昭命人上演蜀国娱乐节目，那时跟随刘禅左右的蜀人，看了这些节目后，触景伤情，都感到很难过，只有刘禅一人，仍谈笑自若，没有一点儿伤感。事后，司马昭问他是否怀念故国，刘禅却答道："这里很是快乐，我不想念西蜀了。"

"乐不思蜀"这句成语，就是出于这个故事，它的意思是说，一个人在外边玩得很快乐，连家庭故乡，甚至祖国全都不放在心里了。本来，这句成语的原意是含有悲剧的成分的，但现在的意思是乐而忘本或乐而忘返。

李公葬金

典出《唐语林·德行》：天宝中，有一书生旅次宋州。时李千公勉，年少贫苦，与此书生同店。而不旬日，书生疾作，遂至不救。临绝，语公曰："某家住洪州，将于北都求官，于此得疾且死，其命也。"因出囊金百两，遗公曰："某之仆使，无知有此，足下为我毕死事，余金奉之。"李公许为办事。及礼毕，置金于墓中，而同葬焉。

天宝年间，有个书生暂时旅居在宋州旅店，当时千国公李勉，年少又贫苦，和书生同住在一个旅店。不到10天，书生得了重病，竟到了无法医治的地步。临终时对李勉说：

"我家住在洪州，我是要到太原去求官的，（可是）在这里得了病，可能死去。这大概是天命如此吧！"于是，他从行囊里拿出了百两黄金，交给李勉说：

"我的仆人都不知道我有这些金子，您替我办完丧事，余下的金子就全送给您了。"

李勉答应给他料理丧事。等到丧事办完，李公将余下的金子放在穴墓中，一同埋葬了。

后人用"李公葬金"的这个典故比喻对朋友忠诚、对自己严格的高尚美德。

廉泉让水

典出《南史·胡谐之传》：（范柏年）见宋明帝，帝言次及广州贪泉，因问柏年："卿州复有此水不？"答曰："梁州有文川、武乡、廉泉、让水。"又问："卿宅在何处？"曰："臣所居廉、让之间。"帝嗟其善答。

廉泉和让水都是河流的名称。廉泉又名廉水，在今之陕西省境，发源于陕西南郑县的巴岭山，向北流，至廉水镇和汉水会合。让水又名逊水，是廉水的支流，也在陕西省境。"廉泉让水"的出处，是根据南宋时代的一个故事。梁州人范柏年有一次晋谒宋明帝，请示关于办理朝政的事。宋明帝和范柏年在谈话时，偶然说及广州的贪泉，明帝于是问范柏年的家乡有没有这种名称怪异的河流。范柏年说梁州没有贪泉，只有廉泉和让水。范柏年对明帝说的虽是实情，但隐含着另一种意思，表示梁州的人不贪心，操守很廉洁，而且具有礼让的君子风度。

后人便用"廉泉让水"来比喻廉洁和礼让的人。

烈士徇名

典出《史记·屈原贾生列传》：贪夫徇财兮，烈士徇名；夸者死权兮，品庶冯生。怵迫之徒兮，或趋西东；大人不曲兮，亿变齐同。

贾谊是西汉洛阳人，18岁便以才名显于郡中，20岁时做了博士的官，很得汉文帝赏识，他拟了一个立国的制度法令呈献给文帝，文帝都一一照办了，后来文帝要升他做公卿（最大的官），所有元老大臣都暗中反对诬害他，文帝也不敢任用他，慢慢疏远了他，后来被调到外地，在远离京城的外地，贾谊的心情非常郁闷，曾经写下《吊屈原赋》来抒发自己忧郁的心情，30多岁的时候他怀着遗憾离开了人世。司马迁为贾谊鸣不平，所以写了上面的文字来称誉他。司马迁在文中说：贪财的人常常会为钱财而丧失生命，有节操的人却为名誉而牺牲生命；贪恋权势而自夸的人是至死不肯休息的，普通的人大多数是贪生怕死的。容易被钱财、名利诱惑的人，他们到处奔走钻营。只有那些有节操的人才不会被外界事物折服，经过千变万化，都不会将自己的情操改变。

"烈士"：指刚正的人；"名"：指名誉；"徇"，与"殉"通：为某种要求或某种目的而付出生命的代价曰徇。"烈士徇名"的意思是刚正而有节操的人，对于名誉是非常看重的，在必要时就是牺牲自己的生命也不能使名誉受到影响。

刘氏自守

典出《邂斋闲览》：许义方妻刘氏，每以端洁自许。义方尝出经年，忽一日归，语其妻曰："独处无聊，得无时与邻里亲戚往还乎？"刘曰："自君之出，唯闭户自守，脚未尝履阈。"义方咨叹不已。又问何以自娱，答曰："唯时作小诗以适情耳。"义方欣然命取诗观之，卷第一篇题云：《月夜招邻僧闲话》。

许义方的妻子刘氏，到处夸耀宣扬自己如何贞节有操守。

义方一次外出，走了一年多。一天，突然回到家中。夫妻久别重逢，义方关心体贴地问妻子："你一人在家，实在孤独，总得经常与左邻右舍、亲戚朋友来往吧？"

刘氏一本正经地说："自你走后，我闭门谢客，独守空房，大门不出，二门不迈，从来不与外人交往。"

义方听了妻子的话，为她的贞操品德所感动，极力赞赏了一番，然后又问刘氏用什么办法消遣时日，刘氏回答说："只是不断作些短诗小令，借以抒发情怀，寄托衷肠。"

义方更觉宽慰，兴致勃勃地忙让取来观看，打开诗稿后，一行大字赫然映入眼帘，第一篇的题目竟是《月夜招邻僧闲话》。

后人用"刘氏自守"这个典故告诉人们，常干坏事的人喜欢夸耀自己的功德，道德败坏的人总爱吹嘘自己的高尚。但不论他们如何花言巧语，表白自己，其丑恶嘴脸总是要暴露的。

流芳后世

典出《晋书·桓温传》：温性俭，每宴惟下七奠盘茶果而已。然以雄武专朝，窥觊非望，或卧对亲僚曰："为尔寂寂，将为文、景所笑。"众莫敢对。既而抚枕起曰："既不能流芳后世，不足复遗臭万载邪！"尝行经王敦墓，望之曰："可人，可人！"其心迹若是。时有远方比丘尼名有道术，于别室浴，温窃窥之。尼裸身先以刀自破腹，次断两足。浴竟出，温问吉凶，尼云："公若作天子，亦当如是。"

桓温（312—373年），字元子，晋代谯国龙亢（今安徽怀远龙亢镇）人，是宣城太守桓彝的儿子，晋明帝（司马绍）的女婿。他曾任荆州刺史，掌握长江上游兵权，立下累累战功，官至大司马，专擅朝政。

桓温性好俭朴，每次饮宴只安排7个盘子装茶果而已。然而，他却以雄才和勇武为资本，在朝廷里专横霸道，独揽大权，窥视着皇帝的宝座，怀着非分的希望，企图篡夺帝位。有时躺着对亲近的臣僚说："司马懿的儿子司马昭和司马师在曹魏的朝廷中都独揽大权。司马昭的儿子司马炎代魏称帝后，尊司马昭为文帝，尊司马师为景帝。我是这样寂寞无为，恐怕要被文帝、景帝笑话了。"众人都不敢答话。接着，桓温抚着枕头起身说："既然不能流芳后世，还不能遗臭万年么！"他曾经路过王敦的坟墓，王敦曾在晋元帝和晋明帝时期专擅朝政，后又起兵反叛朝廷，桓温对王敦深为钦佩，望着王敦的坟墓说："真是一个能干的人，真是一个能干的人！"他的心迹就是如此狂妄。当时，远方有一个受过具足戒的女僧，以道术闻名。女僧在另一间屋子里洗浴，桓温一个人偷着往屋里看。女僧赤裸着身子，先用刀把自己的肚子豁开，然后砍掉两只脚。女僧洗浴完毕，走出屋门，桓温向她请教吉凶之事，女僧说："您若是做天子，也会像我这样，被豁开肚子，砍掉双脚。"

"流芳后世"就是从这个故事来的。流：流传。芳：香，比喻美名。后世：古人以 30 年为一世，比喻时间极其久远。

"流芳后世"这一典故的意思是，好的名声永远传留于后世。"流芳后世"，也作"流芳百世"。

梦尸梦秽

典出《晋书·殷浩传》：浩识度清远，弱冠有美名，尤善玄言，与叔父融俱好《老》《易》。融与浩口谈则辞屈，著篇则融胜，浩由是为风流谈论者所宗。或问浩曰："将莅官而梦棺，将得财而梦粪，何也？"浩曰："官本臭腐，故将得官而梦尸。钱本粪土，故将得钱而梦秽。"时人以为名言。

殷浩（？—356 年），晋代陈郡长平人，字深源。东晋简文帝（司马昱）

时，殷浩任建武将军、扬州刺史。当时，桓温权势很大，简文帝惧怕他。于是，简文帝把殷浩当做心腹，与桓温相抗衡，所以，桓温对殷浩怀恨在心。永和六年（350年），殷浩担任中军将军，都督扬州、豫州、徐州、兖州、青州等五州诸军事，并于永和九年（353年）率师北伐，结果战败，军储器械丧失殆尽。桓温乘机弹劾殷浩，把殷浩废为庶人。

殷浩见识广博，气度恢宏。青年时期就享有美好的声誉，尤其善于佛教、道教的精微玄妙的义理。与其叔父殷融都喜好《老子》《周易》。殷融与殷浩口头谈论时，殷融说不过殷浩，而写起文章来，殷融则胜过一筹。所以，对于那些喜欢高谈阔论的人来说，殷浩成为他们尊崇的对象。有人曾经问殷浩说："将去做官之前，梦到了棺材；在得到钱财之前，梦到了粪便，这是怎么回事呢？"殷浩回答道："官位本来腐臭，所以将要当官时梦到了尸体。钱财本来就是粪土，所以将要得到钱财时会梦到污秽的东西。"当时人认为，殷浩说的这番话是至理名言。

"梦尸梦秽"就是从这个故事来的。它的本来意思是，当官之前梦见尸体，发财之前梦见污秽之物。人们用它表示鄙薄功名利禄。

木人石心

典出《晋书·夏统传》：统危坐如故，若我所闻。亢等各散曰："此吴儿，是木人石心也。"

西晋时期，有一年三月初三这天，京都洛阳城的王公贵戚、才子佳人，都到洛河两岸宴饮游春。耀武扬威的太尉贾充也来游玩。

贾充忽然发现洛河边一只小船上，坐着一个很古怪的人。那人神情庄重，端坐船上，对周围的花花世界不屑一顾，无动于衷。贾充好奇，便问他的姓名。原来这人叫夏统，会稽永兴人，是个厌恶世俗浊流、洁身自守的隐士，因母亲病重，来京都买药。

贾充问他家乡有没有三月初三游乐的风俗，夏统傲然地回答："我们那里，性情平和，节操高尚，不慕荣华，有大禹的遗风。"贾充又问："你家居水乡，会划船吧？"夏统驾船在河面上往返3次，他高超熟练的驾船本领，惊呆了两岸的游人。贾充又问："你能唱家乡的歌吗？"夏统唱了3首赞颂大禹、孝女曹娥和义士伍子胥的歌曲，歌声慷慨激昂，动人心弦。

贾充觉得夏统是个人才，便要保举他做官，不料一提当官，夏统勃然大怒，再也不愿答话。贾充心想：官职、地位、女色，谁见了能不动心？于是，他调来威武的仪仗队，在夏统面前显示荣耀，调来一大群美女，载歌载舞，花枝招展，把夏统团团围住。然而，夏统对眼前的一切，全不理睬。他稳坐船中，冷漠而又严肃。见此情景，贾充等人议论："这个家伙真是木人石心呀。"说罢，无可奈何地离去了。

成语"木人石心"即由此页来，比喻人意志坚定，不受诱惑，外物不足以动其心。

内助之贤

晏婴是战国时齐景公的宰相，躯体不甚高大，据说高不满6尺（相当现在4尺2寸）。但他很有才干，名闻诸侯，有一天晏婴出门，坐着车子，由他的御者驾车。那位御者的妻子很贤淑，当御者驾着车子，经过自己家的门口时，他的妻子在门缝里偷看，看见她丈夫挥着马鞭，现出洋洋得意的样子。

当天晚上她丈夫回家时，她就责备他道："晏婴身长不满6尺，当了齐国的宰相，而且名闻天下，各国诸侯都知道他、敬仰他。我看他的态度，还是很谦虚，一点也没有自满的样子；你身长8尺，外表比他雄伟得多，只做了他的驾车人，还洋洋得意，显得很骄傲的样子，所以你不会发达，只能做些低贱的职务，我实在替你觉得难为情啊！"

御者自从听了他妻子的话后，态度逐渐转变了，处处显得谦虚和蔼。晏婴看见御者突然谦和起来，觉得很奇怪，问他的原因。御者就把他妻子所说的一番话老老实实地告诉晏婴。晏婴认为他听到谏劝，能够马上改过，是一个值得提拔的人，于是推荐他当了大夫的官。

由内助的故事，后人把它引申出来，恭维人家有贤惠的妻子。

牛首马肉

典出《晏子春秋·内篇》：晏子对曰："君使服之于内，而禁之于外，犹悬牛首于门，而卖马肉于内也。"

从前齐灵公喜欢女扮男装，觉得很威风，命令宫中的女子都穿上男人的服装。久而久之，齐国的女子都仿效起来。有人向齐灵公劝谏说："现在国中的女子都穿上男装，弄得不男不女，引起诸侯各国的嘲笑。"齐灵公听了，才感到事情有些不妙，就派出官员在国中查禁，并指示说："凡是见了女扮男装的，撕破她的衣服，剪断她的腰带。"于是，各级官员纷纷照办。一时间，好多妇女的衣带被撕破剪断，可是，女扮男装仍风行各地，怎么也禁止不了。

一天，晏婴朝见齐灵公，齐灵公问他说："有人说女扮男装不好，我派人到处查禁，撕破了不少衣服，剪断了不少带子，依然禁不了，这是什么缘故呢？"晏婴回答说："您叫宫内的妇女穿男装，却又禁止宫外的妇女穿男装，这样表里不一，就像门外挂着牛头，门内卖马肉一样（犹悬牛首于门，而卖马肉于内也）。如果您真的禁止，就应该连宫内一齐都禁止。这样，宫外的妇女自然就不再穿男装了。"

灵公说："好，就这样办吧！"接着他下令宫内的妇女一律不准穿男装。不到一个月，国中的妇女再也没有违反禁令的了。

后人用"悬牛首而卖马肉"比喻用好的东西作幌子来推销劣等货色。此典故现在演变为"挂羊头，卖狗肉"。

披肝沥胆

典出《三国演义》第二十六回：近至汝南，方知兄信，即当面辞曹公，奉二嫂归。羽但怀异心，神人共戮。披肝沥胆，笔楮难穷。

曹操起兵 20 万，分兵 5 路至徐州，攻打刘备。刘备兵败，张飞突围后，望芒砀山而去，刘备无路可走，遂去投奔袁绍。关羽被围无法解脱，为保全刘备家眷，只得暂时投降曹操。

刘备在袁绍处，旦夕烦恼，一忧关羽、张飞不知去向，二忧妻小陷于曹营。袁绍得知刘备心中苦痛，便遣良将击曹。袁曹交战，关羽连斩袁绍名将颜良、文丑，刘备始知云长身在曹营。袁绍得知刘备二弟关羽斩了他的爱将，即令斩刘备之首。刘备表示愿修密书一封与云长，叫他前来辅佐袁绍，共诛曹操。袁绍为此高兴异常，即派人前往送信。关羽看毕书信，大哭，当即写书答云："……近至汝南，方知兄信，即当面辞曹公，奉二嫂归。羽但怀异心，神人共戮。披肝沥胆，笔楮难穷……"

之后，关羽便去拜辞曹操，操知其意，避而不见。关羽去志已决，遂率旧日随从，护送车仗，夺门而走。关羽一行，沿路屡遭难险，过五关，斩六将，终于在古城与刘备、张飞相聚。

后人用"披肝沥胆"（披：打开。沥：滴下）比喻对人对事非常忠诚。

贫贱骄人

典出《史记·魏世家》：子击因问曰："富贵者骄人乎？且贫贱者骄人乎？"子方曰："亦贫贱者骄人耳。"

战国时，有一个叫田子方的人，他和李悝、段干木、子夏等人同事魏文侯，受到优礼。魏文侯十七年（公元前 408 年），魏文侯派乐羊为大将，西门豹为先锋，率军攻打中山国。

魏国攻下中山以后，魏文侯派太子击驻守中山。太子击坐着车子准备前往中山，刚要出京都城门，碰上了田子方。太子击让田子方的车先过去，田子方连正眼看都不看，照直过去了。太子击挺生气，上前问田子方："谁可以骄傲，是富贵的人还是贫贱的人？"田子方笑着说："自古以来，只有贫贱的人才能骄傲，那些富贵的人是不能骄傲的。当国君的一骄傲，国就保不住；当大夫的一骄傲，家就保不住。楚灵王因为骄傲亡了国，智伯瑶因为骄傲被灭了族。而贫贱之人就不同了。他吃的是粗菜淡饭，穿的是旧衣、破鞋，他不仰仗富贵人，不争权夺利。要是贤明的君主来请教他，随他的高兴贡献点意见；要是君主不听他的话，他就拂袖而去。周武王能灭掉纣王，但拉不住首阳山的两个穷人，贫贱之人不神气，谁神气？"

太子挨了一顿训，只好向田子方行了个礼，奔中山国去了。

后人常用"贫贱骄人"形容对权贵的鄙视和蔑视。

曲肱之乐

典出《论语·述而》：子曰："饭疏食，饮水，曲肱而枕之，乐亦在其中矣。不义而富且贵，于我如浮云。"

春秋时期的孔子，经常教导学生要讲求仁义，修身养性，安贫乐道。有一次，孔子说："吃粗粮，喝白水，弯着胳膊当枕头，这里边也是很有乐趣的。用不义的手段得到的富贵，对于我好像浮云一样。"

"曲肱之乐"就是从这个故事来的。曲肱：指弯着胳膊当枕头，比喻生活贫困。

"曲肱之乐"用以形容安于贫困的生活。

"富贵如浮云"也是从这个故事来的。人们用它形容将功名富贵看得很轻，不予动心。

全无心肝

典出《南史·陈后主纪》：后监者奏言："叔宝云，既无秩位，每预朝集，愿得一官号。"隋文帝曰："叔宝全无心肝。"

南朝陈国皇帝陈后主，名叫叔宝，字元秀，小字黄奴，是宣武帝（陈顼）的儿子。至德元年（583年），陈后主即位后，不理政事，建造临春、结绮、望仙三阁，每天与嫔妃佞臣宴饮作乐，沉湎于酒色，生活极其腐朽奢靡。而对老百姓横征暴敛，搞得天下乌烟瘴气，怨声载道。

祯明三年（589年），隋兵攻入建康，陈后主与张贵妃、孔贵人两个宠妃藏到景阳宫井中，被发现后引出，抓到长安。

有一天监守者向隋文帝杨坚报告说："陈叔宝说，不给我什么官位也就算了，可是我要参加朝廷集会，所以我希望得到一个官号。"隋文帝说："陈叔宝厚颜无耻，真是毫无心肝！"

"全无心肝"就是从这个故事来的。人们用它指毫无羞耻之心。也可用以指心地狠毒。

任劳任怨

典出《左传》宣公二年：乙丑，赵穿攻灵公于桃园。宣子未出山而复。太史书曰："赵盾弑其君。"以示于朝。宣子曰："不然。"对曰："子为正卿，亡不越竟，反不讨贼，非子而谁？"宣子曰："呜呼！'我之怀矣，自诒伊感'其我之谓矣！"孔子曰："董狐，古之良史也，书法不隐；赵宣子，古之良大夫也，为法受恶。惜也，越竟乃免。"

赵盾碰见了赵穿打猎回来，就把想要逃走的事告诉他。赵穿说："你可不能离开晋国，我自有办法请您回来。"赵盾听了都不知道怎么办才行。要保全自个儿的命，就该早点儿跑，可是他对于国君，对于国事确实负责。但那个不成器的国君老是排挤他，他又有什么办法？他一听赵穿的话，心里就念着：这种事可千万别闹出来呀！赵穿瞧他愁眉不展，就安慰他说："您不用着急！我自有办法。"

于是赵穿就去见了晋灵公说："主公您老在桃园里玩，我可真有点儿担心，万一出了事，单凭几个武士顶什么呢？让我选一二百名勇士，专门保护桃园。你看怎么样？"晋灵公道："再好没有了。"没一会儿，200名卫兵拿着武器围住了晋灵公，他开始觉得事情不对，这时赵穿把剑往下一沉，晋灵公的脖子上就挨了一刀了。

赵穿干了这事，赵盾心里老是不痛快，他担心谋害国君的罪名赵家担待不了。于是就想瞧瞧朝廷的大事册上怎么写这件事，他拿来一瞧上头写着："秋七月，赵盾在桃园谋害了国君。"赵盾有点不相信自己的眼睛，整个心凉了一半截，咆哮地对太史道："你弄错了吧？谁都知道先君不是我杀的。那时候，我还在河东的。先生你怎么叫我担这个罪名啊？"太史说："您是相国，国家大事由你掌管。你虽说跑了，可是还没有离开本国的地界，相国的大权还在您手里。要是您不允许赵穿那么办，那么，您回来以后，为什么不把凶手判罪呢？"赵盾觉得自己理亏了。凭良心说，那小子早就该杀了。赵家杀了他，人人痛快，就连赵盾也直点头，可是要他负担这罪名，真有点太过分了。明明是别人干的事，可叫他背黑锅！他想：也许大人物免不了要任劳任怨的。于是他叹了一口气，说"完了也就完了！我只要于心无愧就是了。"

后人用"任劳任怨"形容能经受困苦，不计较嫌怨。

舍生取义

典出《孟子·告子上》：生亦我所欲也，义亦我所欲也，二者不可得兼，舍生而取义者也。

豫让是春秋时晋国的义士，起先替范中行做事，中行待他很刻薄，他待不下去，就到智伯那里去了，智伯很重用他。

智伯后来被三晋打败，他的土地被瓜分，他自己也被杀，因为赵襄子是杀智伯的主谋，豫让要杀赵襄子替智伯报仇。他扮成一个残废的人，走到襄子的厕所去，装成粉饰墙壁的人，想伺机刺死襄子。襄子去小便，忽然心里觉得有点跳动，知道有人要刺杀他，便叫人把他抓住，知道他是义士，没有杀他，就把他释放了。

后来豫让又用漆涂在身上，剃去胡须和眉毛，毁了容貌，扮成一个乞丐，连他自己的妻子也认不出来，但说话的声音还没有改变，于是他又吞炭变成哑巴，改了声音。预先躲在赵襄子必经的桥下，当襄子将要走到桥上时，忽然他的坐马惊起来，赵襄子知道一定又是豫让来行刺了，叫人搜查，果然不错。赵襄子叹道："豫让，你替知己报仇，人家都已知道你的义声了，这次我不再释放你，成全你吧！"

豫让也被襄子的仁恕所感动，请襄子把袍子脱下来，他在襄子的袍子上刺了3刀，然后自杀了。

当豫让吞炭毁容的时候，他的朋友认为豫让这样做太辛苦了，叫他想办法先到赵襄子那里去做事，然后乘机再刺死他，不是更好吗？这样做，不但事情比较容易，而且自己也不必吃许多苦头。豫让笑着对他的朋友说："照你的说法，不是叫我替先前的知己，去杀后来的知己，替旧主人杀新主人吗？我今天所以这样做的，自己吃点苦，目的是要表示君臣的'义'罢了，如果照你的办法去做，那就是乱义。"

孟子也说过："生，是我所喜欢的；义也是我所喜欢的，二者没有办法同时得到时，我宁愿不要生命而去争取义。"

后人用"舍生取义"指为了正义、真理而牺牲生命。

声名狼藉

典出《史记·蒙恬列传》：恶声狼藉，布于诸国。

蒙恬和蒙毅兄弟俩素为秦始皇所信任。秦始皇死后，幼子胡亥即位。胡亥无知，听信李斯、赵高的谗言，派人通知蒙毅，要他自寻死路。蒙毅在给胡亥的答话中列举了几个杀害良臣的暴君：如秦穆公以3位良臣殉葬，秦昭襄王杀白起，楚平王杀伍奢，吴王夫差杀伍子胥，并说这些君主因犯了杀害良臣的错误而遭天下人的非议，以致"恶声狼藉，布于诸国"，希望胡亥引以为戒。可是胡亥不听，终于杀了蒙毅，接着蒙恬也被迫自杀了。

后人把"恶声狼藉"说成"声名狼藉"，用来表示恶名昭著或名誉扫地。含有贬义。

食无求饱

典出《论语·学而》：君子食无求饱，居无求安，敏于事而慎于言，就有道而正焉，可谓好学也已。

孔子对学生们的学识和修养，有很多精辟的言论，其中有一则谈到做学问要有成就的重要条件，说："君子食无求饱，居无求安，敏以事而慎于言，就有道而正焉：可谓好学也已。""君子"：指有道德有学问的人。"敏"：迅速；"慎"：谨慎。"有道"：指道德高尚、学问渊博的人。"正"：是动词，"就……正"就是求教于人的意思。"也已"：助语词，了的意思。全段的意思是说：有道德有学问的人，志在专心做学问功夫，不要求吃食的满足，也不讲求居住的安适。做事迅速，讲话审慎；对自己的言行如有怀疑，应该求教于有道德有学问的人。能够做到上面所讲的那样，便可说是好学的了。

孔子这段话的用意，在教导人为学要专心，不要被逸乐和享受分了心；少说话，多做事；虚心为学，不耻下问。所以后来的人便将"食无求饱"这句话引为成语，来形容饮食应有节制，不可过多；也可比喻不要在物质上有过高的要求，贪得无厌，而更重要的，是用来比喻求学要专心，不要被享受分心。

桃李无言

典出《史记·李将军列传赞》：谚曰："桃李不言，下自成蹊。"此言虽小，可以喻大也。

西汉时有一位著名将领，名叫李广，他前后跟北方的匈奴打过70多仗，建立了不少战功。他为人谦恭谨慎，能与士兵同甘共苦，每次得到朝廷赏赐，都拿来分给部下，行军时碰到粮食和饮水供应不上，他一定先让士兵吃喝，然后自己享用，因此部下对他十分爱戴，愿意出死力。当他死的时候，全军将士都痛哭失声，远近相识的和不相识的人，也都为他流泪叹息。根据这些事实，《史记》的作者司马迁在为李广写传记时赞道："谚语说：'桃李有着芬芳的花朵，有着甜美的果实，它用不着向人们打招呼，人们自然会在树底下来来去去，以至于走成了一条小路。这个比喻虽小，但正可用来说明李广并没有自我吹嘘，只是因为他德行高超，才使大家心悦诚服。'"

后人用"桃李无言，下自成蹊"比喻只要真诚、忠实，就会感动人，为人所敬仰。

特立独行

典出《宋史·李焘传》：焘性刚大，特立独行。早著书，桧尚当路，桧死始闻于朝。暨在从列，每正色以订国论。张拭尝曰："李仁甫如霜松雪柏。无嗜好，无姬侍，不殖产。平生生死文字间。"《长编》一书用力四十年，叶适以为《春秋》以后才有此书。

南宋学者李焘，字仁甫。眉州丹棱（今属四川）人。宋高宗绍兴八年（1138年），李焘中进士，他博览群书，学识丰富，历任兵部员外郎、礼部侍郎、敷文阁学士，主修国史。编撰《续资治通鉴长编》。

李焘性情刚直，志向远大，自恃有操守，有识见，不随波逐流。当李焘早年著书时，秦桧还握有大权，秦桧死后，李焘才开始在朝廷有名。等到成了孝宗近臣，讨论和决定国家大事时，经常严肃地提出自己的意见。学者张拭曾经说："李焘像霜雪中的苍松翠柏。他没有嗜好，没有姬妾，也不添置家产。一生把全部精力都倾注在写作上了。"他曾花了40年的时间编撰《续资治通鉴长编》。南宋思想家、文学家叶适（字正则）认为，《续资治通鉴长编》是继《春秋》之后而出现的又一部巨著。

"特立独行"就是从这个故事来的。它的意思是，自恃有操守、有识见，不随波逐流。

田横笑人

典出《南史·陆超之传》：陆超之，吴人，以清静雅正为子懋所知。子懋既败，于琳之劝其逃亡。答曰："人皆有死，此不足惧，吾若逃亡，非惟孤晋安之眷，亦恐田横客笑人。"

南朝时期，齐国有一个大臣叫陆超之，是吴郡（今江苏苏州）人。他为人性情清静素雅，晋安王萧子懋（齐武帝萧赜第七个儿子）很欣赏他。齐明帝（萧鸾）时期，萧子懋起兵清君侧，结果遭到了失败，中兵参军于琳之劝陆超之逃走，而陆超之回答说："人都有一死，这并不可怕。我如果逃亡，不仅辜负了晋安王（萧子懋）对我的眷顾之情，也恐怕要被田横的宾客所耻笑。"陆超之说的田横，是战国时期齐国的贵族，秦朝末年在楚汉战争中自立为齐王。刘邦灭楚为帝后，田横与其部下500余人逃入海岛。刘邦召他到洛阳，他在途中自杀。刘邦又命人召求岛中500余人。500人听说田横死，也都自杀了。

"田横笑人"就是从这个故事演化来的。人们以"田横笑人"勉励自己不做苟且偷生的事，也可用以比喻宁死不屈。

推梨让枣

典出《后汉书·孔融传》李贤注、《南史·王泰传》。

中国是古老的文明礼仪之邦，讲究做人要懂得礼貌谦让。一些从小显示出有这种美德的人，千百年来，受到人们的称颂。

东汉末年有个人叫孔融，字文举，他小小年纪便聪明过人。4 岁时，一天长辈拿了一盘梨让孔融弟兄们分食，因为孔融最小，就让他先拿。孔融走上前去，在盘里捡了一个最小的梨。长辈问他怎么不拿一个大的，孔融回答："我人小，按道理该吃最小的嘛。"同族的长辈们见他如此懂事知礼，都议论这小孩子不平凡。果然，孔融谦恭有礼，虚心好学，长大后成为著名的文学家。

南朝时梁国有个人叫王泰，字仲通，从小聪明好学，举止稳重。他只有几岁时，一天祖母把孙儿侄子们召集在一起，享受热闹温馨的家庭气氛。为了使场面更热烈，祖母特意把一大堆枣子、栗子抛散在床上，让孩子们去抢。孩子们一哄而上，争先恐后，只有王泰一个人在旁边静静地看着。大人觉得奇怪，问他为什么不去抢，王泰从容地说："我不去拿，祖母也会分给我的。"人们见他如此冷静，料定他将来一定有出息。王泰果然不负众望，长大后官至吏部尚书。

后人用"推梨让枣"的典故开导少年儿童讲究礼貌，在亲友面前友爱谦让。

退思补过

典出《左传》宣公十二年：林父之事君也，进思尽忠，退思补过，社稷之卫也，若之何杀之？

春秋时代，晋国有一个将军名叫荀林父。有一次，他带兵攻打赵国吃了败仗，晋景公要杀他。当时有个臣子觉得这样做不妥，就对景公说："林父之事君也，进思尽忠，退思补过，社稷之卫也，若之何杀之？"意思是：林父对待你景公，是一进朝廷就思考他是否竭尽了忠心，退朝回家，也要思考他对国君是否需要补正过错。像他这样忠君的人，是保卫国家的栋梁，你为什么要杀他呢？晋景公听了这番话后也就不杀荀林父了。

后人用"退思补过"来表示事后省察自己的言行，有没有错误必须补正的地方。

威武不屈

典出《孟子·滕文公下》：富贵不能淫，贫贱不能移，威武不能屈，此之谓大丈夫。

战国时期，有个人名叫春景，崇尚纵横之术。有一次他去问孟子："公孙衍和张仪是不是真正的大丈夫？"孟子回答说："不是。"春景觉得奇怪，就反问孟子道："他们一发脾气，诸侯都要害怕；他们一静下来，天下则太平无事，这难道还不算真正的大丈夫吗？"孟子看了看春景道："我所理解的大丈夫嘛，应该是以仁义为本的人。当他得志的时候，能偕同百姓循着大道前进，不是使人怕他；当他不得志的时候，也能独自坚持自己的原则，不阿谀奉承。"说到这里孟子十分庄重地说："富贵不能淫，贫贱不能移，威武不能屈，此之谓大丈夫。"意思是：富贵之时，其心不乱；贫贱之时，其志不变；在暴力面前，不卑躬屈节。这样的人，才算得真正的大丈夫。春景听了心中虽然不满，但却没有形之于色，便辞别孟子而去。

后人把"威武不能屈"简缩成"威武不屈"，用来表示在强暴的压力之下，坚贞不屈。

闻过则喜

典出《孟子·公孙丑上》中：子路，人告之以有过则喜。

战国时，孟子教育他的学生要正视自己的缺点错误，勇于接受别人的批评。他以子路、禹和舜为榜样对学生们说：孔子的弟子子路，很愿意别人指出他的缺点，当听到别人给他指出缺点的时候，他非常高兴。大禹王听到别人对他善言劝告时，感激得往往下拜。古代圣王舜比大禹更伟大了。他不把成绩功劳归于自己，而归于群众。他能舍弃自己的缺点，遵从别人的优点。舜曾耕过田，烧过窑，捕过鱼，一直到他做天子，他都能注意吸取别人的长处以提高自己，从而更好地为百姓服务。

后人用"闻过则喜"指虚心接受意见。

无能为役

典出《左传》成公二年：子曰："此城濮之赋也。有先君之明与先大夫之肃，故捷。克于先大夫，无能为役，请八百乘。"许之。

春秋时期，有一年齐国的齐顷公派兵攻打鲁国，包围了鲁国北部边境的小城龙地。齐顷公有一位宠爱的将领，名叫卢蒲就魁。他想争夺战功，就首先去攻击龙地的城门，但龙地的守兵很英勇，经过一番厮杀，把他逮住了。齐顷公非常着急，赶忙派人送信说："你们别杀死卢蒲就魁，我答应不进入龙地，愿意与你们讲和。"可是龙地的将士不听，竟将俘虏杀了，并且把尸首摆在城墙上，让城外的齐军观看。为此齐顷公十分气愤，他亲自击鼓督战，齐军拼死作战，爬上城墙，只用3天时间就攻入龙地，接着又占领了巢丘地方。

卫国同鲁国比较友好，卫侯眼见鲁国遭到侵犯，便派孙良夫、石稷领兵前去援救。卫军在路上与齐军相遇。石稷看到齐军很强大，心里害怕，打算撤兵回去，但孙良夫不同意，说："还没有打一仗就回去，怎么向国君交代呢？现在既然已经碰上敌人，就该攻击他们！"卫军与齐军交战不久，便败下来。石稷忧虑地说："再打下去恐怕有全军覆没的危险。如果损失了军队，回去无法向国君报告，不如请孙良夫回去，他是卫国的卿士，一旦丢掉了他，就是卫国的耻辱，让孙良夫带领卫军撤退吧，我先抵抗一阵子。"

卫军撤回国去，但孙良夫不肯罢休，他跑到晋国去请求救兵。正巧鲁国也派大夫来求救晋侯。当时晋国的中军统帅是郤克，他掌握着晋国的朝政。郤克本来与齐顷公有怨仇，他请求率兵去援救卫国和鲁国。晋景公答应配给他700辆战车。可是郤克嫌战车数量太少，他请求晋侯再多派一些。他对晋景公说："700辆战车，这是从前晋文公时候'城濮之战'的战车数目。那是因为有晋文公那样的英明国君，还有像先轸、狐偃那样机智的大夫，所以才取得胜利。可我呢？与他们相比能力远不如他们，我就是做他们的仆役恐怕还不够条件呢，所以我要求派800辆战车！"

晋景公答应了郤克的要求，派了800辆战车给他，让郤克率领中军，士燮辅佐上军，栾书指挥下军，韩厥为司马，浩浩荡荡地向齐国境内开去……

这次战争晋军打胜了，齐国拿出许多玉器、宝贝给晋国，并且让出了大块土地还给鲁国，向晋国请求讲和，晋国同意了，结果在爰姜地方结了盟。鲁国的国君鲁成公会见了晋国军队，又将车服奖给晋军将领，晋军凯旋而归。

成语"无能为役"就是由此而来，意思是自己能力低下，不足以做他们的仆役。后人用这句成语形容对某职务不能胜任，有时也用作自谦之词。

吾争周耻

典出《史记》：虞芮之人，有狱不能决，乃如周。入界，耕者皆让畔，民俗皆让长，虞芮之人皆惭，相谓曰："吾所争，周人所耻。向往，为只取辱耳。"

遂还，俱让而去。

虞国人和芮国人有一件争端解决不了，就一起到周国去寻求解决的办法。一进周地，他们（看见）耕田人在互相让界，老百姓对长辈都很谦让。虞国人和芮国人都很惭愧，相互说："我们所争的正是周国人感到可耻的。如果我们去到那里，只是自丢脸面罢了。"

于是，他们相互谦让着回去了。

后人用"吾争周耻"的这个典故比喻礼仪仁爱。

先忧后乐

典出宋·范仲淹《岳阳楼记》：先天下之忧而忧，后天下之乐而乐。

宋朝的范仲淹在担任副宰相时，针对当时的政治流弊提出了 10 条改革政治的意见，主张建立严密的任官制度，注意农桑，加强国防，推行法制，减轻赋税。可惜推行未久，因受大官僚地主的反对而告失败。他也被罢职离京，出任地方官吏。和范仲淹同时考中进士的滕子京也在同时被贬官到巴陵郡任太守。滕子京任太守一年，治理巴陵卓有成绩，于是重修岳阳楼以显其功。岳阳楼竣工之后，滕子京特请范仲淹写文章记叙此事。范仲淹应邀前往，欣然命笔，写了《岳阳楼记》一文。他在文中先颂扬了滕子京一年来的政绩："越明年，政通人和，百废俱兴。"意思是：事经一年，政治顺利，人民安乐和好，过去一切废弛之事，都已重新办起来了。接着便铺写巴陵郡的风物。最后抒发他的高尚情操，说他愿"先天下之忧而忧，后天下之乐而乐"。意思是：在天下人忧之前先忧，在天下人乐之后才乐。

后人把"先天下之忧而忧，后天下之乐而乐"简缩成"先忧后乐"，用以形容关心人民的疾苦。

向壁虚构

典出汉许慎《说文解字序》：（亦作"向壁虚造"）世人大共非訾资，以为好奇者也，故诡更正文，乡（向）壁虚造不可知之书，变乱常行，以耀于世。

西汉时，鲁恭王刘余（汉景帝之子）在今兖州曲阜城中大修宫室。曲阜是孔老夫子的故乡。据传，鲁恭王坏孔子宅第，在墙壁中发现了一些古文经书。对此事东汉的许慎认为可信。但很多人表示怀疑，他们认为，这是好奇者故意改易正字，对着孔氏家的墙壁凭空虚构出来的，以此来炫耀于世。

后人用"向壁虚构"这个典故比喻凭空捏造。

象箸玉杯

典出《韩非子·喻老》：……象箸玉杯必不羹菽藿，则必旄象豹胎……

商朝末年，有一个太师叫箕子。有一次，他见商纣王用象牙做的筷子，非常害怕。他认为，用象牙筷子就不肯用泥作的碗，而要用玉石做的杯子；

用象牙筷子玉石杯，就一定不肯吃一般的蔬菜，而要吃豹胎之类的珍异食品；吃上珍异食品就不肯穿粗布衣服、住茅草房子，而要里外穿锦衣、住高级房子。人的享乐是无止境的，一开了头就很难收住。

箕子越想越感到不安，便向纣王提出了劝谏。可是纣王不但不听，反而把箕子囚禁在狱中。不久，纣王兵败自杀，周武王灭商后释放了箕子。

象箸，就是象牙筷子；玉杯，就是玉石酒杯。

后人用"象箸玉怀"这个典故比喻奢侈一开端，享受的欲望就会愈来愈大。也比喻奢侈生活的开始。

萧生抱关

典出《汉书·萧望之传》：西汉大臣萧望之，字长倩，东海兰陵（今山东苍西南）人，汉宣帝时曾任太子太傅等官职。他很有骨气，年轻时曾因为不肯屈节受辱，很长时间未受重用。

当时，大将军霍光权势很大，得罪的人很多，曾被人暗杀未成功。于是他定下一条规则：凡是要见他的人得让卫士搜身，然后在两名官员挟持下进见。有一次，萧望之与王仲翁一起受到霍光召见，照例被搜身和挟持。王仲翁默默地任人所为，萧望之却不肯让人这样对他，认为是对他人格的极大侮辱。他对霍光说："将军功高位重，天下人都伸长脖子踮着脚尖争着为您效力。但如今见您却要被搜身挟持，这不是礼贤下士的做法。"霍光听了很不高兴，就没有任用萧望之。

3年之后，王仲翁已经担任了光禄大夫，而萧望之则仅仅是个看守宫门的小官吏。王仲翁一天经过宫门，前呼后拥，十分威风。他对萧望之说："当初大将军让人搜你的身，你不肯顺从，认为是受了侮辱。如今您却在此看守宫门，做一个地位很低的小官，又怎么能忍受呢？"萧望之回答说："人各有不同的志向。当初让人搜身，是违背我自己意愿的；而今天在此当守门人，是我自己的选择，有什么屈辱可言叫呢？"

后人用"萧生抱关"（关：本义为门闩，也指门。抱关，意为守门）形容某人不愿在权贵面前卑躬屈节，宁愿处在贫贱的地位。

言行不副

春秋时，河南修武县有一个客栈的老板，姓嬴氏，有一天遇到一个要到卫国去的客人。那位客人叫做阳处父，就住在嬴氏的客栈里。嬴氏看阳处父的仪表不凡，举止稳重，认为是一个正经的人，很想结交他。第二天阳处父走了，嬴氏想结交他，也就跟随着走，他和阳处父在路上一面走，一面谈，说了许多话，到了温山，他忽然退了回来。

他妻子问道："你既然遇到了正经的人，还不去跟他，为什么又要回来。"嬴氏说："我起初看他的外表和蔼，一本正经，就想和他结交，后来一路上听了他所说的话，完全和他的外表相反，就生厌恶他的念头，面貌是中情的光彩，言语是容貌的机关，外表是看不出来的。我听阳处父的说话，总是处处用话来掩饰他的短处，并且性情高傲得很，自夸才能，不把仁义当做根本，完全想占便宜的人，言行不副，我恐怕跟他不但得不到他的益处，反而会受到他的害处，所以在半路上和他分手了。"

"言行不副"是说一个人所说的话和所做的事完全不一样，嘴里讲的是仁义道德，做的却是损人利己的事。也称"言行不符"。

晏子之御

典出《晏子春秋》内篇杂上：晏子为齐相，出。其御之妻从门间而窥。其夫为相御，拥大盖，策驷马，意气扬扬，甚自得也。既而归，其妻请去。夫问其故。妻曰："晏子长不满六尺，身相齐国，名显诸侯。今者妾观其出，志念深矣，常有以自下者。今子长八尺，乃为人仆御。然子之意，自以为足。妾是以求去也。"

其后夫自抑损。晏子怪而问之，御以实对。晏子荐以为大夫。

晏子做齐国的国相，有一次出去。他的车夫的妻子从门缝里面偷看，看见她丈夫给国相赶车，坐在大车盖下面，鞭打着驾车的4匹马，得意扬扬，显得自己非常了不起。过了不久，车夫回到家里，他的妻子要求离婚。丈夫问她是什么缘故。妻子说："晏子身高不到6尺，他做了齐国的国相，在各国都有很大的名声。今天我看他出门，虽然深谋远虑，满腹韬略，却总是显出自己很谦虚的样子。现在你身高8尺，不过是给人家做奴仆赶车。然而你的心里，却自己觉得很满足了。我因此要求跟你离婚。"

从此以后，她的丈夫自己克制，变得很谦卑。晏子觉得奇怪，问他是什么缘故。车夫把事情经过告诉了晏子。晏子就推荐他做了大夫。

这篇寓言启示人们，不应该有虚荣心和骄傲自满情绪；有了缺点，如能接受意见，加以改正，还是值得肯定的。

瑶林琼树

注引《八王故事》：石勒见夷甫（王衍字夷甫），谓长史孔苌曰："吾行天下多矣！未尝见如此人，当可活不？"苌曰："彼晋三公，不为我用。"

勒曰："虽然，要不可加以锋刃也。"夜使推墙杀之。

王衍（256—311年），晋代琅琊临沂人，字夷甫。他很有才气，常自比孔子的学生子贡，名噪一时。曾任尚书令、太尉，居宰辅之位。八王之乱时，东海王司马越死，王衍被推为元帅，与石勒争战，结果全军被石勒所破。

石勒见到王衍，见他风采秀逸，才华横溢，不忍杀他，就对长史孔苌说："我在天下走的地方太多了，从未见过如此才貌双全的人物，是否可以不杀他呢？"长史孔苌说："王衍身居晋朝三公高位，一定不会替我们效力。"石勒说："虽然想处死他，也不要用刀锋伤害他。"夜里，石勒命人把墙推倒，王衍被砸死了。

王衍是个出类拔萃的人物。晋代人王戎有知人之明，经常观察、品评人物。谈到王衍时，王戎说："太尉王衍神姿高雅秀异，仿佛如传说中玉白色的树林和传说中的高达万仞的大树，自然是世俗风尘之外的奇物。"

"瑶林琼树"就是从这个故事来的。瑶：美玉。琼树：传说中的树名。人们用"瑶林琼树"比喻人的品格高洁。

应有尽有

典出《宋书·江智渊传》：智渊初为著作郎，江夏王义恭太尉行参军，太子太傅主簿，随王诞后军参军。世父夷有盛名，夷子湛又有清誉，父子并贵达。智渊父少无名问，湛礼敬甚简，智渊常以为恨，自非节岁，不入湛门。及为随王诞佐，在襄阳，诞待之甚厚。时咨议参军谢庄、府主簿沈怀文并与智渊友善。怀文每称之曰："人所应有尽有、人所应无尽无者，其江智渊乎！"

南北朝时期，宋朝有一个人叫江智渊。他曾任骁骑将军、尚书吏部郎，宋孝武帝大明七年（463年）死去，时年46岁。他的父亲江僧安，曾任太子中庶子。

当初，江智渊任著作郎、江夏王刘义恭太尉行参军、太子太傅主簿，随王刘诞后军参军。他的大伯父江夷名气很大，江夷的儿子江湛又有美好的声誉，父子两人都显贵通达。而江智渊的父亲江僧安在年轻时没有什么声名，江湛对他不够尊敬，态度傲慢。江智渊对此心怀怨恨，除非过年过节，不登江湛的家门。后来，江智渊当随王刘诞的辅佐之官，在襄阳供职，刘诞对他十分友好。当时，咨议参军谢庄、府主簿沈怀文都同江智渊友好相处。沈怀文经常称赞江智渊，说："人们应该具有的美德他都具有，人们不应该有的恶习他都没有。这就是江智渊哪！"

"应有尽有"就是从这个故事来的。它的意思是，应该有的全有了。

玉山映人

《晋书·裴楷传》：楷风神高迈，容仪俊爽，博涉群书，特精理义，时人谓之"玉人"，又称"见裴叔则如近玉山，映照人也"。

裴楷（237—291年），晋代河东闻喜人，字叔则。父亲裴徽，曹魏时任冀州刺史。裴楷聪明颖悟有见识，年轻时就学名远扬，尤其精通《老子》《周易》。钟会把他举荐给晋武帝（司马炎），晋武帝征他为相国掾，又升做尚书郎。每当改定律令时，武帝就叫裴楷在御前执读，群臣讨论律令是否得当。裴楷善于宣读，使听者忘记疲倦。武帝外出视察军队，精选随从官员，以裴楷为参军事。吏部郎官缺员，钟会又推荐裴楷，武帝又任他为吏部郎。

裴楷风度翩翩，精神高尚，仪态俊美、潇洒，博览群书，尤其精于理义，当时人称他为"玉人"。人们又说"见到裴叔则，就像走到玉山之旁，令人觉得光彩照人"。

"玉山映人"就是从这个故事来的。玉山：山名，传说西王母所居。人们用"玉山"或"玉山映人"比喻品德仪容之美。

元方卖宅

典出《唐语林》：陆少保字元方，曾于东都卖一小宅，家人将受直矣，买者求见。元方因告其人曰："此宅子甚好，但无出水处耳。"买者闻之，遽辞不买。子侄以为言，元方曰："不尔，是欺之也。"

陆少保号元方，曾经在洛阳卖过一所小住房。（在）家人要接收卖房钱（的时候），买房子的人要求见见（房主）。元方（一见到买房子的人）就告诉买房子的人说："这所小房子是很好的，只是没有打井的地方。"买房子的人听了这话，立刻告诉说不买了。（家中的）子侄们把这事当做议论中心了，元方（却）说："不这样（说），这是欺骗人呀！"

后人用"元方卖宅"这个典故比喻实事求是的精神。

越凫楚乙

典出《南史·顾欢传》：昔有鸿天飞首，积远难亮，越人以为凫，楚人以为乙。人自楚、越，鸿常一耳。

从前，有一只鸿雁从天空中飞过，它飞得又高又远，肉眼看不清楚。于是，引起地面上的一场争论，越人说它是一只野鸭，楚人却说它是一只燕子。人们各从楚、越不同的角度观察，得出不同的结论，其实，他们所指的都是天空中的同一只鸿雁。

"越凫楚乙"就是从这个故事来的。凫：野鸭。乙：燕子。人们用"越凫楚乙"比喻蔽于主观，对事物认识不清而盲目地做出错误的判断。"越凫楚乙"亦省作"凫乙"。

昭德塞违

典出《左传》桓公二年：君人者，将昭德塞违，以临照百官，犹惧或失之。

春秋时，宋国太宰华父督是个凶暴残忍的好色之徒。有一次，他在路上碰上了司马孔父嘉的妻子，见她既漂亮又艳丽，便想占为己有。

在宋国，自从宋殇伤公即位后，10年里发生了11次战争，老百姓被战乱搞得难以忍受。华父督就借这个机会宣传说：这样频繁地发动战争，都是司马孔父嘉出的坏点子。老百姓对这些宣传信以为真，都说孔父嘉该杀。就这样，华父督于公元前710年春天，调集军队杀死了孔父嘉并霸占了他的妻子。宋殇公知道后，准备惩办华父督。华父督一不做，二不休，把宋殇公也杀了。

按照周天子的礼法，臣杀君是犯了弥天大罪。华父督为了推卸罪责，派人把流亡在郑国的公子冯接回来做了国君，就是宋庄公，他自己则当了权势更重的执政大臣。为了防止各诸侯国前来兴师问罪，华父督怂恿宋庄公从国库中拿出许多珍宝贿赂邻国。在送给鲁国的礼品中，有一个郜国铸造的大鼎，是稀世之宝。

鲁桓公看到郜鼎，非常高兴，命人运往太庙（古代帝王祭祖的地方）供起来。鲁国大夫臧哀伯劝阻说："作为人君，要发扬道德而阻塞邪恶，以监视百官还怕有所遗漏，所以发扬美德以示范于子孙。……把人家贿赂的器物放在太庙里，是消除道德，而树立邪恶，是以此向各级官吏做出坏榜样。国家的衰败，是由于官吏的邪恶。官吏的失德，由于受宠而贿赂公行。郜鼎放在太庙里，还有比这更明显的贿赂吗？"

鲁桓公没有听臧哀伯的劝告，什么"违德"不"违德"，他根本不在乎。

后来，他又娶了生性淫荡的文姜。公元前694年，鲁桓公被人杀死。

后人用"昭德塞违"指显扬美德、杜绝邪恶的行为。

掷椽去盗

典出《宋史·王昭素传》：昭素每市物，随所言而还值，未尝论高下。县人相告曰："王先生市物，无得高取其价也。"治所居室，有椽木积门中，夜有盗者抉门将入，昭素觉之，即自门中潜掷椽于外，盗者惭而去，由是里中无盗。家有一驴，人多来假，将出，先问僮奴曰："外无假驴者乎？"对云"无"，然后出。其为纯质若此。

北宋儒学家王昭素，开封府酸枣（今河南延津）人。青少年时代就勤奋学习，不肯当官，乡里人都称赞他。他精通《九经》，同时研究《庄子》《老子》，对《诗经》《周易》特别有研究，常常指出前人注疏的不足之处。77岁时，受到宋太祖（赵匡胤）的召见，宋太祖拜他为国子博士，赐给茶、药及20万钱，留他在宫中住了一个多月。89岁时，王昭素死去。

王昭素每次买东西，都按物主的要价付钱，从不讨价还价。县里人互相传告说："王先生买东西，不得向他卖高价。"有一次，王昭素修建住所居室，在大门里堆放着一些椽木。夜里，小偷撬开门要进去偷椽木，王昭素发觉了，就悄悄地从门内把椽子扔到门外，小偷感到很惭愧，离去了。从此以后，乡里再也没有小偷了。王昭素家里有一头驴，乡里人常来借用。他每次打算骑驴出门时，总是先问僮仆说："外边有没有人来借驴呢？"僮仆回答说："没有。"王昭素才骑驴出门。

"掷椽去盗"就是从这个故事来的。人们用它形容为人忠厚、质朴。

自知之明

典出《老子》第三十三章：知人者智，自知者明。

《老子》第三十三章是老子的人生论。老子指出：人要"知人"，更要"自知"；要"胜人"，更要"自胜"；要"知足"，要"强行"，要"不失其所"，要"死而不亡"。

老子说："善于识别人的人，可谓智慧。善于认识自己的人，可谓明通。战胜别人的人，可谓有力量。战胜自己思想弱点的人（如改正自己的错误，克服自己的弱点等），可谓坚强。知足的人才能感到自己富有。坚持自己行动的人，就叫做有志气。不失掉其所执守的人，就能长久相安。其人虽死，而他的道德功业、学说等并未消亡，而是被人念念不忘，就可以称他为长寿。"

后人将"自知者明"引申为"自知之明"这个典故，比喻一个人能够正确地认识自己。

坐怀不乱

典出《荀子·大略》：柳下惠与后门者同衣而不见疑。

柳下惠（即展禽）是一个生得很美貌的人，一天晚上，夜宿郭门，遇到一个没有住处的美丽女子，柳下惠怕她受冻，就抱住她，用衣服把她裹住，这样坐了一夜，没有发生非礼的行为。一直到天明那女子才走。

后来人们用"坐怀不乱"形容男女相处而不发生不正当的关系。

车胤囊萤

典出《晋书·车胤传》：（胤）博学多通，家贫不常得油，夏月则练囊盛数十萤火以照书，以夜继日焉。

车胤十分博学，通晓很多方面的学问。家里很贫穷，经常没有灯油，夏天的夜晚就用丝麻的口袋装进几十个萤火虫，让萤火虫的光照着书，使夜晚可以连接白天，继续读书。

后人用"车胤囊萤"这个典故比喻勤奋刻苦。

断织励学

典出《后汉书·列女传》：妻乃引刀趋机而言曰："此织生自蚕茧，成于机杼，一丝而累，以至于寸，累寸不已，遂成丈匹。今若断斯织也，泽损失成功，稽废时日，夫子积学，当'日知去其所亡'，以就懿德，若中道而归，何异断斯织乎？"羊子感其言，复还终业，遂七年不返。

东汉时，在河南郡有一个叫乐羊子的青年，他希望自己将来能有所作为，就远离家乡四处寻师求学。不料，他才去一年就回来了。

他的妻子见丈夫一事无成地回来，心里十分生气，从屋里拿出一把菜刀，走到织布机前对乐羊子说："这机上的布是从蚕茧里一根根抽出来的，然后又拿到机上一寸一寸地织，最后才织成一匹布。如果现在从中一刀截断，那就将前功尽弃。你在外求学，也应该像织布一样，随时积累自己的知识，反省不足之处。不懂的地方，多向先生请教，倘若半途而废，岂不可惜！"说完，她举刀割断了机上的布。

乐羊子感到非常惭愧，当即转身出门继续求学去了。

以后整整 7 年，乐羊子没有回家一次。

后人用"断织"称颂妻子鼓励丈夫刻苦学习。

二子学弈

典出《孟子·告子上》：弈秋，通国之善弈者也。使弈秋诲二人弈，其一人专心致志，唯弈秋之为听。一人虽听之，一心以为有鸿鹄将至，思援弓缴而射之，虽与之俱学，弗若之矣。为是其智弗若与？曰：非然也。

弈秋，是全国最好的围棋手。

有人请他教授两名学生下棋。其中，一个全神贯注，一心一意听从弈秋的教诲。另一个，虽然也坐在那里听讲，却总在思谋着天鹅就要飞来，想拿弓箭去射猎。因此，他虽然和人家一起学习，成绩却相差很远。

这难道是他的智力不及人家吗？我说不是的。

"二子学弈"这个典故告诉人们：无论学习任何一门科学，其成败的关键在于自己是否专心致志，刻苦努力。

河汾门下

典出《唐书·王绩传》：绩兄通，隋末大儒也，聚徒汾、河间，仿作《六经》，又为《中说》以拟《论语》。注传曰："隋王通设教河、汾之间，受业者达千余人，人才盛出，时称'河汾门下'。"

隋末时候，有一位大儒王通，他对一切学问，都有心得；本来欲谋一官半职，那是轻而易举的。不过王通却无心于仕途，决定把自己的学问，传授他人，培育英才；于是便在河汾的地方，设帐授学。他不但学问好，而且教育方法也很好，许多读书人，都闻名不远千里来到河汾，在王通门下求学。他教了一个很长时期，从他门下出来的学生，都很出色，如房玄龄、魏徵、李靖、程元、窦威、贾琼、温大雅、陈叔达等，都是有名的人物，后来不是做了大官便是成为当代大儒。因此，当时的人，都说"河汾门下"的学生，没有一个不出色的，也因此而成了可资借用的成语。

后人用"河汾门下"比喻老师教育出色，学生桃李满园。

衡石量书

典出《史记·秦始皇本纪》：侯生、卢生相与谋曰："……天下之事无小大皆决于上，上至以衡石量书，日夜有呈，不中呈不得休息。贪于权势至如此，未可为求仙药。"

公元前221年，秦始皇灭掉韩、赵、魏、燕、齐诸国统一天下后，日益骄横，严加统治。尤其对一班儒生，更是老大不客气，动不动就加以指责、处罚，引起儒生们的强烈不满。儒生中有2个人，一个是侯生，一个卢生，此2人有些胆量，时常私下议论秦始皇的功过是非。有一次，他们2人私下议论说，秦始皇这个人，天性刚愎自用，专横跋扈，以为自古以来任何人都不如他。专门任用狱吏，不信任有学问的儒士。丞相和大臣们个个都唯唯诺诺，一切都听命于秦始皇。他听不得不同意见，骄横自大，下边的人都想方设法讨好他，谁都不敢指出他的过失。

当谈到秦始皇办理朝政的时候，侯生和卢生说："天下事无论大小，都由他自己来决定。就拿批阅文书来说吧，那些文书都是书写在竹简木札上的。秦始皇用石（古代以120斤为一石）来计算公文的数量，每天都要批阅分量很重的公文，日夜都有安排，完不成计划不休息。这种人贪恋权势达到如此程度，可不能为他求取仙药，使之长生不老。"

"衡石量书"就是从这个故事来的。它的本意是指用衡器称取各种表奏等文件。在故事中，侯生、卢生用它说明秦始皇贪恋权势。后来，人们用"衡石量书"比喻执政者不辞辛苦，勤于政事。

画荻教子

典出《宋史·欧阳修传》：欧阳修字永叔，庐陵人，四岁而孤。母郑，守节自誓，亲诲之学。家贫，至以荻画地学书。

欧阳修是唐宋八大文学家之一。可是，在他少年时代，学习条件是很差的。他4岁死父亲，全家靠他母亲一个人的勤劳工作来维系生活。他母亲不愿孩子失学，于是，自己当了教师。家里贫穷，买不起文具，欧阳修的母亲就另想办法。他看到沙滩下鸟兽走过的脚印，认为在沙子上面也可以写字。于是，她叫孩子到沙滩上搬些沙来。她在家里选了一个光线比较好的地方，挖成深坑，然后，把沙倒下去铺平，这样，小小的沙坑便代替了笔墨纸砚。学习的时候，母亲折断一根荻草，在沙面上画出一个生字，等欧阳修学会了，便用手把沙铺平，再写一个。欧阳修也利用这个地方来做练习。母子两人，一教一学，教的认真，学的起劲。后来，欧阳修在文学上的许多成就，正是靠着这个浅浅的沙坑帮他打下良好的基础。

后人用"画荻教子"形容母亲教育孩子的殷殷之情。

朱熹在幼年时十分聪明，刚能说话时，父亲指着天空告诉他："这是天。"朱熹问道："天的外边是什么？"父亲朱松感到很惊异。就学时，给他《孝经》读，他一看，在书上写出这样的话来："如果做人不孝顺，就枉为人了。"有一次，他跟着一群孩子在沙地上玩耍，朱熹一人端端正正地坐着，用手指在沙地上画着什么。别人走近一看，原来是神秘的八卦（《周易》中的8种符号，各代表一定属性的若干事物）。

"画沙"就是从这个故事来的。人们用它形容儿童聪慧；也可用它形容刻苦学习，努力钻研。

诲人不倦

典出《论语·述而》：学而不厌，诲人不倦。

孔丘，是我国春秋末期的一位思想家、政治家，是儒家的创始人。在认识论和教育思想方面，他注重"学"与"思"的结合。他首创了私人讲学的风气，主张"有教无类"，因材施教。在《论语·述而》中，孔丘论述了一个教育工作者对"学"与"教"应采取的态度。他说，应该默默记住（所学的东西），学而不厌，诲人不倦。就是说学习要专心，不能厌倦和满足；教人时应不嫌疲劳和麻烦。

根据孔丘的这句话，后人引申出"诲人不倦"这个典故，比喻教导特别耐心。

从孔丘的这句话中，人们还引申出了"学而不厌"这句典故，比喻好学。有时这两句成语可连用。

教学相长

典出《礼记·学记》：学然后知不足，教然后知困。知不足然后能自反也；知困然后自强也，故曰教学相长。

《礼记》，又称《小戴礼》，主要是记述儒家对"礼"的见解。据说是孔子死后他的弟子根据各自的见闻撰写而成的。其中的《学记》是我国古代关于教育方面的一篇论文。它记载了教育理论、教学原则、教学方法等诸多方面的问题，总结了前人教与学的丰富经验。

《学记》中写：即使有美味的熟肉，不吃就不知道它的味美；即使有最好的道理，不学就不知道它的好处。因此，学然后才知道自己的欠缺，教然后才知道自己理解得还不透彻。知道了自己理解得不透，然后才能刻苦地钻研。所以说教与学是互相促进的。

后人用"教学相长"比喻师生之间的互相促进，共同提高。

教子学谄

陈万年善事人，赂遗外戚，倾家自尽。尝病，召子咸戒于床下，语至夜半。咸睡，头触屏风，万年大怒，欲杖之，曰："乃公教戒汝，汝反睡，不听吾言，何也？'"咸叩头谢曰："具晓所言，大要教咸谄也。"

陈万年很善于侍奉人，为了对皇亲国戚贿赂送礼，甚至把自家财产倾尽（也在所不惜）。

有一次他病了，他把儿子陈咸找来，在床前教训儿子，话一直说到半夜。陈咸睡着了，头碰到屏风上，陈万年大怒，想要用拐杖打陈咸，他说：

"老子我苦口婆心教导你，你却睡着了，不听我的话，这是为什么！"

陈咸叩头认错说：

"父亲息怒，你所教导的，我全都明白了，大体说来，您是教孩儿我学会阿谀奉承。"

后人用"教子学谄"的这个典故比喻为人要正直不阿，不事权贵，那才是可以永世流芳的好品德。

劳思逸淫

典出《国语·鲁语》：劳则思，思则善心生；逸则淫，淫则忘善，忘善则恶心生。

春秋时，鲁国有一个叫公父文伯的贵族子弟，祖上世代袭封为大夫。后来，公父文伯继承了大夫爵位，心里很是踌躇满志。一天，当他退朝回家时，见母亲敬姜正弯着腰一指甲一指甲地绩麻，水把手泡得又白又胀。他不禁笑了起来，蹲在母亲身旁，关心地说："母亲像我们这样的人家，还用得着绩麻吗？难道不怕别人笑话？母亲，我能奉养你，绩麻的事，就让下人干吧！"

敬姜虽然也是贵族出身，但目睹了许多贵族家庭的衰败，深知凭祖上的袭封来维持荣华富贵，是不会长久的。听到儿子说这样的话，她惊叹道："孩子呀，咱们鲁国要亡了吗？怎么让你这样不懂道理的孩子做官呢？你坐下听我说：一个人只有经常参加劳动，才会认真思考问题，才会变得善良；贪图安逸的人只知荒淫奢侈，善良的心就会慢慢变得丑恶起来（劳则思，思则善心生；逸则淫，淫则忘善，忘善则恶心生。）"

后来，鲁国的人知道了这事，都称赞敬姜，说她是一个善于教育儿子的好母亲。

后人用"劳思逸淫"说明一个人只有参加实际劳动，才能保持优良品质；贪图安逸享乐，就容易变坏。

门墙桃李

"门墙"典出《论语·子张》：譬之宫墙，赐之墙也及肩，窥其室家之好。夫子之墙数仞，不得其门而入，不见宗庙之美，百官之富。

"桃李"典出《说苑·复恩》：夫树桃李者，夏得休息，秋得食焉。

鲁国的大夫叔孙州仇，一次在朝廷上议论说："依我看，子贡这个学生比他的老师孔子要强些呢！"

州仇的话让大夫子服景伯听见了，他转告了子贡。

子贡听到这话，心里非常不安，急忙解释道："我怎敢与先生比呢？一般人的贤能好比山丘，还可能超越过去。孔子的才能简直像太阳、月亮一般，不可能赶上他，这就像没有阶梯爬不上青天一样啊！至于我自己的学识，可以打个比方：我家的围墙只有肩膀那么高，人们一眼就能看个明白院里有啥物件；我先生孔子的围墙有好几丈高，如果你不得门路，进不去大门，那就看不见他院内的宏伟的宗庙、富丽的房屋和赏心悦目的美好景物。现在能够找到孔子大门的人是十分罕见的，因此州仇大夫的那般见识，也就不足为怪了。"

子贡的一番话，是表示自己的品行学识都很浅，岂能与学问渊博高深的孔子相比呢？

后来人们根据子贡的话，将老师门下称为"门墙"。

春秋时候还流传这样一个故事：

有个叫阳虎的人得罪了朝廷，跑到赵简子那里，气愤地诉苦说："以后，我再也不培养学生啦，你看，如今坐在厅堂上判案子的人，有一半是我的学生，朝廷上的官吏、边境上的将领有一半是我举荐的。可是如今，这些学生叫国君疏远我，叫官吏仇恨我，叫士卒逮捕我……"

赵简子安慰他说："算了吧，这都是你看错了人呀，你春天种下的都是些蒺藜，到秋天它能不长出刺儿来扎你吗？假如你春天栽下的是桃树、李树，夏天可以在树荫下乘凉，秋天还会有甜美的果子吃。贤良的人才知道报恩啊，所以，我劝你以后先看准对象再教学生吧，别种蒺藜了……"

后来人们便根据这个故事，把"桃李"比喻为培养的优秀人才。

"门墙"和"桃李"合并一起，就是成语"门墙桃李"，用以称某人的门生或学生。赞美某人培养的优秀人才很多，就称为"桃李满天下"。

孟母三迁

典出《古列女传·母仪》：邹孟轲之母也，号孟母。其舍近墓，孟子之少也，嬉游为墓间之事，踊跃筑埋，孟母曰："此非吾所以居处子。"乃去，舍市傍，其嬉戏为贾人衒卖之事。孟母又曰："此非吾所居处子也。"复徙舍学宫之傍，其嬉游乃设俎豆，揖让进退。孟母曰："真所以居吾子矣！"遂居之。及孟子长，学六艺，卒成大儒之名。

孟子小时候，住家靠近墓地。所以，他和临近的孩子们都学会了祭祀。大家聚在一起，你跪我拜，你哭我哀，办理丧事这一套，闹得真火热。孟子的母亲看着孩子玩了几次以后，便说："这地方不能让孩子待下去。"于是就迁移到市集上去。

在市集上，孟子又和临近的孩子学会了做买卖，大家聚在一起，你吹牛，我夸口，把做买卖的那股招徕主顾的劲儿，表演得惟妙惟肖。孟母见了，皱皱眉头说："不行，这地方也不能让我的孩子待下去。"于是又准备搬家。

第三次，他们搬到学校附近。现在不同了，孟子学会的是学校的中的一切，他和孩子们做游戏，往往是怎样守秩序、讲礼貌。这时，孟母才放心下来说："对啦！这才是我的孩子最适宜居住的地方。"

后人用"孟母三迁"描写慈母希望子女成才，选择良好的学习环境，教育有方，或者表示迁居不定。

妙处难学

典出《广笑府》：或人命其子曰："尔一言一动，皆当效师所为。"领命侍食于师，师食亦食，师饮亦饮，师侧身亦侧身。师暗视不觉失笑，搁箸而喷嚏，生不能强为，乃揖而谢曰："吾师此告示妙处，其实难学也。"

有一个人对他儿子说："你应该效仿老师的一言一行。"儿子听从了父亲的教诲，恰巧赶上吃饭的时间，老师吃饭他也吃饭，老师饮茶他也饮茶，老师侧身他也侧身。老师看到学生的举动不觉笑了起来，故意放下筷子，打了一个喷嚏，这下子他可难办了，于是他揖手说："老师的举止是玄妙的，我实在是难学啊。"

后人用这则寓言说明学习是一种创造性的劳动，老师对学生要"传道授业解惑"，学生要学老师处事为人的道德品质和各种专业知识。如果离开这根本的学习内容，只从形式上注意学习老师的"一言一动"，那是舍本求末，学习不好的。所以遇到"喷嚏"，便作难了。

名落孙山

典出《过庭录》：吴人孙山，滑稽才子也。赴举他郡，乡人托以子偕往；乡人子失意，山缀榜末，先归。乡人问其子得失，山曰："解名尽处是孙山，贤郎更在孙山外。"

这句成语，出于宋朝时候一个幽默才子的诗句。当时有一个叫孙山的人，他人很聪明，又喜欢说笑话，当时的人替他起个绰号叫做"滑稽才子"。有一次，他和一个同乡（吴人）的儿子一同去投考举人，当发榜的时候，只见孙山的名字列在榜上的最后，即是考中了末名，而和他一同去的那个同乡的儿子，却没有考上。

孙山先回到家里，同乡便去问他的儿子考中了没有。孙山不直接回答，却顺嘴说了两句诗道："解名尽处是孙山，贤郎更在孙山外。"

封建时代的科举制度规定：考中举人第一名叫解元。他诗里的"解名"两字，乃是泛泛指考取单上人的名字。因此，两句诗的全部意思是：举人榜上最后的一个名字是孙山，同乡儿子的名字还在孙山的后面哩！自然是没有考中了。

从此以后，人们就根据这个故事，把有人投考学校或参加其他考试，而没有被录取，以致榜上无名，叫做"名落孙山"。

谬种流传

典出《宋史·选举志二》：所取之士既不精，数年之后，复俾之主文，是非颠倒逾（愈）甚，时谓之缪（通"谬"）种流传。

在我国封建社会中，封建统治阶级推行一种叫做科举制度的教育考试制度。宋朝以后，科举均须用儒家经义，参加考试的人必须按一定的格式答题，不得任意抒发自己的见解，因此，这种制度造成人们读死书、死读书、思想僵化、弄虚作假，弊病极多。《宋史》在记述当时这种制度的腐败的情况时说："考试录取的人本来学业就不精，几年之后，又让我们去主持考试，是非更加颠倒，当时把这种现象称作'谬种流传'"。

"谬种流传"这句成语，原指荒谬的种子一代一代传下去，现多用以比喻错误的言论、见解、学风等传播扩散。

磨穿铁砚

典出《新五代史·桑维翰传》：初举进士，主司恶其姓，以"桑""丧"同音。人有劝其不必举进士，可以从它求仕者，维翰慨然，乃著《日出扶桑赋》以见志。又铸铁砚以示人曰："砚弊则改而它仕。"卒以进士及第。

五代时，有一个人叫桑维翰，字国侨，身材矮小，而脸很长，既丑又怪。但是他很有志向，想进入朝廷担任要职，所以苦读勤学。

桑维翰第一次考进士时，主考官就讨厌他的姓，因为"桑"与"丧"同音，他认为不吉利。桑维翰为此而没有考中。有人便劝他不必再考进士了，可以想其他办法去做官。桑维翰十分感慨，一边写《日出扶桑赋》表示自己的志向，一边用铁铸造一只砚台给人看，并说："等我把这个砚台磨穿后，再改变主意。"最后他终于考中了进士。

"磨穿铁砚"就是从这个故事来的，人们用它形容勤奋学习，也用它形容立志坚定不移。

目不窥园

典出《汉书·董仲舒传》：董仲舒，广川人也。少治《春秋》，孝景时为博士。下帷讲诵，弟子传以久次相授业，或莫见其面。盖三年不窥园，其精如此。

西汉时，广川出了个著名的学者，名叫董仲舒。他少年时学习非常刻苦，早上起来读书，一直读到深夜才睡觉。据说，董仲舒的书房紧靠着姹紫嫣红的花园，他专心读书时，曾有3年没跨进过花园。甚至有人说，3年的时间，他连花园都没有看一眼（"盖三年不窥园，其精如此"）。

长大后，他被征为博士，公开聚众讲学，弟子遍布四方。董仲舒讲学时，用帷布挡住自己的容貌，只把声音传达出来。因此，虽然他有许多弟子，但大多数都不认识他。

后人用"目不窥园"形容学习专心刻苦。

跛鳖千里

典出《荀子·修身》：故跬步而不休，跛鳖千里；累土而不辍，丘山崇成。厌其源，开其渎，江河可竭；一进一退，一左一右，六骥不致。彼人之才性之相县也，岂若跛鳖之与六骥足哉？然而跛鳖致之，六骥不致，是无他故焉，或为之或不为尔！

荀子议论说：半步半步地不停地走，跛鳖也可以走千里；一点一点地不停堆土，也可以堆积成一座高高的山丘；堵住江河的源头，开通渠道以分其流，浩浩的江河也会枯竭；马儿拴在一起，如果有的前进，有的后退，有的向左，有的往右，即使是6匹良马也跑不远。人的才能素质有一定的差别，但这个差别再大，也不会比跛鳖与那6匹良马之间的差别大。然而，跛鳖能做的，6匹良马却做不到。这没有别的什么原因，就在于你去干，还是不去干！

"跛鳖千里"就是从这里来的。它的意思是，跛脚的鳖不停地走，也能走千里。人们常用"跛鳖千里"来比喻只要坚持不懈地努力，即使条件很差，也能取得成功，获得成就。

青出于蓝

典出《荀子·劝学》：青，取之于蓝而青于蓝，冰，水为之，而寒于水。

战国时，赵国有一位著名的思想家叫荀况，又称荀卿或孙卿。他著有《荀子》32篇。在这本书的《劝学》篇中荀况写道：靛青是从蓼蓝中提炼出来的，但其颜色比蓼蓝深；冰是由水凝成的，但比水要冷。这几句话是劝人好学上进的。比喻学生如果用功研究学问，经过若干时候的努力，会比教导他的老师更有成就。

后人常用这个典故比喻学生胜过老师或后者胜过前者。《史记·三王世家》中有"青采出于蓝，而质青于蓝"的说法。《北史·李谧传》中也曾引用过这句成语，因为李谧小时曾拜孔璠做老师，后来孔璠反要请李谧收他做学生，当时人们称赞李谧是"青出于蓝"。

求仁得仁

典出《史记·伯夷列传》：伯夷、叔齐，孤竹君之二子也。父欲立叔齐，及父卒，叔齐让伯夷。伯夷曰："父命也。"遂逃去。叔齐亦不肯立而逃之。国人立其中子。于是伯夷、叔齐闻西伯昌善养老，盍往归焉。及至，西伯卒，武王载木主，号为文王，东伐纣。伯夷、叔齐叩马而谏曰："父死不葬，爰及干戈，可谓孝乎？以臣弑君，可谓仁乎？"左右欲兵之。太公曰："此义人也。"扶而去之。武王已平殷乱，天下宗周，而伯夷、叔齐耻之，义不食周粟，隐于首阳山，采薇而食之。及饿且死，作歌，其辞曰："登彼西山兮，采其薇矣。以暴易暴兮，不知其非矣。神农、虞、夏忽焉没兮，我安适归矣？于嗟徂兮，命之衰矣！"遂饿死于首阳山。

《论语·述而》："冉有曰："夫子为卫君乎？"子贡曰："诺，吾将问之。"

入，曰："伯夷、叔齐何人也？"曰："古之贤人也。"曰："怨乎？"曰："求仁而得仁，又何怨？"

出，曰："夫子不为也。"

伯夷、叔齐，是商朝时孤竹（国名）君的两个儿子。孤竹君未死的时候，想传位给小儿子叔齐做国君。后来孤竹君死了以后，叔齐不肯即位，想让给哥哥伯夷就位。伯夷遵守着父亲的遗命，也不肯接受，暗暗地溜走了。叔齐见哥哥避走，也马上逃避到外面去。孤竹国的人，只好拥立孤竹君第三个儿子当国君。伯夷、叔齐听说西伯侯姬昌（文王）很敬爱老人，于是不约而同地去投奔他，到了那里，西伯侯文王却已死了。他的儿子武王，拿着他父亲的神主，说是奉了文王的遗命去讨伐商纣。伯夷、叔齐兄弟见武王父亲死了，还没有殡葬，就用兵器去打仗，不是做儿子应有的道理，并且他攻伐的人又是帝王，认为这样做不是忠臣。于是跪在马前，扣住武王的马，劝止武王。武王手下人不听他们的话，想杀死他们。姜太公见两人很有义气，就把他们释放了。到武王灭了商朝，建立了周朝，天下百姓也都归附，但伯夷、叔齐兄弟却认为武王的行为不正，不但不肯事奉周朝，且立志不吃周朝的东西，逃到首阳山去隐居，摘些蕨薇充饥，当时有人讽刺他们说："既然不吃周朝的东西，所吃的蕨薇还不是周朝领土上所产的东西吗？"于是两人竟饿死在首阳山。

后来孔子跟他的学生有一段对话。孔子的学生冉有说："老师赞成卫君吗？"子贡说："好，我去问问老师。"

子贡走进孔子的屋子说："伯夷、叔齐是什么样的人？"孔子说："是古代的仙人。"子贡又问道："他们两人互相推让王位，都不肯做孤竹国的国君，结果背井离乡，他们是不是有些怨悔呢？"孔子说："伯夷、叔齐这两个人，要求仁，便得到仁了，那还有什么怨恨呢？"

后人就引用孔子的话，把"求仁得仁"4字用在志节上，来称赞为仁义而死的人达到自己的愿望。

孺子可教

典出《史记·留侯世家》：孺子可教矣。

张良谋刺秦始皇失败后，便隐居下邳。有一次，张良在下邳的一座桥上散步，遇到一位老人，名叫黄石公。老人走到张良面前故意把鞋子掉到桥下去，然后回头对张良说："小伙子，到桥下替我把鞋子拾起来。"张良毫不犹豫地照办了。当张良把鞋子拾起来后，老人又让给他穿上，张良乐意地给他穿上了。于是老人笑着对张良说："孺子可教矣。"意思是说：你这个小伙子不错哇，有培养前途。临走时，老人叫张良 5 天后的黎明来桥上等他。

孺子可教

5 天后，张良一早到桥头上时，老人早已在桥上了。老人责备张良说："与长者相约，为什么后到呢？"然后老人叫他 5 天后再来。5 天后，鸡刚叫张良就到桥上去，可是老人又先到了。老人又责备张良来迟了，叫他 5 天之后再来。又过了 5 天，张良不到半夜就到桥上去了，他等了好一会儿老人才来。这一次，老人可高兴了，于是就把一部《太公兵法》赠给张良，并教他认真学习。

张良得到兵书，如获至宝，回到家中不分昼夜地认真研读，苦心琢磨，后来终于成了刘邦得力的谋臣。宋朝苏轼在《留侯论》中，称颂张良是"盖世之才"。

后人用"孺子可教"赞扬青年人有培养前途。

杀彘教子

典出《韩非子·外储说左上》：曾子之妻之市，其子随之而泣。其母曰："女还，顾反为女杀彘。"妻适市来，曾子欲捕彘杀之。妻止之曰："特与婴儿戏耳。"曾子曰："婴儿非与戏也。婴儿非有知也，待父母而学者也，听父母之教。今子欺之，是教子欺也。母欺子，子而不信其母，非以成教也。"遂烹彘也。

曾参是孔子许多弟子中最有名的几个之一，传播孔子学说，述《大学》，作《孝经》，在当时也是一个了不起的人才。由于他本身受过严格的教育，因此对下一代也非常重视。有一次，曾参的妻子有事要去市场，被他的孩子知道了，也要跟他母亲一起去。曾参的妻子不愿带儿子去，便骗她的儿子说："你乖乖地在家吧！等我回来后将家里的那头猪杀给你吃。"孩子听了这话，便乖乖地留在家里。过了一会儿，她从市场回来了，一推开门，看见她丈夫和儿子正在捉捕那头还没有养肥的猪，这可急坏了她，她把孩子推开一边，对她丈夫说："我刚才的话不过是暂时骗骗孩子的，你怎么当起真来了！"曾参却认真地说："跟孩子开玩笑要看情况，不能随便胡说。孩子以为大人的话都是真的，因此他才听父母的话，看了父母的举动，先是模仿，再运用到自己的现实生活中去，现在你欺骗了他，实际上是教孩子下次学会欺骗你，这种教育是好的吗？"他的妻子听后哑口无言。终于让曾参把小猪杀了。

后来的人便从这个故事引申成"杀彘教子"一句成语，来比喻父母对子女一定要言出必行，以建立父母的信用。

水滴石穿

典出宋·罗大经《鹤林玉露》卷十《一钱斩吏》：张乖崖为崇阳令，一吏自库中出，视其鬓傍巾下有一钱，诘之，乃库中钱也，乖崖命杖之。吏勃然曰："一钱何足道，乃杖我耶？尔能杖我，不能斩我也。"乖崖授笔判曰："一日一钱，千日一千。绳锯木断，水滴石穿。"自仗剑下阶斩其首，申台府自劾。崇阳人至今传之。

从前，有一个人叫张乖崖，任崇阳县令。有一次，一个官吏从府库中出来时，鬓旁头巾里藏有一枚钱。张乖崖发现后，就加以盘问，那个官吏承认是从府库里偷取来的。张乖崖下令杖打，那个官吏不服气，勃然大怒说："一枚钱有什么了不起，却要杖打我？由你杖打好了，反正你不敢杀我。"张乖崖拿起笔来，宣判说："一天一枚钱，千天就是千枚钱。时间长了，绳子能锯断木头，水能滴穿石头。"他亲自拿起宝剑，走下堂来，杀死那个官吏。事后申报台府，要求上级处罚自己。

"水滴石穿"就是从这个故事来的。它的意思是，滴水可使石穿。人们用它比喻力量虽然细微，但积蓄长久之功，可以成就大事。

孙敬悬梁

典出《太平御览》：孙敬，字文宝，好学，晨夕不休。及至眠睡疲寝，以绳系头悬屋梁。后为当世大儒。

孙敬，字文宝，十分热爱学习，每天从早到晚从不停止。等到困乏得要躺下睡觉的时候，他便用绳把头发系在房梁上，让头悬起来（读书不止），后来，孙敬终于成了当时有名的大学者。

后人用"孙敬悬梁"这个典故比喻人的成材，不决定于天才或环境、条件，主要决定后天的勤奋、刻苦和坚持不懈。

孙康映雪

典出《初学记》卷二引《宋齐语》：孙康家贫，常映雪读书。清淡，交游不杂。

晋代人孙康，家境贫寒。他勤奋好学，可是没有油点灯，常常在晚上映着雪光读书。孙康清淡寡欲，不随便与人交往。

"孙康映雪"就是从这个故事来的。人们把它作为勤学苦读的典型。

孔席墨突

典出《淮南子·修务训》：孔子无黔突，墨子无暖席，是以圣人不高山，不广河，蒙耻辱以千世主，非以贪禄慕位，欲事起天下之利，而除万民之害。

孔子为了宣传自己的学说，到处奔走游说，连座席也没有暖热，就又走了。墨子为了推行自己的政治主张和治国之道，辛辛苦苦地四处奔波，周游列国，往往到了一个地方，烟囱还没有烧黑，就又动身走了。因此圣人不以山为高，不以河为宽，承受耻辱求谒当时的国君，不是贪图俸禄，也不是羡慕爵位，而是想担起天下重任，为万民兴利除害。

"孔席墨突"就是从这里来的。孔席：孔子的座席。墨突：墨子的烟囱。人们用"孔席墨突"形容忙于世事，到处奔走。

陶母教子

典出《世说新语·贤媛》：陶公少时，作鱼梁吏，尝以坩鲊饷母。母封鲊付使，反书责侃曰："汝为吏，以官物见饷，非惟不益，乃增吾忧也。"

陶侃年轻的时候，是掌管渔业的官。他曾经把一坛腌鱼送给他母亲吃。

母亲封上装鱼的坛子，又交还送来的人，并且回信责备陶侃说：

"你是国家的官吏，竟把公家的东西送给我吃，这不但对我没有好处，还反使我对你更加忧虑。"

后人用"陶母教子"这个典故比喻执法者应该严于律己，秉公执法。

无怨无德

典出《左传》：臣不任受怨，君亦不任受听，无怨无德，不知所报。

春秋时期，鲁宣公十二年，晋、楚两国在郑（今河南郑县东）大战，晋国大败，晋大夫知莹被俘。知莹的父亲知庄子亲自领兵去援救，将楚王的儿子穀臣及大夫连尹襄老射死，晋国要求用楚公子及大夫的尸首交换晋国的知莹，楚国答应了这个要求。楚王在送行时问知莹怎样报答他，知莹说："我从来没有对你有过怨恨，你也没有对我有别的恩惠，我既不埋怨你，你对我也无恩，无恩无怨，不知怎样报答你了。以大王的威名，使我回到晋国，让晋君亲自判我死刑，虽然死了也是不朽的；如果蒙大王之恩德免于死，晋君如再命我担当军旅之事时，修治晋国边疆，那时，虽然和楚君相遇，也不敢回避。我只有尽力卫国，没有二心，这就是我所报答大王的了。"

后来人们便将知莹的这些话引申为"无怨无德"一句成语，来说明既没有仇恨，也没恩德，大家平平而过，一般普通朋友的关系。

吾道东矣

典出《后汉书·郑玄传》：融门徒四百余人，升堂进者五十余生。融素骄贵，玄在门下，三年不得见，乃使高业弟子传授于玄。玄日夜寻诵，未尝怠倦。会融集诸生考论图纬，闻玄善算，乃召见于楼上，玄因从质诸疑义，问毕辞归。融喟然谓门人曰："郑生今去，吾道东矣。"

东汉时期，有一个人叫郑玄（127—200年），字康成，北海高密人。他曾入太学学习《京氏易》《公羊春秋》《三统历》和《九章算术》，博学多才。又从张恭祖学习《礼记》《左传》《古文尚书》等。

马融的门下有生徒400余人，其中学有所成的达到50多人。马融素来骄贵自矜，郑玄投在马融门下3年还没有见过他的面。马融叫高足弟子向郑玄传授学业。郑玄日夜钻研、诵读，不敢有丝毫的疏忽和倦怠。当时，社会上盛行一种附会经义以占验术数为主要内容的书，如《河图》《孝经》等。一次，马融召集门生考证和研究这些书，他听说郑玄对算学很有研究，就在楼上召见郑玄。郑玄一一回答了一些疑难问题，谈完以后，郑玄辞别马融，东归家乡。马融感慨地对门生说："郑生今日去了，我的学问也传到东方了。"

"吾道东矣"就是从这个故事来的。吾道：称自己在学术上的见解主张。矣：古汉语助词。"吾道东矣"是说自己的学术见解东传。一般用以指师生学业相传。

五不足恃

典出《魏文侯书》：魏文侯问孤卷子曰："父贤足恃乎？"对曰："不足。""子贤足恃乎？"对曰："不足。""兄贤足恃乎？"对曰："不足。弟贤足恃乎？"对曰："不足。""臣贤足恃乎？"对曰："不足。"文侯勃然作色而怒曰："寡人问此五者于子，一一以为不足，何也？"对曰："父贤不过尧，而丹朱放；子贤不过舜，而瞽瞍顽；兄贤不过舜，而象傲；弟贤不过周公，而管叔诛；臣贤不过汤、武，而桀、纣伐。望人者不至，恃人者不久。君欲治，从身始。人何可恃乎？"

魏文侯问孤卷子说："父亲有德有才，可以依赖吗？"孤卷子说："不能。"又问："儿子有德有才可以依赖吗？"回答说："不能。"又问："哥哥有德有才可以依赖吗？"回答说："不能。"又问："弟弟有德有才可以依赖吗？"回答说："不能。"又问："臣下有德有才可以依赖吗？"还是回答说："不能。"魏文侯听了，顿时变了脸色，愤怒地质问说："我向您问了这么5种情况，每一个都认为不能，这是为什么？回答说父亲贤德不会超过尧，而他的儿子丹珠被放逐。儿子贤德不会超过舜，而他父亲瞽瞍却不务正业，兄长贤德不会超过舜，而他弟弟象却不恭顺；弟弟贤德不会超过周公，而管叔被杀，臣贤德不会超过商汤、周武王，而他们的君王夏桀、商纣被征伐。望人都不能达到，依赖人者不久。君王要想天下大治，要从自身做起。别人有人可以依赖？"

象罔寻珠

典出《庄子·天地》：黄帝游乎赤水之北，登乎昆仑之丘而南望，还归，遗其玄珠。使知索之而不得，使离朱索之而不得，使吃诟索之而不得也。乃使象罔，象罔得之。黄帝曰："异哉！象罔乃可以得之乎？"

这个寓言故事，虚拟了4个人物：一个是知，极有智慧；一个是离朱，善于辨别物体的形影；一个是吃诟，善于辨别物体的声音；一个是象罔，他若有形，若无形，无智慧，无思虑，不辨形体，不辨声音，于事无心。

有一次，黄帝游于赤水之北，登上昆仑山向南瞭望，回来的时候，把玄珠遗失了（故事中用"玄珠"象征"道"）。黄帝派知去寻找，知竭尽思虑，没有找到；黄帝派离朱去寻找，离朱努力辨别形影，没有找到；黄帝派吃诟去寻找，吃诟努力聆听音响，也没有找到。于是，黄帝派象罔去寻找，象罔既不思虑，也不辨别形影、声音，完全无所用心，而居然找到了。黄帝说："真奇怪，象罔无心无形无智无虑，就可以得道吗？"这个故事的意思说，只有无心忘形、绝智去虑，才能取得真道。

"象罔寻珠"就是从这个故事来的。人们用它比喻探求或取得真道。

循循善诱

典出《论语·子罕》：夫子循循然善诱人，博我以文，约我以礼。欲罢不能，既竭无才，如有所立卓尔。

孔子的学生对孔子是非常崇敬的。有一次，颜渊称赞孔子的教学方法说："夫子循循然善诱人，博我以文，约我以礼。欲罢不能，既竭无才，如有所立卓尔。"意思是：老师善于有步骤地来诱导我们，用各种文献来丰富我们的知识，又用一定的规矩制度来约束我们，使我们想停止学习都不可能。'我用尽了自己的才力，才似乎体会到能够独立工作了。坐在颜渊旁边的一个学生听了也附和着说："我也有同样的感觉？"

后人用"循循善诱"表示有步骤地诱导别人学习。也引"欲罢不能"来表示想停止又不可能。

延师教子

典出《一笑》：有延师教其子者。师至，主人曰："家贫，多失礼于先生，奈何！"师曰："何言之谦，仆固无不可者。"主人曰："蔬食，可乎？"曰："可。"主人曰："家无臧获，凡洒扫庭除，启闭门户，劳先生为之，可乎？"曰："可"。曰："或家人妇子欲买零星什物，屈先生一行，可乎？"曰："可。"主人曰："如此，幸甚！"师曰："仆亦有一言，愿主人勿讶焉。"主人问："何言？"师曰："自愧幼时不学耳！"主人曰："何言之谦！"师曰："不敢欺，仆实不识一字。"

有一个聘请老师教他儿子学习的人。

老师请到了，主人对他说："我家里穷，对先生失礼的地方很多，可怎么好！"

老师说："您说话太客气了，我原本没有什么不可以的。"

主人说："粗菜做饭，可以吗？"

老师回答说："可以。"

主人说："家中没有奴仆，举凡打扫庭院卫生，开闭门户，都请先生代劳，可以吗？"

老师回答说："可以。"

主人说："碰到家里人妇女儿童想买些零星杂物，委屈先生走一趟，可以吗？"

老师回答说："可以。"

主人高兴地说："如是这样，实在太好了！"

老师说："我也有一句话，希望主人不要惊讶。"

主人问："什么话？"

老师回答说："我很惭愧自己从小就不学习罢了！"

主人说："你说话太客气了！"

老师说："不敢欺骗您，我实在连一个大字也不认得。"

后人用这则寓言说明延师教子，原是一件十分严肃的事情，但这家主人不仅不尊敬老师，反而想把老师当做奴仆看待，处处要剥削他的劳动力。难怪老师最后声明说："仆实不识一字"——这是一句极其巧妙、极富有智慧的推辞性语言。对待那些厚颜无耻、贪婪自私、表面是人、背后是鬼的骗子手，不管他们如何文质彬彬、礼貌频频，只能用决绝的语言对付他们。

载酒问字

典出《汉书·扬雄传》：雄以病免，复召为大夫。家素贫，嗜酒，人希至其门。时有好事者载酒肴从游学，而巨鹿侯芭常从雄居，受其《太玄》《法言》焉。刘歆亦尝观之，谓雄曰："空自苦！今学者有禄利，然尚不能明《易》，又如《玄》何？吾恐。后人用覆酱瓿也。"雄笑而不应。年七十一，天凤五年卒，侯芭为起坟，丧之三年。

汉代，有一个人叫扬雄（公元前53—公元18年），字子云，蜀郡成都（今四川成都）人，他是著名的学者和文学家。扬雄在青年时期就勤奋学习，博览群书，知识丰富。他口吃不善言谈，长于思考问题，清静寡欲，不追求富贵，不贪图虚名。一生喜爱文学，尤其偏爱辞赋。他家境贫寒，但尽力写作，著述很多。晚年在新莽朝当了一个大中大夫。

扬雄曾经因病辞了官，后来又被任为大夫。他的家境贫穷，又喜好喝酒，人们很少登门拜访他。有爱好学问的人带着酒菜向他讨教，巨鹿的侯芭经常和扬雄住在一起，学习他著的《太玄经》《法言》等哲学著作。

《法言》是模仿《论语》写的，《太玄经》是模仿《易经》写的，比较难懂。大学问家刘歆也看过这两部书，看后对扬雄说："何必白白辛苦一场呢！如今那些享有高官厚禄的学者，尚且弄不懂《易经》，何况你的《太玄经》是模仿《易经》写的。能有什么价值呢？只恐怕后人要用它盖酱缸了。"对刘歆这番冷嘲热讽的话，扬雄笑而不答。天凤五年（公元18年），扬雄病逝，享年71岁。巨鹿人侯芭为他修了坟，并且守丧3年。

"载酒问字"就是从这个故事来的。人们用它比喻勤学好问。或用来比喻从师受业。

择善而从

典出《论语·述而》：三人行，必有我师焉，择其善者而从之，其不善者而改之。又见《左传》昭公二十八年：择善而从之曰比。

春秋时，晋国的韩宣子于公元前514年秋天死去，魏献子执政。他把被灭掉的祁氏的领地分为7个县，羊舌氏的领地分为3个县。曾经给王室出过力的贾辛等人，非嫡长子中不失职、能够保守家业的魏戊等人以及其他一些有才能者共10人，分别被任命为这些县的大夫。

有一次，魏献子问一位大夫："我把一个县给了魏戊，别人会以为我偏袒吗？"大夫回答说："哪里会呢，戊的为人，远不忘国君，近不逼同事，处在有利的地位上想到道义，处在贫困之中想到保持操守，有兢兢业业之心而没有过度的行为，即使给了他一个县，不也是可以的吗？以前武王战胜商朝，广有天下，他的兄弟领有封国的15人，姬姓（武王就是姬姓）领有封国的40人。这些都是举拔的亲属。举拔没有别的，就是择善而从。因此，亲密、疏远都是一样的。"

后人用"择善而从"指发现别人的优点，学习这些优点。

中举前后

历史上有不少关于科举考试的故事。有一本叫《抚言》的书记载：唐代王播年轻的时候父亲就死了，他住在扬州木兰院跟和尚一块吃斋，每天两顿，敲钟后开饭。日子久了，和尚开始讨厌王播，于是每天等他们吃完斋饭后才敲钟，这样，王播就吃不到斋饭，只好饿着肚子睡觉。

从此，王播开始发愤读书，后来科举得意，做了官。20年后，王播被派到扬州做太守。有一天，他重游木兰院，看到了他过去写的两句诗："上堂已了各西东，愁愧闺梨饭后钟"，因为他现在功成名就，这两句诗被和尚用碧纱笼高高地挂在中堂了。王播很有感触，就在那两句诗前加了几句，改成了下面一首诗："二十年前此院游，木兰花发院新修。而今再到径行处，树老无花僧白头。上堂已了各西东，愁愧闺梨饭后钟。二十年来尘扑面，而今始得碧纱笼。"

传说唐代荆南节度使段文昌也有过相同的遭遇，他年轻的时候住在湖北江陵，家里很穷，每次听见和尚寺打钟就去讨饭。和尚非常讨厌他，于是饭吃罢了才打钟。段文昌后来考试及第，做了大官，和尚马上换了一副面孔，欢迎他去吃素菜。

古代的科举考试，是读书人进身的阶梯，许多人因为中了科举，从此身价百倍，高人一等，众人敬之。

据说宋代有一个名叫侯蒙的人，31岁才考取乡贡，乡里人看他这么大年纪才考取一个乡贡，相貌又不扬，对他很不敬重，甚至有人恶作剧地把他的怪相绘在纸鸢上放到空中。侯蒙受到如此的污辱，从此更加发愤读书，后来得中进士，50岁做到中书，乡里人从此改变了对他的看法，十分尊敬他，过去那些开他玩笑的人都来向他道歉。在古代，许多穷苦人10年寒窗苦读后终于有一天显达了，命运也从此改变了。真是"万般皆下品，唯有读书高"。

伯乐相马

典出《列子·说符》：秦穆公谓伯乐曰："子之年长矣，子姓有可使求马者乎？"伯乐对曰："……臣之子皆下才也，可告以良马，不可告以天下马也。臣有所与共担缠薪菜者，有九方皋，此其于马，非臣之下也，请见之。"穆公见之，使行求马，三月而反，报曰："已得之矣，在沙丘。"穆公曰："何马也？"对曰："牝而黄。"使人往取之，牡而骊。穆公不悦，召伯乐而谓之曰："败矣，子所使求马者，色物牝牡尚弗能知，又何马之能知也？"伯乐喟然太息曰："一至于此乎！是乃其所以千万臣而无数者也。若皋之所观，天机也。得其精而忘其粗，得其内而忘其外；见其所见，不见其所不见；视其所视，而遗其所不视。若皋之相者，乃有贵乎马者也。"马至，果天下之马也。

伯乐本来的名字叫孙阳，是春秋秦穆公时人。他很懂得识别马的好坏。伯乐本来是天上一个星宿的名称，传说这星专管天马，因为孙阳很会相马，所以人们都管他叫伯乐。

有一天，孙伯乐路过虞板，看见一匹瘦马拉着盐车，感到十分痛心，只觉得一阵悲哀涌上心头，禁不住号啕大哭，泪如雨下。这马仿佛知道伯乐同情它，也直响着鼻子，喷出白沫，突然又振窜长嘶起来，声动天地。

伯乐相马

伯乐有一个朋友九方皋，也很会相马。伯乐曾把他介绍给秦穆公，替穆公求马。3个月后果然找到一匹骏马。他说这是黄色的雌马，穆公取来一看，却是一匹栗色的雄马，不禁大失所望，对伯乐说，九方皋连马的性别毛色都不能分辨，怎能看出马的好坏呢？伯乐却不以为然，他认为九方皋着重在看马的内在精神，对马的外形却不大注意。穆公再取马细看，果然是天下最好的马。

后来人们常把具有识别人才的眼力的人比拟伯乐，而把有用的人才比拟作千里马。所谓"世有伯乐，然后有千里马；千里马常有，伯乐不常有"，就是说，人世间有不少有用的人才，可惜没有人赏识他们，使用他们。都给埋没掉了。

不可多得

典出《后汉书·文苑列传下》：若衡等辈，不可多得。

东汉末年，平原郡般县（今山东临邑东北）有个名士叫祢衡，字正平。他博学善辩，才华出众，深为士大夫所器重。当时的太中大夫孔融很赏识祢衡的才能，便把他推荐给了汉献帝。在荐表中，孔融写道：（祢衡）对事物，只要看一眼，便能诵颂于口，只要听说一次，便能牢记心怀。像祢衡这样的人，真是不可多得的奇才。

汉献帝是个有名无实的傀儡皇帝。接到孔融的奏表以后，不敢做主，便把荐书交给了曹操。曹操召见了祢衡。谁知祢衡对曹操很不恭敬，惹怒了曹操。为了不担杀害贤良的罪名，曹操把祢衡派到刘表处，想借刘表之手杀害他。起初，刘表对祢衡很好，可是后来，祢衡又侮慢刘表，刘表便把他派到部将黄祖那里，想借黄祖之手杀害祢衡！谁知黄祖和他的儿子黄射意对祢衡的才华十分钦佩，他把待为上宾。

有一次，黄射大宴宾客，有人送了一只十分美丽的鹦鹉，黄射十分高兴，请祢衡作篇鹦鹉赋，以助酒兴。祢衡不加推辞，操笔立成，顷刻之间，写出了在中国文学史上有名的《鹦鹉赋》，显示了他不可多得的才华，众宾客一齐拍手叫绝。

可是，祢衡恃才傲物，十分狂妄。有一天，他又对黄祖出言不逊，惹恼了黄祖。一怒之下，黄祖便命人把祢衡杀了。这年，祢衡才 25 岁。

后人用"不可多得"形容稀少、难得。多用于赞扬。

出人头地

典出《宋史·苏轼传》：后以书见修，修语梅圣俞曰："吾当避此人出一头地。"闻者始哗不厌，久乃信服。

北宋诗人苏轼（1037—1101 年），字子瞻，号东坡，眉州眉山（今四川眉山）人，父亲苏洵和弟弟苏辙都是著名的政论家，又都属于"唐宋古文八大家"之列。所以，苏轼从小就受到良好的教育。苏轼 10 岁时，父亲到四方讲学；母亲程氏亲自教授苏轼读书，向他讲述古今成败的道理。苏轼听后，就能讲出其中的主要道理。苏轼长大后，博通经史，每天写出数千字的文章。宋仁宗嘉祐二年（1057 年），21 岁的苏轼考取进士。当时，科举考试中作弊之风甚烈，主考官欧阳修有志改革弊端，审卷十分严格。当他看到苏轼的论文《刑赏忠厚论》时，十分惊喜赞赏，想把苏轼列为榜首，但是又怀疑此文是苏轼请别人代作的，所以只把他列为第二名。

后来，苏轼把自己的文章拿给欧阳修看，欧阳修看后，认为苏轼才华盖世，就对梅圣俞（即梅尧臣，北宋诗人）说："我应当让此人（指苏轼）高出自己一头。"听到这种话的人，不断地议论纷纷，不太服气。可是时间一长，他们都深表信服了。

"出一头地"就是从这个故事来的，它的意思是，高人一等。

楚材晋用

典出《左传》襄公二十六年：声子通使于晋。还如楚，令尹子木与之语，问晋故焉。且曰："晋大夫与楚孰贤？"对曰："晋卿不如楚，其大夫则贤，皆卿材也。如杞、梓、皮革，自楚往也。虽楚有才，晋实用之。"

春秋时期，公子归生（即声子）出访晋国。回到楚国之后，令尹子木和归生谈话，向他了解晋国的情况。令尹子木问道："晋国的大夫和楚国的大夫相比，哪国的大夫更贤能呢？"归生回答说："虽然晋卿不如楚卿，但是晋国的大夫却很贤能，几乎个个都有做公卿的才能。好像杞木、梓木、皮革都是从楚国运去的一样，楚国的一些人才，都流到晋国去了。这就是说，虽然楚国有了人才，但是晋国却实实在在地使用他们，发挥他们的才干。"

接着，归生谈了许多实际例子。如，楚庄王元年发生子仪之乱的时候，析公逃亡到晋国，晋国把他安置在晋侯战车的后面，让他做主要谋士，在绕角战役中，晋军失利，已经准备逃跑了。析公建议说："楚军轻佻，容易被动摇。如果齐擂战鼓，在夜里全军进攻，楚军一定逃跑。"晋国人采纳了他的意见，果然大获全胜。

又如，雍子的父亲和哥哥诬陷雍子，国君和大夫们不给他主持公道，雍子只好逃奔到晋国。晋国人给他封邑，让他做主要谋士。彭城战役中，晋军与楚军在靡角之谷相遇，晋军就要逃跑了，雍子向军队发布命令说："年老的和年幼的都回去，孤儿和有病的都回去，兄弟二人同服兵役的，回去一个，精选步兵，检阅兵车，喂饱战马，烧掉帐篷，明天决战。"结果，晋军把楚军打败了。又如，灵子逃奔到晋国，晋国人给他封邑，让他做主要谋士。灵子抵御了北狄，让吴国和晋国通好，教吴国背叛楚国，教吴人乘战车、射箭驾车奔驰作战，等等，给楚国留下了不少祸患。

又如，若敖叛乱中，伯贲的儿子贲皇逃奔到晋国。晋国人给他封邑，让他做主要谋士。在鄢陵战役中，楚军气势汹汹地逼近晋军，晋军就要逃跑了。贲皇建议说，楚军的精锐部队，是中军王族，应集中力量攻击他们。晋军照此行事，结果大获全胜。

谈完这些以往的事例之后，公子归生又谈到眼下伍举被迫逃亡到郑国的事。令尹子木害怕了，连忙向楚王报告，增加伍举的官禄爵位，把他接回国内。

"楚材晋用"就是从这个故事来的。它的本来意思是说，楚国的人才为晋国所用。后来人们用它指使用外国人才，或指人才外流。

大瓠之用

典出《庄子·逍遥游》：夫子固拙于用大矣。……今子有五石之瓠，何不虑以为大樽而浮乎江湖，而忧其瓠落而无所容，则夫子犹有蓬之心也夫！

战国时，有一次惠子对庄子说："我种了一种瓠（葫芦），容量达到5石。由于大而无用，我就把它打破了。"

庄子听后，嘲笑惠子说："怎么能说大而无用呢？只是你不善于使用大的东西罢了。同样的东西，在不同人的手里，却有不同的用法。你有容量5石的瓠，为什么不把它做成船呢？那样，可以乘上它遨游在江河湖泊之上。而你却感到忧心忡忡，最后打破了它。看来，是你的思想飘忽不定，没想到罢了。"

后人用"大瓠之用"比喻量材使用。

房谋杜断

典出《新唐书·杜如晦传》：方为相时，天下新定，台阁制度，宪物容典，率二人讨裁。每议事帝所，玄龄必曰："非如晦莫筹之。"及如晦至，卒用玄龄策也。盖如晦长于断，而玄龄善谋，两人深相知，故能同心济谋，以佐佑帝，当世语良相，必曰房、杜云。

唐初名相杜如晦，字克明，京兆杜陵（今陕西西安东南）人。唐太宗李世民即位后，杜如晦官至尚书仆射，与房玄龄共掌朝政。

杜如晦初任宰相时，天下刚刚平定。尚书省拟定的制度，以及宪章法律的内容、仪节法度等有关国家法令制度的文件，都由杜如晦、房玄龄共同商讨、裁定。每逢在唐太宗处讨论国家大事，房玄龄一定说："除了杜如晦，谁也筹划不出来。"等杜如晦到来议论一番之后，最终还是采纳了房玄龄的策略。这是由于杜如晦善于决断，而房玄龄善于谋划，两人之间有深刻的了解，所以能够同心协力、出谋划策，以辅佐太宗。当时人谈起有作为的宰相，一定把房玄龄和杜如晦相提并论。

"房谋杜断"就是从这个故事来的。唐太宗时，宰相房玄龄和杜如晦共掌朝政，房玄龄多谋略，杜如晦善决断，因此有"房谋杜断"之称。人们用它形容彼此配合默契，或用以形容人有才能。

丰城剑气

典出《晋书·张华传》：初，吴之未灭也，斗牛之间常有紫气，道术者皆以吴方强盛，未可图也，惟华以为不然。及吴平之后，紫气愈明。华闻豫章人雷焕妙达纬象，乃要焕宿，屏人曰："可共寻天文，知将来吉凶。"因登楼仰观。焕曰："仆察之久矣，惟斗牛之间颇有异气。"华曰："是何祥也？"焕曰："宝剑之精，上彻于天耳。"华曰："君言得之。吾少时有相者言，吾年出六十，位登三事，当得宝剑佩之。斯言岂效与！"因问曰："在何郡？"焕曰："在豫章丰城。"华曰："欲屈君为宰，密共寻之，可乎？"焕许之。华大喜，即补焕为丰城令。焕到县，掘狱屋基，入地四丈余，得一石函，光气非常，中有双剑，并刻题，一曰龙泉，一曰太阿。其夕，斗牛间气不复见焉。

张华（232—300年），字茂先，晋代范阳方城人。父亲张平，在魏国曾任渔阳郡守。张华少年时代孤独贫寒，曾以牧羊为生。他博闻强记，学识深厚，才华横溢。西晋政权建立后，晋武帝（司马炎）欣赏张华的才能，拜他为中书令、散骑常侍。后来，他当了司空。

在我国古代，天文学家把太阳和月亮所经天区（被称为黄道）的恒星分成28个星座，称为28宿，四方各有7宿。天文术数家又认为，人的命运同星宿的位置、运行有关，他们根据星体明、暗、薄、蚀等现象，占验人事的吉凶。

当初，东吴还没有被灭掉时，斗宿与牛宿之间常有紫色云气。天文术数家们据此认为，东吴正处于强盛之际，是不可被征服的。只有张华认为事实并非如此。等到东吴被平定之后，那紫色云气却更加明显了。张华听说豫章郡（今南昌）人雷焕对星象很有研究，就邀请他留下过夜，避开他人对雷焕说："我们应当一起研究天文，预测将来的吉凶。"于是，两人一起登楼，夜观星象。雷焕说："我已经观察许久了，别的倒没有什么异常，只是牛宿、斗宿之间很有些异常的云气。"张华问道："这是什么征兆呢？"雷焕回答说："这是宝剑的精气，上达于天际。"张华说："您说对了。我在小时候，有个相面的人说，我年过60岁会登上三公的官位，并且得到宝剑佩带。这个话，看来就要应验了么！"于是，张华问道："宝剑在哪一郡呢？"雷焕回答说："在豫章郡丰城县。"张华说："我想请您屈尊做丰城县令，帮我秘密地寻找宝剑，可以吗？"雷焕答应了。张华大喜，立刻委任雷焕为丰城县令。雷焕到达丰城县，挖掘监狱屋基，深挖地下达4丈多，得到一个石匣，光气异常，里边有一双剑，都刻有题记，一个叫龙泉，一个叫太阿。当天晚上，斗宿、牛宿之间的云气就消失了。雷焕把一把剑送给张华，同时留下一把自己佩戴着。有人对他说："您得到两把宝剑，只送给张华一把，难道张华是容易欺骗的吗？"雷焕说："本朝就要大乱，张华必遭灾祸。宝剑是灵异之物，必会消逝，不会永远为人效劳。"张华得了宝剑，倍加爱惜，常常放在身边。后来，张华被杀，宝剑消逝得无影无踪。雷焕死后，他的儿子雷华带着另一把宝剑行经延平津，宝剑忽从腰间跃出，掉到水里不见了。雷华命人到水中寻找，哪里有什么宝剑？只见两条龙各长数丈，互相盘绕着，搅得波浪翻腾，慢慢地游走了。从此以后，两把宝剑永远地消失了。

"丰城剑气"就是从这个故事来的。它的意思是，丰城上空映照着宝剑的光芒、云气。人们用它形容珍贵、稀奇之物，也可用它形容才能杰出的人。

封人之怨

典出《韩非子·外储说左下》：管仲束缚，自鲁之齐，道而饥渴，过绮乌封人而乞食。乌封人跪而食之，甚敬。封人因窃谓仲曰："适幸及齐不死而用齐，将何报我？"曰："如子之言，我且贤之用，能之使，劳之论。我何以报子？"封人怨之。

春秋时期，齐桓公（小白）还没有当上齐国国君的时候，曾在莒国避难，他的哥哥公子纠在鲁国避难。后来，管仲帮助公子纠同小白争夺君位，并曾射中小白的带钩。桓公即位后，就叫鲁国把管仲押解到齐国来。

管仲被押解着从鲁国到齐国去，半道上又饥又渴，路过绮乌这个地方时，到主管边防的地方官吏那儿去讨饭吃。那个官吏跪着给他东西吃，对他非常恭敬。官吏暗地里对管仲说："如果您到了齐国幸而不死，还受到齐国的重用，您将怎样报答我呢？"管钟回答道："如果真像您说的那样，我就要任用贤能，论功行赏。我又能怎样来报答你呢？"那个官吏听了这话以后，对管仲很不满意。

"封人之怨"就是从这个故事原文"封人怨之"一语变化而来的。封人：官吏，主管边防的地方官吏。可用"封人之怨"表示任人唯贤、论功行赏。

冯谖弹铗

典出《战国策·齐策四》：齐人有冯谖者，贫乏不能自存，使人属孟尝君，愿寄食门下。孟尝君曰："客何好？"曰："客无好也。"曰："客何能？"曰："客无能也。"孟尝君笑而受之曰："诺。"左右以君贱之也，食以草具。

居有顷，倚柱弹其剑，歌曰："长铗归来乎！食无鱼。"左右以告。孟尝君曰："食之，比门下之客。"居有顷，复弹其铗，歌曰："长铗归来乎！出无车。"左右皆笑之，以告。孟尝君曰："为之驾，比门下之车客。"于是乘其车，揭其剑，过其友曰："孟尝君客我。"后有顷，复弹其剑铗，歌曰："长铗归来乎！无以为家。"左右皆恶之，以为贪而不知足。孟尝君问："冯公有亲乎？"对曰："有老母。"孟尝君使人给其食用，无使乏。于是冯谖不复歌。

战国时期，齐国有个叫冯谖的人，穷得养活不了自己，便求人向孟尝君说情，希望在孟尝君门下讨口饭吃。孟尝君问他说："你有什么爱好呢？"冯谖说："我没有什么爱好。"孟尝君又问："你有什么才能呢？"冯谖说："我没有什么才能。"孟尝君笑着接受了他的请求。而孟尝君身边的人认为孟尝君瞧不起他，就给他吃粗劣的饭菜。过了不久，冯谖背靠柱子弹着宝剑，唱道:"长剑伴我归去吧!吃饭没有鱼。"左右的人把这件事告诉了孟尝君。孟尝君说:"给他鱼吃,同吃鱼的门客一样对待。"过了不久,冯谖又弹着剑唱道:"长剑伴我归去吧!出门没车坐。"左右的人都讥笑他,把这件事告诉了孟尝君。孟尝君说:"给他备车,同坐车的门客一样对待。"于是,冯谖乘着车,举着剑,到处拜亲访友,得意地说:"孟尝君把我当客人对待。"可是,过了不久,他又弹着剑唱道:"长剑伴我归去吧!没钱可养家。"左右的人都厌恶他,认为他太贪心不足了。孟尝君却问道:"冯先生有亲人吗?"冯谖回答说:"有老母在堂。"孟尝君派人供给她衣食费用,不准缺少什么。在这种情况下,冯谖不再歌唱了。

故事中的冯谖,实际上是一个很有才能的人。孟尝君做了几十年相国,能够平安无事,全靠冯谖的计谋。古话说,士为知己者死。在孟尝君不了解冯谖的情况下,冯谖一而再、再而三地提出各种要求,是他对孟尝君的体察和考验。孟尝君经受住了考验,终于赢得了冯谖的信任和效劳。

"冯谖弹铗"就是从这个故事来的。人们常用"弹铗"比喻有才能却受到冷遇,要求得到重用。

伏龙凤雏

典出《三国志·蜀书·诸葛亮传》裴松之注引《襄阳记》:儒生俗士,岂识时务?识时务者在乎俊杰。此间自有伏龙、凤雏。

汉朝末年,局势混乱,天下纷争,群雄并起。刘备为了争得天下,费尽心思,广罗人才。有一次,他带着从人,不顾风寒,不怕远涉,诚心去司马德操处请教治国之事。当刘备谈到怎样的人才能治理好国家,以及这样的贤人何处才有时,司马德操说:"儒生俗士,岂识时务?识时务者在乎俊杰。此间自有伏龙、凤雏。"意思是:孔子的信徒和那些庸俗之士,哪里能够知道世事的发展变化？能够认清形势变化的人，才算得上杰出的人物，才是治国的人才。这里就有这样的人物，那就是伏龙和凤雏二人。刘备听后，高兴得喜笑颜开，连忙问道："你说的伏龙、凤雏究竟是哪一个呀？"司马德操不慌不忙地回答说："诸葛孔明、庞士元也。"刘备牢牢记住这两个人的名字，回去以后，时进留心寻访。

后人用"伏龙凤雏"喻指有才能的隐居之人。

负重致远

典出《三国志·蜀书·庞统传》：陆子（陆绩）可谓驽马有逸足之力，顾子（顾劭）可谓驽牛能负重致远也。

三国时期，刘备有个谋士叫庞统，字子元，号凤雏先生。此人精明有谋略，曾与诸葛亮齐名。

东吴大都督周瑜在巴陵病故时，庞统因与周瑜是生前好友，亲自去吴中为他送葬。东吴一些名士如陆绩、顾劭、全琮等都与庞统要好，吊唁完毕后大家在昌门聚会话别。闲谈中，庞统评论在座凡人说："陆绩可以说是一匹脚力很快的好马；顾劭则如同一头能负重致远的牛。"他还指着全琮说："你虽智力稍差，但也算现在的一个人才。"大家谈了许久才依依不舍地与庞统道别。

这话传开后，有人问庞统："照您的评价，陆绩的才能超过了顾劭，是吗？"庞统笑了笑回答："马虽然好，但只能驮一个人；而吃苦耐劳的牛一天能走300里，它的负荷却远远超过了一个人的重量，所以，顾劭的才能未必不如陆绩。"

顾劭后来又见到庞统，2人秉烛长谈。顾劭说："您这么会判断人，那么请说说，我与您相比，又如何呢？"庞统说："要讲理解社会风俗，评论人物，我比不上您；如果说为帝王出谋划策，恐怕我又稍稍比您强些。"顾劭认为他说得有道理，对他评论自己是一匹能负重致远的牛也感到很中肯，就越加与庞统亲密。

后人用"负重致远"的典故比喻某人能吃苦耐劳，担负重任。

腹下之毳

典出《说苑·尊贤》：赵简子游于河而乐之，叹曰："安得贤士而与处焉？"

舟人古乘跪而对曰："夫珠玉无足，去此数千里而所以能来者，人好之也。今士有足而不来者，此是吾君不好之乎？"

赵简子曰："吾门左右客千人，朝食不足暮收市征，暮食不足朝收市征。吾尚可谓不好士乎？"

舟人古乘对曰："鸿鹄高飞远翔，其所以恃者六翮也。背上之毛，腹下之毳，无尺寸之数，去之满把，飞不能为之益卑；益之满把，飞不能为之益高。不知门下左右客千人者，有六翮之用乎？将尽毛毳也。"

赵简子乘船在河上游玩，感叹着说："怎么才能得到一个贤士，和他一同交游呢？"

划船人古乘跪在面前对他说："那珍珠和玉没有长脚，它们离这里有千里之遥而能到此，是由于人们喜爱它们呀。现在贤士都长着脚却不到您身边来，这是我君王不喜爱他们的缘故吧？"

赵简子说："在我门下左右有上千个食客，早晨吃食不够了，我就在晚上征收贸易赋税，供给他们；晚上吃食不够了，我就在早上征收贸易赋税供给他们，还能说我不喜爱贤士吗？"

划船人古乘对他说："鸿雁能够飞得那么高和那么远，它所依靠的是长在翅膀上的羽毛呀。至于长在背上的短毛，生在腹下的细绒毛，没有长短大小的定数。拔去一把，飞得就不见得更低些；增加一把，飞得也不见得更高些。我不知道您门下左右的上千个食客中，有像鸟翅膀上的羽毛那样有用之才吗？大概都是些背上、腹下的细绒毛吧！"

这个寓言有更进一层的意义，它告诉我们：质量是形成事物的关键。"不知门下左右客千人，有六翮之用乎？"上千人，白吃饭，有什么用处呢？人才必须达到必要的质量标准，量才而用，宁缺毋滥。"背上之毛，腹下之毳"，对于高飞远翔是不起什么作用的。要紧的还是"其所恃者六翮也"。这对于今天人才学的研究，是会有所启发的。

同一故事，又见《新序·杂事第一》，不过将赵简子作晋平公，舟人作固桑，文字大同小异。在《新序》那里，最后有一句，点明："平公默默而不应也。"在这里，赵简子没吭声。总之，无论是晋平公或赵简子，都不是真正爱慕人才，只不过赶时髦，冒充"养士"，沽名钓誉而已。

公车上书

典出《史记·滑稽列传》：武帝时，齐人有东方生名朔，以好古传书，爱经术，多所博观外家之语。朔初入长安，至公车上书，凡用三千奏牍。公车令两人共持举其书，仅然能胜之。人主从上方读之，止，辄乙其处，读之二月乃尽。

汉武帝时代，齐地有一个人名叫东方朔，由于他爱好古代的史传和儒生所习的经术，所以很广泛地阅读了诸子百家的作品。东方朔初次来到长安的时候，到掌管殿廷司马门的官署那里上书给皇帝。那时候纸张还没有发明，记事或通信都把字句写在木片或竹片上，叫做简牍。东方朔要说的话很多，共用了奏牍3000枚。官署派两个人来抬他的奏牍，方才拿得起。

汉武帝在宫内阅读东方朔的奏牍，看到哪里需要停读了，便在那里勾勒一下，以便再继续看下去，读了两个月才读完。

"公车上书"就是从这个故事来的。公车：汉代官署名。臣民上书和征召，都由公车接待。汉代曾用公家车马接送应举的人，后来便以"公车"作为举人入京应试的代称。人们以"公车上书"指向帝王上书，求得任用。